名典名选丛书

昭明文选选讲

屈守元 著

北京出版集团
文津出版社

图书在版编目（CIP）数据

昭明文选选讲 / 屈守元著. — 北京：文津出版社，
2022.3
（名典名选丛书）
ISBN 978-7-80554-753-4

Ⅰ. ①昭… Ⅱ. ①屈… Ⅲ. ①古典诗歌—诗集—中国
②古典散文—散文集—中国 Ⅳ. ① I212.01

中国版本图书馆 CIP 数据核字（2021）第 037979 号

总 策 划：安 东 高立志 责任编辑：乔天一 许 可
责任营销：猫 娘 责任印制：陈冬梅
封面设计：白 雪

· 名典名选丛书 ·

昭明文选选讲
ZHAOMING WENXUAN XUANJIANG

屈守元 著

出 版 北京出版集团
　　　 文 津 出 版 社
地 址 北京北三环中路 6 号
邮 编 100120
网 址 www.bph.com.cn
总 发 行 北京出版集团
印 刷 北京华联印刷有限公司
经 销 新华书店
开 本 880 毫米 × 1230 毫米 1/32
印 张 9.75
字 数 160 千字
版 次 2022 年 3 月第 1 版
印 次 2022 年 3 月第 1 次印刷
书 号 ISBN 978-7-80554-753-4
定 价 68.00 元

如有印装质量问题，由本社负责调换
质量监督电话 010-58572393

自　序

　　《文选》是我从小就喜欢读的一部书。当时顺手涂抹，亦仅仅知道随俗评骘议论。三十年代中期入大学，从巴县向宗鲁（承周）先生游，始知治《选》门径。先生以手校日本古钞本授我，因临写一过在胡刻本上。上虞罗氏所印金泽文库旧藏《集注》残卷及《古籍丛残》中所传敦煌写本，亦从先生假得，参互比勘。当时霸县高阆仙（步瀛）先生正陆续刊出《文选李注义疏》，颇望其迅速完成，管窥所及，或可为千一之补。而高氏书方出八册，便已中止；宗鲁先生亦于一九四一年逝去。四十年代，教书糊口，滥竽大学，即讲述萧《选》，妄有撰辑。忽忽已经四十多年了。一九七九年秋，中国古代文学专业硕士研究生入学，学位课程中国古代文学名著导读中列有《文选》一目。因纂订旧日讲疏，上编杂述"选学"常识，下编择录旧讲疏中所曾加校释的李注本各体文章若干篇，作为启发学者治《选》途径的教材，便给它取个名字，叫作《选学榫轮》。昭明太子（萧统）的《文选序》说："榫轮为大辂之始，大辂宁有榫轮之质。"以

"椎轮"名书，也仿佛与汪韩门（师韩）以"权舆"作为他的书的名字意义相似。汪韩门作《文选理学权舆》，于今已二百一十五年（汪书成于一七六八年）。朱元晦（熹）的诗说："旧学商量加邃密。"（《鹅湖寺和陆子寿》）《椎轮》比之《权舆》，却没有"邃密"多少，或许更为粗浅，真正惭愧！现在为了更能直接表达这一册书的内容，爰改题为《昭明文选杂述及选讲》（后改为《昭明文选选讲》）。

《文选》是我国极可宝贵的文学古籍，它已成为《四库全书》中《集部·总集类》的第一部书。隋唐以来，"选学"即成专门之学。它的影响，不仅止于进士举子、诗人墨客，而且一千多年前就流传到少数民族地区吐蕃，远及邻国日本。清代朴学家的研究领域中，"选学"也自成专门；李善注更公认是校勘、辑佚的宝藏，非但玩华猎艳，衣被词流而已。解放以来，淳熙原刻，影印问世，为承学之士创造了很好的条件；而且根据国务院批准的古籍整理出版规划，残存的北宋刊李注本二十一卷，也列入《古逸丛书》三编，将与读者相见。但是"选学"的研究阵地上，却还比较冷落。我常想：六朝文学典籍，《文心雕龙》当然很重要。然而要理解这部书"选文以定篇"（《文心雕龙·序志》）的具体文学环境，没有像《文选》这样文笔兼收的著作，恐怕是不易收功的罢。理论的根基是深植于创作实践中的；批评的对象也离不开作家作品。《文选》与《文心雕龙》在研究古代（特别是六朝）文学思潮的重要性上，是否应该同等看待，这值得讨论。写点为整理《文选》提供门径探索的书，或者不算徒劳。只可惜我的理论水平不高，学识有限，"不贤者识其小者"（《论语·子张》），就以这样小书来凑数，让"选学"这个尚不甚为时贤所注意的学科，有个拥彗清尘的勤杂工罢。

这部小书因为是"蒙求"之作，所以上编《杂述》，只谈了点初学应具的浅近的知识；下编《选讲》，也只拣摘了有限的几篇，目的在让学者看看怎样阅读各类型的《文选》入选、李善加注的文章。全文引用前人著述较多，为了形式统一，所以自己论证之处，也采用了浅近的文言。整理、钞录工作，由罗焕章、常思春两同志协助；他们对于这部小书的完成，心情比我更迫切；高情厚谊，实在可感。这算是初集，以后有条件，准备继续编写，预计以二三十万字为一集，每集仍分上、下编：上编收概论、专著之类；下编扩大选讲篇目。但愿能多出几集，"选学"阵地上，像一个无名小卒，做一点微薄贡献。

一九八三年十二月，成都屈守元记于
四川师范学院中国古代文学研究所

目　录

《文选》杂述 ·· 001

　一　萧统传略 ······································· 001

　二　《文选》编辑缀闻 ··························· 006

　三　《文选》学概略 ····························· 017

　四　《文选》传本举要 ··························· 042

《文选李注》选讲 ······························· 058

　序　例 ·· 058

　鹦鹉赋（卷十三·赋·鸟兽）　祢正平 ·········· 060

　恨赋（卷十六·赋·哀伤）　江文通 ············ 081

　从斤竹涧越岭溪行（卷二十二·诗·游览）　谢灵运 ··· 099

　七哀诗（卷二十三·诗·哀伤）　曹子建 ········· 105

　赠白马王彪（卷二十四·诗·赠答）　曹子建 ······· 108

　过始宁墅（卷二十六·诗·行旅）　谢灵运 ·········· 122

　乐府三首（卷二十七·诗·乐府） ················ 127

　怨歌行（卷二十七·诗·乐府）　班婕妤 ········· 135

　九歌·山鬼（卷三十三·骚下）　屈平 ········ 138

天监三年策秀才文三首（卷三十六·文）　任彦升……145

为宋公至洛阳谒五陵表（卷三十八·表）　傅季友……161

拜中军记室辞隋王笺（卷四十·笺）　谢玄晖 ………166

与广川长岑文瑜书（卷四十二·书）　应休琏 ……178

与嵇茂齐书（卷四十三·书）　赵景真 …………183

豪士赋序（卷四十六·序）　陆士衡 …………194

广绝交论（卷五十五·论）　刘孝标 …………212

马汧督诔并序（卷五十七·诔）　潘安仁 …………267

跋……………………………………………………299

《文选》杂述

一 萧统传略

梁昭明太子萧统生平，载在《梁书》卷八及《南史》卷五十三本传。今以《梁书》为主，又依《南史》及他书增订，著其事略，供研究萧统及其著作者参考。增订处皆在文下注明。

萧统字德施，小字维摩（《南史》），梁武帝萧衍长子，先世为南兰陵（今江苏武进）中都里人。母曰丁贵嫔。以齐中兴元年（五〇一年）九月生于襄阳。梁天监元年（五〇二年）十一月，立为皇太子。统年幼，依旧居于内。拜东宫官属，文武皆入直永福省。统生而聪睿，三岁受《孝经》《论语》；五岁遍读"五经"，悉能讽诵。五年（五〇六年）六月庚戌（《梁书》《南史》并云"五月庚戌"，按此年五月乙丑朔，无庚戌；《通鉴》卷一四六载此事在六月庚戌，庚戌为六月十七日，此依以订正），始出居东宫。统性仁孝，自出宫恒思恋不乐。武帝知之，每五日一朝，多便留永福省，或五日、三日乃还宫。

八年（五〇九年）九月，于寿安殿讲《孝经》，尽通大义。讲毕，亲临释奠于国学。

年十二，于内省见狱官将谳事，问左右曰："是皂衣何为者？"曰："廷尉官属。"召视其书，曰："是皆可念，我得判否？"有司以统幼，绐之曰："得。"其狱皆刑罪上，统皆署"杖五十"。有司抱具狱，不知所为，具言于帝，帝笑而从之。自是数使听讼，每有欲宽纵者，即使太子决之。建康县谳诬人诱口，狱翻，县以太子仁爱，故轻，当"杖四十"。令曰："彼若得罪，便合家挐戮，今纵不以其罪罪之，岂可轻罚而已。可付冶十年。"（《南史》）

十四年（五一五年）正月朔旦，武帝临轩冠太子于太极殿。旧制：太子著远游冠，金蝉，翠緌缨，至是加金博山。统美姿貌，善举止。读书数行并下，过目皆忆。每游宴、祖道，赋诗至十数韵；或命作剧韵，赋之，皆属思便成，无所点易。武帝大弘佛教，统亦崇信三宝，遍览众经。

普通七年（五二六年）十一月，丁贵嫔有疾，统还永福省，朝夕侍疾，衣不解带。及薨，步从丧还宫。至殡，水浆不入口，每哭辄恸绝。统体素壮，腰十围，至是减削过半。

每入朝，士庶见者，莫不下泣。

统自加元服，武帝便使省万机。内外百司奏事者填塞于前。统明于庶事，纤毫必晓。每所奏有谬误及巧妄，皆即就辩析，示其可否，徐令改正，未尝弹纠一人。平断法狱，多所全宥，天下皆称仁。性宽和容众，喜愠不形于色。引纳才学之士，赏奖无倦。恒自讨论篇籍，或与学士商榷古今，间则继以文章著述，率以为常。于时东宫有书几三万卷，名才并集，文学之盛，晋宋以来未之有也。性爱山水，于玄圃穿筑，更立亭馆，与朝士名素者游其中。尝泛舟后池，番禺侯萧轨盛称此中宜奏女乐。统不答，咏左思《招隐诗》曰："何必丝与竹，山水有清音。"轨惭而止。出宫二十余年，不畜声乐。普通中（五二〇—五二六年），大军北讨，京师谷贵，统因命菲衣减膳，改常馔为小食。每霖雨积雪，遣腹心左右，周行闾巷，视贫困家。有流离道路，密加振赐。又出主衣绢帛，多作襦袴，冬月以施贫冻。若死亡无可以殓者，为备棺椁。每闻远近百姓赋役勤苦，辄敛容色。常以户口未实，重于劳扰。中大通二年（五三〇年）春，诏遣前交州刺史王弁假节发吴、吴兴、义兴三郡民丁开漕以泻浙江，统上疏谏，武帝优诏以喻。

三年（五三一年）三月，游后池，乘雕文舸摘芙蓉，姬人荡舟，没溺而得出，因动股，恐贻帝忧，深诚不言，以寝疾闻。武帝敕参问，辄自力手书启。及稍笃，左右欲闻，犹不许，曰："云何令至尊知我如此恶！"因便呜咽。四月乙巳（初六日）薨，时年三十一。武帝幸东宫，临哭尽哀，诏殓以衮冕，谥曰昭明。五月庚寅（二十一日），葬安宁陵。诏司徒左长史王筠为哀策文。（《南史》）

初，丁贵嫔薨，统遣人求得善墓地，将斩草。有卖地者因阉人俞三副求市，若得三百万，许以百万与之。三副密启武帝，言太子所得地，不如今所得地于帝吉。武帝末年多忌，便命市之。葬毕，有道士善图墓，云："地不利长子，若厌伏，或可申延。"乃为蜡鹅及诸物埋墓侧长子位。有宫监鲍邈之、魏雅者二人，初并为统所爱，邈之晚见疏于雅，密启武帝云："雅为太子厌祷。"帝密遣检掘，果得鹅等物，大惊，将穷其事，徐勉固谏得止。于是唯诛道士。由是统迄终，以此惭慨。（《南史》）

统仁德素著，及薨，朝野惋愕，京师男女奔走宫门，号泣满路。四方氓庶及疆徼之民，闻丧皆恸哭。

统性仁恕，见在宫禁防捉荆子者，问之，云："以清道驱人。"统恐复致痛，使捉手板代之。频食中得蝇虫之属，密置桨边，恐厨人获罪，不令人知。又见后阁小儿摊戏，后属有狱，牒摊者法，士人结流徒，庶人结徒。统曰："私钱自戏，不犯公物，此科太重。"令注刑止三岁，士人免官。狱牒应死者必降长徒；自此以下，莫不减半。（《南史》）

统薨后，其弟纲（梁简文帝）撰《昭明太子别传》《文集》，表上之。（《艺文类聚》卷五十五，《初学记》卷十。按《文集》之撰，原太子洗马萧子范尝与其事，《类聚》卷十六有子范《求撰昭明太子集表》。）《别传》今不可见；《文集》《梁书》《南史》及《隋书·经籍志》《旧唐书·经籍志》《新唐书·艺文志》皆云二十卷；《宋史·艺文志》仅载五卷。今传五卷之本出于宋孝宗淳熙八年（一一八一年）袁说友池州（今安徽贵池）所刻，此本前有刘孝绰序，计赋二首、古乐府七首、诗十八首、赞一首、启六首、锦带书十二首、书五首、疏一首、议一首、序二首、解义二首。至明叶绍泰所刊六卷本，诗赋一卷、杂文五卷（《四库全书》即据此本著录），则出于明人掳摭（《天禄琳琅书目》后编卷六）。

统又撰古今典诰文言，为《正序》十卷，五言诗之善者为《英华集》二十卷（《隋书·经籍志》著录统所撰有《古今诗苑英华》十九卷、《文章英华》三十卷），今皆亡佚。唯《文选》三十卷，今存。

二 《文选》编辑缀闻

《文选》为昭明太子萧统撰，自《梁书》《南史》本传及《隋书·经籍志》以下并无异词。惟《玉海》卷五十四引《中兴书目》云："《文选》，昭明太子萧统集子夏、屈原、宋玉、李斯及汉迄梁文人才士所著赋、诗、骚、七、诏、册、令、教、表、书、启、笺、记、檄、难问、议论、序、颂、赞、铭、诔、碑、志、行状为三十卷。"原注云："与何逊、刘孝绰等选集。"此不知何据。寻《南史》卷二十三《王彧传》载彧兄子份之孙锡，"再迁太子洗马，时昭明太子尚幼，武帝敕锡与秘书郎张缵，使入宫，不限日数，与太子游狎，情兼师友；又敕陆倕、张率、谢举、王规、王筠、刘孝绰、到洽、张缅为学士：十人尽一时之选"。世号"昭明太子十学士"（邵思《姓解》卷二《刀部》"刘"字下，又"到"字下，卷三《一部》"王"字下称刘孝绰、到洽、王筠为"昭明太子十学士"）。十人先后为东宫官属，其与萧统关系，见诸史传，今略举如下：

王锡字公嘏，琅琊临沂人。父琳尚武帝妹义兴公主。锡七八岁犹随公主入宫，武帝嘉其聪敏，常为朝士说之。后除太子洗马。时统尚幼，未与臣僚相接，武帝敕统："太子洗马王锡、秘书郎张缵，亲表英华，朝中髦俊，可以师友事之。"以戚属封永安侯，中大通六年（五三四年）正月卒，年三十六。传见《梁书》卷二十一（附《王份传》）、《南史》卷二十三（附《王彧传》）。

张缵字伯绪，范阳方城人。尚武帝第四女富阳公主。缵好学，兄缅有书万卷，昼夜披读，殆不辍手。迁太子舍人，转洗马、中舍人，并掌管记。与琅琊王锡齐名。太清三年（五四九年）为岳阳王萧詧所害，年五十一。传见《梁书》卷三十四（附《张缅传》）、《南史》卷五十六（附《张弘策传》）。

陆倕字佐公，吴郡吴人。少勤学，善属文。于宅内起两间茅屋，杜绝往来，昼夜读书，如此者数载。所读一过，必诵于口。尝借人《汉书》，失《五行志》四卷，乃暗写还之，略无遗脱。天监中，礼乐制度多所创革，武帝雅爱倕才，乃敕撰《新漏刻铭》，其文甚美。迁太子中舍人，管东宫书记。又诏为《石阙铭》，记奏之。普通七年（五二六年）卒，年五十七。传见《梁书》卷二十七、《南史》卷四十八（附《陆慧晓传》）。

张率字士简，吴郡吴人。与陆倕幼相友狎，尝同载诣沈约，适值任昉在焉。约乃谓昉曰："此二子后进才秀，皆南金也，卿可与定交。"由此与昉友善。除太子仆，迁太子家令，与中庶子陆倕、仆射刘孝绰对掌东宫管记。出为新安太守。大通元年（五二七年）卒，年五十三。萧统遣使赠赙，与弟晋安王纲令曰："近张新安又致故，其人才笔弘雅，亦足嗟惜。"传见《梁书》卷三十三、《南史》卷三十一（附《张裕传》）。

谢举字言扬，陈郡阳夏人。中书令览之弟。幼好学，能清言，与览齐名。世人为之语曰："王有养、矩，谢有览、举。"养、矩，王筠、王泰小字也。累迁太子舍人、庶子、家令，掌东宫管记，深为萧统赏接。太清二年（五四八年），侯景寇京师，卒于围中。传见《梁书》卷三十七、《南史》卷二十（附《谢弘微传》）。

王规字威明，琅琊临沂人。累迁太子舍人、洗马、中舍人，与陈郡殷钧、琅琊王锡、范阳张缅同侍东宫，俱为萧统所礼。大同二年（五三六年）卒，年四十五。传见《梁书》卷四十一、《南史》卷二十二（附《王昙首传》）。

王筠字元礼，一字德柔，琅琊临沂人。尚书令沈约，当世辞宗，每见筠文，咨嗟吟咏，以为不逮也。约制《郊居赋》，构思积时，犹未都毕，乃要筠，示其草。筠读至"雌霓（五激反）连蜷"，约抚掌欣抃，曰"仆尝恐人呼为霓（五鸡反）。"次至"坠石碨星"及"冰悬坎而带坻"，筠皆击节称赞。约曰："知音者希，真赏殆绝。所以相要，政在此数句耳。"累迁太子洗马、中舍人，并掌东宫管记。萧统爱文学士，常与筠及刘孝绰、陆倕、到洽、殷芸等游宴玄圃，统独执筠袖，抚孝绰肩而言曰："所谓'左把浮丘袖，右拍洪崖肩'。"其见重如此。统薨，敕为《哀策文》。太清三年（五四九年），寓居国子祭酒萧子云宅，夜忽有盗攻之，惊惧坠井卒，年六十九。传见《梁书》卷三十三、《南史》卷二十二（附《王昙首传》）。

刘孝绰字孝绰，彭城人，本名冉。幼聪敏，七岁能属文。舅齐中书郎王融深赏异之。父党沈约、任昉、范云闻其名，并命驾先造焉。累迁太子舍人、洗马，太子仆，掌东宫管记。萧统好士爱文，孝绰与陈郡殷芸、吴郡陆倕、琅琊王筠、彭城到洽等，同见宾礼。统起乐贤堂，乃使画工先图孝绰焉。统文章繁富，群才咸欲撰录，统独使孝绰集而序之。大同五年（五三九年）卒，年五十九。传见《梁书》卷三十三、《南史》卷三十九（附《刘勔传》）。

到洽字茂㳂，彭城武原人。少知名，清警有才学士行。谢朓文章盛于一时，见洽深相赏好，日引与谈论。累迁太子中舍人、中庶子，与庶子陆倕对掌东宫管记。大通元年（五二七年）卒，年五十一。萧统与晋安王纲令曰："明北兖（指明山宾）、到长史遂相系凋落，伤怛悲惋，不能已已。去岁陆太常（指陆倕）殂殁，今兹二贤长谢。陆生资忠履贞。冰清玉洁；文该四始，学遍九流；高情胜气，贞然直上。明公儒学稽古，淳厚笃诚；立身行道，始终如一；倘值夫子，必升孔堂。到子风神开爽，文义可观；当官莅事，介然无私。皆海内之俊乂，东序之秘宝。此之嗟惜，更复何论。"洽传见《梁书》卷二十七、《南史》卷二十五（附《到彦之传》）。

张缅字元长，缵之兄也。累官太子舍人、洗马、中舍人、中庶子。中大通三年（五三一年）卒，年四十二。武帝为举哀，萧统亦往临哭。统又与缅弟缵书曰："贤兄学业该通，莅事明敏。虽倚相之读坟典，郤縠之敦诗书，惟今望古，蔑以斯过。自列宫朝，二纪将及。义惟僚属，情实亲友。文筵讲席，朝游夕宴，何曾不同兹胜赏，共此言奇。如何长谢，奄然不追。且年甫强仕，方申才力，摧苗落颖，弥可伤惋。"缅传见《梁书》卷三十四、《南史》卷五十六（附《张弘策传》）。

十学士为萧统文学师友，是否参与《文选》编辑，史皆不载。《文选》录文,不及存者。(衢州本《郡斋读书志》卷二十云:"窦常谓统著《文选》以何逊在世,不录其文,盖其人既往,而后其文克定。然则所录皆前人作也。"案此云"窦常",似有误。《新唐书·艺文志》史部目录类著录"常宝鼎《文选著作人名目》三卷",《宋史·艺文志》又有"常宝鼎《文选名氏类目》十卷"在集部总集类著录,二者当即一书。此"窦常"或是"常宝鼎"之误。)陆倕《石阙铭》《新刻漏铭》已在选中,则《文选》编辑盖在普通七年(五二六年)倕卒以后。于时张率、到洽亦相次殒殁。十学士中至少有三人不可能参与《文选》编辑矣。刘孝绰颇为萧统所推重,与于斯役,非不可能。孝绰与到溉、到洽有怨隙(见《梁书》《南史》本传),刘峻《广绝交论》影射溉、洽忘旧,溉见其文,投之于地,而孝绰与诸弟书特称赏之(皆见《广绝交论》李善注引《梁典》)。此文本书入选,参见下编校释,《文选》录入此文,亦可为孝绰尝与撰定之证。于时到洽盖已下世矣。又,日本所传《文选》古钞本,在序题旁有注云:"太子令刘孝绰作之云云。"此似与《梁书》《南史》孝绰本传所称序统集非一事。若注语有据,则《文选序》亦孝绰代统捉笔所为者矣。

何逊生平,《梁书》卷四十九、《南史》卷三十三(附

《何承天传》）所记甚略，且有抵牾。《梁书》云："除仁威庐陵王记室，复随府江州，未几卒。"《南史》但云："卒于仁威庐陵王记室。"考庐陵威王萧续曾两督江州诸军事，一在天监十六年（五一七年），一在大同元年（五三五年）。若逊随府江州为大同元年，则统撰《文选》，逊犹在世；若为天监十六年，则《文选》编辑之时，逊逝已久。今案《梁书》《南史》并称逊卒后，东海王僧孺集其文为八卷。王僧孺卒于普通三年（五二二年，见《梁书》卷三十三；《南史》卷五十九谓是普通二年），则逊逝之时，以天监十六七年为是。《南史》又谓南平王萧伟"闻逊卒，命迎其枢而殡葬焉"。伟卒在中大通四年（五三二年，见《梁书》卷二十二；《南史》卷五十二谓卒于大通四年，大通无四年，当脱一"中"字），若逊大同元年以后始逝，伟安得迎其枢，僧孺又安得集其文乎？是则《郡斋读书志》及《玉海》所载，皆错谬之辞，逊文不入《文选》非因其在世，逊亦不及参与《文选》之编辑；且逊非东宫官属，旧史未言其与萧统有往来，萧统著述，皆与逊无关，不止《文选》之编辑而已。《梁书》云："逊文章与刘孝绰并见重于世，世谓之何刘。"（《南史》略同）《玉海》之言盖以此而附会耳。

"昭明十学士"不皆与《文选》编辑有关。后世误以萧统弟纲（简文帝）之"高斋十学士"为"昭明十学士"，而横谓《文选》由"高斋学士"撰定，则更是捕风捉影之谈。《南史》卷五十《庾易传》记易子肩吾，在雍州（襄阳）被晋安王（即萧纲）命："与刘孝威、江伯摇、孔敬通、申子悦、徐防、徐摛、王囿、孔铄、鲍至等十人，抄撰众集，丰其果馔，号'高斋学士'。"此"高斋学士"见之正史，记载甚明，与萧统毫无关系。而王象之《舆地纪胜》卷八十二载京西南路襄阳府古迹，杨慎《升庵外集》卷五十二竟谓此十人在襄阳与统共集《文选》。王氏《纪胜》引《旧图经》谓统于此立文选楼，聚才人贤士，号"高斋学士"。今案《太平御览》卷一百八十五引《襄沔记》云："金城内刺史院有高斋，梁昭明太子于此斋造《文选》。"又引鲍至语，谓简文镇襄阳，聚至等十人为"高斋学士"。于《文选》事虽有所附会（《御览》又引《雍州记》谓统于此营集道义，亦附会之辞），然以"高斋学士"属之萧纲，固犹未误。王氏所称《旧图经》，并《襄沔记》之不如矣。高步瀛《文选李注义疏》卷一《文选序》解题驳王、杨之说，是矣；顾犹不知孰为"昭明十学士"，亦不及订正《郡斋读书志》《玉海》依稀仿佛之辞也。

萧统"优游方册"（王筠《昭明太子哀策文》），平生著述，几盈百卷。"十学士"之流尝与商榷古今，旧史既已言之（参看前《萧统传略》篇），岂特"十学士"。凡曾为东宫官属如明山宾、殷钧、殷芸等，于统之著述，亦必先后献替可否，此可知者也。《文心雕龙》作者刘勰，即曾兼东宫通事舍人，萧统"深爱接之"（《梁书》卷五十《文学传下》，《南史》卷七十二《文学传》略同）。勰卒约在普通元、二年间（五二〇—五二一年，刘勰卒年，近人颇有异说，此仍依范文澜《文心雕龙·序志》篇注），未能参与《文选》编辑，然《文心雕龙》"撰文以定篇"（见《序志》），影响及于《文选》之略芜秽，集清英，此今犹可探讨者也。

萧统著述，《文选》后成，不仅陆倕文入选，可以推其撰定时间（普通七年迄中大通三年统之殁仅五年，《文选》即在此五年中撰成），统《答湘东王求〈文集〉及〈诗苑英华〉书》云："往年因暇，搜采《英华》，上下数十（疑当作千）年间，未易详悉，犹有遗恨，而其书已传。"（《全梁文》卷二十）此为《正序》《英华》诸书早成，未能惬意，而始集《文选》，其意差明。今《文选》独传，《正序》《英华》并佚，殆非偶然。器晚成而益大，蜜兼采而弥甘，《文选》似之矣。

梁代文物，超越宋齐。武帝敦悦诗书，下化其上。四境之内，家有文史。元帝克平侯景，收文德殿之书及公私经籍归于江陵，大凡七万余卷（《隋书·经籍志》）。萧统兄弟，多能著述。统在东宫，有书几三万卷（见前《传略》篇）。然当时风气，颇重抄纂。皇室编修，多为事类，何思澄入华林撰《遍略》（《梁书·文学传下》），刘孝标为安成辑《类苑》（《梁书·太祖五王传》）：其最著者也。统所撰《正序》《英华》诸书，盖犹在类书与总集之间，《文选》始昌言不录经史诸子。宋齐以来，文学脱离儒、玄、史学而别树一帜（宋文帝好儒雅，元嘉十六年又命何尚之立玄素学，何承天立史学，谢元立文学，见《南史·宋本纪中》），自此遂蔚为大国矣。《隋书·经籍志》云："总集者，以建安之后，辞赋转繁。众家之集，日以滋广。晋代挚虞苦览者之劳倦，于是采摘孔翠，芟翦繁芜，自诗赋下，各为条贯，合而编之，类为《流别》。是后又集总钞，作者继轨。属辞之士，以为覃奥而取则焉。"此言总集之始，颇得其实。"众家之集"，即《隋志》所谓"别集"，无别集即无总集，总集本无取经、史、诸子。世谓杜预《善文》在挚虞《流别》之前，应为总集之始（《太炎文录》卷一《文例杂论》说如此）。不知《善文》取材，非自别集（《史记·高祖本纪》《秦二世元年》下《索隐》云："按《善文》称隐士云：'赵高为二世杀十七兄而立为王。'"知非取材别集），盖杂抄经史诸家，无以别于类书，安得推为总集权舆？《文选》上承《文章流别》，又放言不选姬孔管孟之流、系年记事之书，唐宋以来，冠冕总集，固其宜矣（挚虞《文章流别集》四十一卷，《文章流别志论》二卷，在《隋书·经籍志》集部总集著录，盖亡于唐时）。

统以皇储之尊，力倡文学。其弟纲、绎，踵武扬波。纲《与绎书》云："六典三礼，所施则有地；吉凶嘉宾，用之则有所。未闻吟咏情性，反拟《内则》之篇；操笔写志，更摹《酒诰》之作；迟迟春日，翻学《归藏》；湛湛江水，遂同《大传》。"（《梁书·文学·庾肩吾传》）绎作《金楼子》，其《立言》篇云："古人之学者有二，今人之学者有四。夫子门徒，转相师受，通圣人之经者谓之儒。屈原、宋玉、枚乘、长卿之徒，止于辞赋，则谓之文。今之儒博穷子史，但能识其事，不能通其理者谓之学。至如不便为诗如阎纂，善为章奏如伯松，若此之流，泛谓之笔。吟咏风谣，流连哀思者谓之文。"又云："文者惟须绮縠纷披，宫徵靡曼。唇吻遒会，情灵摇荡。""故知为文之难也。"建安以来所谓"文学自觉时代"（见鲁迅《而已集·魏晋风度及文章与药及酒之关系》），于此殆成物极则反。统薨之后，纲为太子，好作艳诗，境内化之，浸以成俗，谓之"宫体"，后追悔不及，乃令徐陵撰《玉台新咏》，以大其体（《大唐新语》卷三《公直第五》）。《玉台新咏》所采乐府民歌，足以补苴《文选》。然而"吐言止于轻薄，赋咏不出桑中"（此王伟为侯景抗表陈梁武过失，指斥简文之辞，见《通鉴》卷一百六十二），纲所以为"宫体"解脱者，已成为其罪证矣。

三 《文选》学概略

萧统之撰《文选》，汲古钩深，芟芜毓秀，方之尼父删定《诗经》，子政编次《楚辞》：其过于仲洽《流别》、临川《集林》（《隋书·经籍志》："《集林》一百八十一卷，宋临川王刘义庆撰；梁二百卷。"）之流远矣。隋唐以来，即有所谓"文选学"，其沾溉词林，津梁学海，非一日也。世贤谓"词章中一书而得为'学'，堪比经之有'《易》学''《诗》学'等或《说文解字》之蔚成'许学'者，惟'《选》学'与'《红》学'耳"。（钱锺书

《管锥编》第四册第一四〇一页）今略述隋唐迄清一千三百年间（约五八〇——一九〇〇年）《文选》学概况如下：

《选》学之书，以萧该《文选音义》为第一部著作。《隋书·儒林·何妥传》云："兰陵萧该者，鄱阳王恢之孙也。少封攸侯。梁荆州陷（事在元帝承圣三年，即五五四年），与何妥同至长安。性笃学，《诗》《书》《春秋》《礼记》并通大义；尤精《汉书》，甚为贵游所礼。开皇初（五八一年），赐爵山阴县公，拜国子博士。奉诏书与何妥正定经史；然各执己见，递相是非，久而不能就。上遣而罢之。该撰《汉书》及《文选音义》，咸为当时所贵。"（《北史·儒林·何妥传》略同）又《经籍志》集部总集类："《文选音》二卷，萧该撰。"（两《唐志》并作十卷）

高步瀛云："鄱阳王恢即梁武帝之弟，是该即昭明从父兄弟之子。而《文选》注以该为最先，亦可谓萧氏家学矣。惜其书今不传，不如《汉书音义》犹得见其大要也。"（《文选李注义疏》卷一）

案《文选·思玄赋》："行颇僻而获志兮。"注："颇，倾也。萧该音本作陂，布义切。"（此无"善曰"，当是旧注。）又《离骚》："路漫漫其修远兮。"《音决》

云："漫，音万。萧武半反。"（日本《文选集注》卷六十三引）此萧该音义之犹存者。

萧该为治《文选》最早之人，而"《文选》学"之名则自曹宪始。《大唐新语》卷九《著述》云："江淮间，为《文选》学者起自江都曹宪。贞观初（约六二七年），扬州长史李袭誉荐之，征为弘文馆学士。宪以年老不起，遣使就拜朝散大夫，赐帛三百匹。宪以仕隋为秘书，学徒数百人，公卿亦多从之学。撰《文选音义》十卷。年百余岁乃卒。其后句容许淹、江夏李善、公孙罗（罗为江都人，此脱"江都"二字），相继以《文选》教授。开元中（七一三—七四一年）中书令萧嵩以《文选》是先代旧业，欲注释之，奏请左补阙王智明、金吾卫佐李玄成、进士陈居等注《文选》。先是，东宫卫佐冯光震入院校《文选》，兼复注释，解'蹲鸱'云：'今之芋子，即是着毛萝卜。'院中学士向挺之、萧嵩抚掌大笑。智明等学术非深，素无修撰之艺，其后或迁，功竟不就。"

《大唐新语》作者刘肃为"元和中（八〇六—八二〇年）江都主簿"（《新唐书·艺文志》史部杂史类），关于《文选》学之记载，此为最早。《旧唐书》之《儒学传》《文苑传》，《新唐书》之《儒学传》《文艺传》记曹宪、李善诸人教授《文选》事，大端本之于此。

《旧唐书·儒学传》云："曹宪，扬州江都人也。仕隋为秘书学士，每聚徒教授，诸生数百人，当时公卿以下亦多从之受业。宪又精诸家文字之书，自汉代杜林、卫宏之后，古文泯绝，由宪此学复兴。大业中（六〇五—六一六年），炀帝令与诸学者撰《桂苑珠丛》一百卷，时人称其该博。宪又训注张揖所撰《博雅》，分为十卷，炀帝令藏于秘阁。贞观中（六二七—六四九年），扬州长史李袭誉表荐之，太宗征为弘文馆学士，以年老不仕，乃遣使就家拜朝散大夫，学者荣之。太宗又尝读书有难字，字书所阙者，录以问宪，宪皆为之音训，及证引明白，太宗甚奇之。年一百五岁卒。所撰《文选音义》，甚为当时所重。初，江淮间为《文选》学者，本之于宪。又有许淹、李善、公孙罗，复相继以《文选》教授，由是其学大兴于代。"

《新唐书·儒学传》载曹宪事略与《旧唐书》同，惟传授宪《文选》学者，许、李、公孙外，增一魏模。宪贞观中一百五岁，阮元推之，盖生于梁大同时（五三五—五四五年，见《揅经室二集》卷二《扬州隋文选楼记》，下引阮说同）。宪所著书，《广雅音》四卷、《古今字图杂录》一卷，皆见于《隋志》（《广雅音》在《论语》类，《古今字图杂录》在小学类），是此两书成于隋代；余如《尔雅音义》《文字指归》《曹宪集》则著录在两《唐志》。《文选音》，《旧唐志》无之，《新唐志》缺卷数。《桂苑珠丛》，阮元以为"谅有部居，为小学训诂之渊海"。今惟《博雅音》十卷存（《博雅》即《广雅》，当时避炀帝讳，此书两《唐志》已作十卷），王念孙为之校订，附于《广雅疏证》之后。《文选音》，《唐志》注云"亡"，盖失之久矣。今案日本《集注》本《文选》卷六十六《离骚》："长减淫亦何伤。"《音决》云："颥，口感反。《玉篇》呼感反。领，胡感反。曹减淫二音。"此曹宪音之仅存者。日本古钞卷子本《文选》正文亦作"减淫"，今各种《楚辞》及《文选》皆作"颥领"。盖《音决》本正文初亦作"颥领"（《集注》载陆善经曰："颥领，亦为咸淫。"是陆本亦作"颥领"），编《集注》者因见《音决》载曹读"颥领"为"减淫"，乃依曹读改字。卷子原出曹氏授徒之本，二字已从师读作"减淫"（据陆善经注，"减"或作"咸"），故两者符合耳。

曹宪弟子，当以李善为最著。今叙李善之前，先及许淹、魏模、公孙罗。

《旧唐书·儒学传》云："许淹者，润州句容人也。少

出家为僧，后又还俗。博物洽闻，尤精训诂。撰《文选音》十卷。"（《新唐书·儒学传》略同）

案许淹之书，两《唐志》并著录。《旧志》载"道淹《文选音义》十卷"，许淹曾为僧，故称"道淹"也。《新志》载"僧道淹《文选音义》十卷"，又"许淹《文选音》十卷"，实一人一书而误重。《华严经音义》上引淹师《文选音义》云："猗，美也。"此许淹书之仅存者。今李善本《文选》卷三十七《贤良诏》"猗欤伟欤"注引如淳说同此。

《新唐书·儒学传》云："（曹）宪始以梁昭明太子《文选》授诸生，而同郡魏模、公孙罗，江夏李善相继传授，于是其学大兴。"又云："魏模，武后时为左拾遗。子景倩亦世其学，以拾遗召，后历度支员外郎。"魏模父子，仅见于此。其著述亦不可考。

《旧唐书·儒学传》云："公孙罗，江都人也，历沛王府参军、无锡县丞。撰《文选音义》卷行于代。"（《新唐书·儒学传》略同）

案《旧唐书·经籍志》载："《文选》六十卷，公孙罗撰。"又，"《文选音》十卷，公孙罗撰。"《新唐书·艺文志》："公孙罗注《文选》六十卷，又《音义》十卷。"

盖《旧志》六十卷之《文选》下脱一"注"字；《新志》之十卷《音义》与《旧志》之《音》（《儒林传》作《音义》）实一本也。日本藤原佐世《见在书目》有《文选音决》十卷，《文选钞》六十九卷，并公孙罗撰。今日本所传《文选集注》引《音决》及《钞》，古钞卷子本之旁注标记亦然。向宗鲁先生谓《钞》即两《唐志》之六十卷本；《音决》即两《唐书》之《音义》。惟《见在书目》称《文选钞》六十九卷，与两《唐志》异，或后人有所附益，或"九"字误衍，俱不可知。向先生又云："《唐语林·文学》：'刘禹锡曰：《南都赋》言春荀夏韭，子卯之卯也。而公孙罗云：荀，鸡卵。非也。'此公孙罗《南都赋》注之犹存者。以《唐语林》上下诸条推之，此当出《刘宾客嘉话录》。"

阮元《扬州隋文选楼记》云："古人古文小学与辞赋同源共流，汉之相如、子云，无不深通古文雅训。至隋时，曹宪在江淮间，其道大明，扬、马之学，传于《文选》。故曹宪既精雅训，又精《选》学，传于一郡，公孙罗等皆有《选注》，至李善集其成。然则曹、魏、公孙之注，半存李善注中矣。"案阮氏谓李善集隋唐《选》学之大成，是也；至谓曹、魏、公孙之注，半存李注之中，则非事实，盖未尝见晚出之公孙罗《音注》也。李善之迹雅博闻，不仅远迈许、魏、公孙，比之曹氏，且有冰水青蓝之致，其所创获，何啻十倍于前修也。

《旧唐书·儒学传》云："李善者，扬州江都人。方雅清劲，有士君子之风。显庆中（六五六—六六〇年），累补太子内率府录事参军、崇贤馆直学士，兼沛王侍读。尝注解《文选》，分为六十卷，表上之。赐绢一百二十匹，诏藏于秘阁。除潞王府记室参军，转秘书郎。乾封中（六六六—六六七年），出为泾城令。坐与贺兰敏之周密（敏之，武后姊韩国夫人子，武后取以为父士护后，咸亨二年，即六七一年，以罪流雷州，见《高宗纪》《外戚传》），配流姚州。后遇赦得还（《高宗纪》："改咸亨五年为上元元年，大赦。"善还当在此年），以教授为业，诸生多自远方而至。又撰《汉书辨惑》三十卷。载初元年（即永昌元年十一月至次年九月，公元六八九—六九〇年间）卒。子邕，亦知名。"又《文苑·李邕传》亦载父善事，略与此同，谓善"为左侍极贺兰敏之所荐引，为崇贤学士，转兰台郎。敏之败，善坐配流岭外。会赦还，因寓居汴郑之间，以讲《文选》为业"。

《新唐书》载善事在《文艺·李邕传》中，谓善"淹贯古今，不能属词，故人号'书簏'"。又谓善居汴郑间讲授，诸生传其业，"号为'《文选》学'"。又云："邕少知名，始善注《文选》，释事而忘意，书成以问邕，邕不敢对，善诘之，邕意欲有所更。善曰：'试为我补益之。'邕附事见义，善以其不可夺，故两书并行。"

案《旧唐书·儒学传》《文苑传》所记李善事，颇为翔实。唯高宗子贤，在上元二年（六七五年）立为太子之前，永徽六年（六五五年）封潞王，龙朔元年（六六一年）徙封沛王。此谓兼沛王侍读在前，除潞王府记事参军在后，疑"沛""潞"二字有颠倒。《新唐书》增入数事，皆不可信。谓善"不能属辞"，然以《上〈文选注〉表》观之，闳括瑰丽，不下于"四杰"，"书簏"之诮，盖厚诬矣。又谓善居汴郑间，从学者众，始"号为《文选》学"，此亦非事实。"《文选》学"之名起于曹宪，善不过光大其业，自江淮延及汴郑，影响远迈其师耳。至于邕补益《选注》，"附事见义""两书并行"之说，则尤荒谬。而《郡斋读书志》（衢州本卷二十、袁州本卷第四下）顾信其说。《四库提要》卷一八六驳之云："《传》（指《旧唐书·儒学传》）称善注《文选》在显庆中，与今本所载进表题显庆三年（六五八年）者合。而《旧唐书·李邕传》称天宝五载

（七四六年）坐柳绩事杖杀，年七十余。上距显庆三年，凡八十九年，是时邕尚未生，安得有助善注书之事。且自天宝五载上推七十余年，当在高宗总章、咸亨间（六六八一六七三年），而《旧书》称善《文选》之学，受之曹宪，计在隋末，年已弱冠（善卒于载初元年，若隋末年已弱冠，则当九十余岁，高寿与其师曹宪年百零五岁者相似矣），至生邕之时，当七十余岁，亦决无伏生之寿，待其长而著书（善卒时邕约二十岁）。""《新唐书》喜采小说，未详考也。"

李善《文选注》成于显庆三年以前，而上元元年以后在汴郑传授此书，不可能无所增订。李匡义《资暇集》卷上《非五臣》一条云："代传数本李氏《文选》：有初注成者，覆注者，有三注、四注者，当时旋被传写之。其绝笔之本，皆释言训义，注解甚多，余家幸而有焉。尝将数本并校，不唯注之赡略有异，至于科段，互相不同，无似余家之本该备也。"匡义生于唐末（匡义昭宗时人，见《四库提要》卷一百十八），所见李氏《文选注》异本如此。证之今从敦煌所得唐时写本，如《西京赋》《解嘲》诸篇，注解即较传刻之本为多，科段亦正不同。匡义之言，盖是事实。李邕参订之说，虚幻无凭，可不论矣。

李善注《文选》时，朝野上下，好《文选》之学成风。《旧唐书·裴行俭传》云："高宗以行俭工于草书，尝以绢素百卷，令行俭草书《文选》一部。帝览之称善，赐帛五百段。"此初唐《文选》草书本，事在上元二年（六七五年）后，距李善之上《文选注》，不过二十年，亦《文选》学中一掌故也。

李善表上《文选注》后六十年，复有工部侍郎吕延祚上《五臣集注文选》。《新唐书·文艺传》云："吕向字子回，亡其世贯，或曰泾州人。""尝以李善释《文选》为繁酿，与吕延济、刘良、张铣、李周翰等更为诂解，时号'五臣注'。"又《艺文志》云："《五臣注文选》三十卷，衢州常山尉吕延济、都水使者刘承祖男良、处士张铣、吕向、李周翰注，开元六年（七一八年）工部侍郎吕延祚上之。"延祚《进〈五臣集注文选〉表》，即载今《六臣注文选》前（据涵芬楼影宋本），表中所记撰写诸人，与《唐志》合。表云："往有李善，时谓宿儒，推而传之，成六十卷。忽发章句，是征载籍，述作之由，何尝措翰。使复精核注引，则陷于末学；质访指趣，则岿然旧文。只谓搅心，胡为析理。臣惩其若是，志为训释。乃求得衢州常山尉臣吕延济、都水使者刘承祖男臣良、处士臣张铣、臣吕向、臣李周翰等，或艺术精远，尘游不杂；或词论颖曜，岩居自修。相与三复乃词，周知秘旨。一贯于理，杳测澄怀。目无全文，心无留义。作者为志，森乎可观。记其所善，名曰集注。并具字音，复三十卷。其言约，其利博。后事元龟，为学之师。豁若撤蒙，烂然见景。载谓激俗，诚惟便人。"表后题"开元六年九月十日工部侍郎吕延祚上表"。又记："上（指玄宗）遣将军高力士宣口敕：朕近留心此书，比见注本，唯只引事，不说意义。略看数卷。卿此书甚好，赐绢及彩一百段，即宜领取。"观表文及玄宗口敕，当时诋诃李善，正以其博征广引，不便蒙俗。而五臣无学，见笑大方，其议李氏之注，若斥鷃之怪鹍鹏，井蛙之嘲海若。《资暇集·非五臣》云："世人多谓李氏立意注《文选》，过为迂繁，徒自骋学，且不解文意；遂相尚习五臣者，大误也。所广征引（"所"下疑脱"以"字），非李氏立意。盖李氏不欲窃人之功，有旧注者，必逐每篇存之，仍题原注人之姓字。或有迂阔乖谬，犹不削去之。苟旧注未备，或兴新意，必于旧注中称'臣善'以分别。既存原注，例皆引据，李续之，雅宜殷勤也。"又谓李注"绝笔之本""释音训义，注解甚多"（已见前），"因此而量五臣者，方悟所注尽从李注中出。开元中进表，反非斥李氏，无乃欺心钦？且李氏未详处，将欲下笔，宜明引凭证，细而观之，无非率尔。今聊各举其端。至如《西都赋》说游猎云："许少施巧，秦成力折。"李氏云："许少、秦成，未详。"五臣云："昔之捷人壮士，搏格猛兽。""施巧""力折"，固是"捷""壮"，文中自解矣，岂假更言，况又不知二人所从出乎。（下举"上都"及曹植乐府二例，今略。）斯类篇篇有之，学者幸留意。乃知李氏绝笔之本，悬诸日月焉；方之五臣，犹虎狗凤鸡耳"。唐人如丘光庭（《兼明书》）、宋人如苏轼（《东坡集》）、洪迈（《容斋随笔》）、姚宽（《西溪丛语》）、王楙（《野客丛书》）等，莫不斥五臣，尊李善，是非自有公论，今举《资暇集》一例，可以概其余矣。

上引《大唐新语·著述》篇所记萧嵩欲注《文选》之事，则在五臣之后。嵩奏请从事注释之人，除王智明、李玄成、陈居外，尚有陆善经。此役虽未成功，而陆善经之说独见于日本传钞本《文选集注》。向宗鲁先生尝作《书陆善经事，题〈文选集注〉后》云："日人所传《文选集注》百二十卷，其残卷罗叔言（振玉）印行之；今又有日方新印本，其中多引陆善经说。杨惺吾（守敬）所钞古卷子三十卷本，其首卷亦录陆善经说于眉端。而善经，两《唐书》无传，仕履莫详。森立之《经籍访古志》（卷六）云：'陆善经注《文选》事，遍检史志，不载其目。'知其垂意于此者久矣。今考唐开成石刻集贤院学士、宰相李林甫等《进〈月令注表〉》称同撰注人有'直学士河南府仓曹参军陆善经'。《新唐书·艺文志》载'御刊定《礼记·月令》一卷'，其子注列集贤院学士李林甫诸人注解，其中有'直学士'三人，善经其一也。其结衔详略不同者，盖善经本官为河南府仓曹参军，以修书故入集贤为直学士。《唐六典》卷三十云：'河南府仓曹参军，正七品下。'卷九云：'集贤殿书院，五品以上为学士，六品以下为直学士。'善经官在六品以下，故为直学士。史志省略其本官耳。日本古钞卷子本《蒙求》载李良《荐〈蒙求〉表》，后有题识云：'天宝五年（"年"，疑"载"，时已改年为载也；天宝五载为七四六年）八月一日，饶州刺史李良上表，令国子司业陆善经为表。'（见《日本访书志》）《唐六典》卷二十二云：'国子司业从四品下。'盖善经前为河南府仓曹参军，入为集贤院直学士，至天宝五载始累迁至司业也。新、旧《唐志·子部》有陆善经注《孟子》七卷，亦见《崇文总目》，云陆善经删赵注。孙宣公（奭）《孟子音义》多引其说，其序云：'为之注者则有赵岐、陆善经。'又云：'陆善经以降，其所训说，虽小有异同，而共宗赵氏。'伪《孟子孙疏》于《题辞》下亦云：'至于皇朝，《崇文总目》《孟子》独存赵岐注十四卷，陆善经注七卷。'近马竹吾（国翰）辑善经注《孟》佚说，乃谓善经'不详何人'，疏矣！善经所著又有《新字林》，《广韵》多引之。近代有黄右原（奭）辑本。任幼植（大椿）《字林考逸》亦附于每部之末。书尾载丁小山（杰）签记云：'《广韵·十虞·𪏓》下引作陆该《字林》。'黄辑本'𪏓'字下注云：'疑该是名，善经其字也。'案：唐人多以字行，善经名该，而表文仍称善经，盖以此欤？其所注他书，见于日本藤原佐世《见在书目》者，有《周易》八卷、《古文尚书》十卷、《周书》十六卷（在诗类，疑"《毛诗》"之误）、《三礼》三十卷、《三传》三十卷、《论语》列六卷、《列子》八卷（亦载《孟子》七卷）。其著述又有《续梁元帝古今同姓名录》（《四库总目·类书类》著录《永乐大典》本，《函海》中有此书），可谓富矣。善经注《文选》事，见《玉海》五十四引《集贤注记》，云：'开元十九年（七三一年）三月，萧嵩奏王智明、李元成、陈居注《文选》。先是，冯光震奉敕入院校《文选》，上疏以李善旧注不精，请改注。从之。光震自注得数卷。嵩以先代旧业，欲就其功，奏智明等助之。明年五月，令智明、元成、陆善经专注《文选》，事竟不就。'案：萧嵩罢相，在开元二十一年（七三三年）；李林甫初相，在开元二十二年（七三四年）。《通典》卷二十一云：'集贤殿书院，每以宰相为学士者知院事。'《唐志》同。校《文选》事，萧嵩主之，时萧嵩以宰相知院事也。注《月令》事，李林甫主之，时林甫以宰相知院事也。以此推之，则善经奉命注《文选》当在开元二十一年萧嵩罢相以前；其参与注《月令》事当在开元二十二年林甫既相之后。天宝五载为国子司业；则其为河南府仓曹参军，为集贤院直学士，自在天宝五载之前矣。《集贤注记》称'事竟不就'，而《集注》多引其说，则陆氏固有成书。岂善经初受命与王、李同注，事旋中辍；而己卒发愤以成之耶。"

五臣、萧嵩、陆善经诸人注释《文选》，皆在开元中。于时诗人辈出，号为盛唐。远及边陲，皆诵萧《选》。《旧唐书》卷一百九十六《吐蕃传》上载开元十八年（七三〇年）吐蕃使奏云："公主（指金城公主，中宗所养雍王宗礼女，景龙四年，即七一〇年，嫁吐蕃赞普赤德祖赞）请《毛诗》《礼记》《左传》《文选》各一部。"制令秘书省写与之。风尚所及，渐染东邻。岛田翰《古文旧书考》卷一记《文选》残卷子本云："《文选》之见于史者，以《续日本纪》为首，曰：'袁晋卿，唐人也。天平七年（当唐开元二十三年，公元七三五年），从遣唐使来归，通《尔雅》《文选》音，因授大学音博士。'"开元、天宝以来，《文选》已与当时所尊崇之儒家经典并重。民间相传，士子求学所携"十帙文书"，即是"《孝经》《论语》《尚书》《左传》《公羊》《谷梁》《毛诗》《礼记》《庄子》《文选》"（见《秋胡变文》，载《敦煌变文集》卷二；参看《管锥编》第四册第一四〇〇页）。文章之士诵习之勤，或更过于经史诸子。

王应麟《困学纪闻》卷十七云："李善精于《文选》，因以讲授，谓之'《文选》学'。少陵有诗云：'续儿诵《文选》。'（《水阁朝霁》）又训其子：'熟精《文选》理。'（《宗武生日》）盖《选》学自成一家。江南进士试'天鸡弄和风'诗，以《尔雅》天鸡有二，问之主司，其精如此。故曰：'《文选》烂，秀才半。'熙丰之后，士以穿凿谈经，而《选》学废矣。"

案："《文选》学"不始于李善，而始于曹宪，已详上文。江南试进士事，见于郑文宝《南唐近事》，云："后主壬申（即宋开宝五年，公元九七二年），张佖知贡举，试'天鸡弄和风'（谢灵运《于南山往北山经湖中瞻眺》诗句，见《文选》卷二十二），佖但以《文选》中诗句为题，未尝详究。有进士白云：'《尔雅》：鶾，天鸡；鶤，天鸡。未知孰是？'佖大惊，不能对。亟取《尔雅》检之，一在《释虫》，一在《释鸟》，果有二，因自失。"（李善注引《释鸟》，谢诗上句云"海鸥戏春岸"，此"天鸡"当然是鸟。）"文选烂，秀才半"之谣，见于陆游《老学庵笔记》卷八，云："国初尚《文选》，当时文人专意此书，故草必称'王孙'，梅必称'驿使'（《四库提要》卷一二一云：'驿使寄梅出陆凯诗，昭明所录，实无此作，亦记忆疏。'），月必称'望舒'，山水必称'清晖'。至庆历后，恶其陈腐，诸作者始一洗之。方其盛时，士子至为之语曰：'文选烂，秀才半。'"（参见《苕溪渔隐丛话》后集卷二引《雪浪斋日记》）熙丰（指熙宁、元丰，即一〇六八——一〇八五年）之后《文选》学废之说，盖诋诃王安石变法之词。实则《选》学之废非必始于熙丰，欧阳修力倡"容兴简易"（苏洵《上欧阳内翰书》），"平淡造理"（韩琦《欧阳公墓志铭》），八代之文，多已束之高阁。然修亦非不重《文选》者，观其《集古录跋尾》卷七，谓颜真卿书《东方朔画赞》有二字与《文选》不同，可知其校读亦不鲁莽。然《跋尾》卷四跋晋《乐毅论》，乃云："与《文选》所载，时时不同，考其文理，此本为是。"《乐毅论》何尝载入《文选》？其为疏忽，实已泰甚（此或指流俗钞纂之书，而谓《文选》，可谓玷辱萧《选》矣）。陆游所谓庆历（一○四一——一○四八年）一洗陈腐，盖近于事实。阎若璩云："《萧至忠传》（《新唐书》卷一百二十三）：'尝出太平公主第，遇宋璟，璟戏曰：非所望于萧傅。'此用潘安仁《西征赋》语（见《文选》卷十）。司马公作《通鉴》，改曰：'非所望于萧君也。'（见《通鉴》卷二百一十）便是不知出《文选》。宋景文（祁）则自言手钞《文选》三过矣。"（《困学纪闻》卷十七翁注引）宋祁熟精《文选》，而司马光于《文选》已非措意，此皆王安石同时人物，于《文选》好尚，如此不同，《选》学之废，岂能令熙宁新政独尸其咎乎？

唐代作家，皆重《文选》，不仅杜甫不废齐梁，课儿续诵；即如韩愈高谈周汉，亦兼爱不衰。樊汝霖韩集注云："《秋怀诗》十一首，《文选》诗体也。唐人最重《文选》学。公（指韩愈）以'六经'之文为诸儒唱，《文选》弗论也。独于李郱墓志之曰：'能暗记《论语》《尚书》《毛诗》《左传》《文选》。'（见《中大夫陕府左司马李公墓志铭》）而公诗如'自许连城价'（《县斋有怀》）、'傍砌看红药'（《和席八十二韵》）、'眼穿长讶双鱼断'（《酒中留上襄阳李相公》）之句，皆取诸《文选》。故此诗往往有其体。"（《五百家注音辩韩集》卷一引，参看李详《愧生丛录》）。杜诗韩笔，百代高标。取则不远，矩矱斯同。陆龟蒙云："因知昭明前，剖石呈清琪；又嗟昭明后，败叶埋芳蕤。"（《袭美先辈以龟蒙所献五百言，既蒙见和，复示荣唱，至于千字，提奖之重，蔑有称实，再抒鄙怀，用伸酬谢》，参看《管锥编》第四册第一四〇〇页。）琅玕拱璧，追琢之功；萧艾荬蒩，骚除之勇；唐人所感于《文选》者深矣。

当唐宋之隆，《文选》家传户习，而排诋之者，亦不乏人。李文饶（德裕）之对武宗，苏子瞻（轼）之答刘沔，其最著者也。

《新唐书·选举志》载李德裕尝与武宗论公卿子弟艰于科举，云："臣无名第，不当非进士。然臣祖（德裕父吉甫，祖栖筠）天宝末以仕进无他岐，勉强随计，一举登第。自后家不置《文选》，恶其不根艺实。然朝廷显官，须公卿子弟为之。何者？少习其业，目熟朝廷事，台阁之仪，不教而自成。寒士纵有出人之才，固不能闲习也。"此则朋党之见，排摈进士举子，而迁怒《文选》，固是违心之论，史目之为"偏异",得其实矣。

《经进东坡文集事略》卷四十六《答刘沔书》云:"识真者少,盖从古所病。梁萧统集《文选》,世以为工。以轼观之,拙于文而陋于识者,莫统若也。宋玉赋高唐神女,其初略陈所梦之因,如子虚、亡是公等皆赋矣,而统谓之叙,此与儿童之见何异?李陵、苏武,赠别长安,而诗有江汉之语。及陵与武书,词句儇浅,正齐梁小儿所拟作,决非西汉文。而统不悟。刘子玄独知之。"苏轼所举一、二例,未尝不是,然以此便谓"拙于文而陋于识,莫统若",则夸大之词,不足以服人。刘知几(子玄)《史通·杂说下》云:"《李陵集》有《与苏武书》,词采壮丽,音句流靡。观其文体,不类西汉人,殆后来所为,假称陵作也。迁史(指《史记》)缺而不载,良有以焉。编于《李陵集》中,斯为谬矣。"案:《汉骑都尉李陵集》二卷,在《隋书·经籍志》集部别集类著录,何人所编,不可知也。《文选》所录《与苏武书》,盖取诸此。《史通》所论,甚有分寸,虽指为拟作,然称赏书词,未尝诋为"儇浅";更未尝集矢于《文选》也。轼断定此书为"齐梁小儿所拟",浦起龙以为"强坐",驳之云:"江文通《上建平王书》(《文选》卷三十九)已用'少卿捶心'之语,岂以时流语作典故哉!当是汉季、晋初人拟为之。"（《史通通释》卷十八）苏轼昌言韩愈"文起八代之衰"（《韩文公庙碑》），自不能不诡称轻视《文选》。章炳麟谓轼"好为大言""飞钳而善刺"（《国故论衡·论式》《訄书·学蛊》），斯其证矣。轼尝作《拟孙权答曹操书》（《经进东坡文集事略》卷五十八）以摹效《文选》（《文选》卷四十二载阮瑀《为曹公作书与孙权》，此拟为答书）；又在《志林》中辩李善、五臣之是非：是其于《选》学亦深好之；《答刘沔书》云云，非由衷之论也。

盛唐以后，《选》学专书传世者少，然而零篇杂笔，代不乏人。自唐迄明，为汪师韩《文选理学权舆》采入《前贤评论》篇者，有李匡义（《资暇集》）、邱光庭（《兼明书》）、苏轼（《东坡集》《志林》）、洪迈（《容斋随笔》）、唐庚（《子西语录》）、晁公武（《郡斋读书志》）、陈振孙（《直斋书录解题》）、刘克庄（《后村诗话》）、吴子良（《林下偶谈》）、王应麟（《困学纪闻》）、方以智（《通雅》）、顾炎武（《日知录》）诸人。孙志祖《文选理学权舆补》复增入颜师古（《匡谬正俗》）、朱翌（《猗觉寮杂记》）、杨慎（《升庵集》）数家。余萧客《文选纪闻》亦有纂录。诸家之所遗佚，犹不胜枚举；集部之文，几未尝触及。补辑之工，请俟来者。

清人尚征实之学，而《文选》一书，乃隋唐以上篇章之玄圃；李注敷洽，尤为古佚之邓林。故博雅之士，莫不究心。张之洞《书目答问》举著述者姓名，特立"《文选》学家"之目；又谓："凡通汉学、小学、骈文者，皆深于《选》学。"推清儒之治《选》学者，其宗旨所尚，盖有三术：一曰：剔除五臣，以尊李善，如胡克家之《考异》、许巽行之《笔记》是也。二曰：通于小学，以究音训，如余萧客之《音义》、胡绍煐之《笺证》是也。三曰：条理李注，以校存佚，清儒于此，尚无专著，张云璈之《胶言》、梁章钜之《旁证》，始有萌芽，精微光大，犹有待于后学。今略举清人所著《选》学要籍如下：

潘耒（次耕，稼堂）：《文选》校本。

钱陆灿（湘灵，圆沙）：《文选》校本。

何焯（屺瞻，义门）：《文选》校本。

陈景云（少章）：《文选》校本。

以上四书，并无传本，仅据余萧客、许巽行、孙志祖、胡克家、梁章钜诸家所引，可以见其一斑。

余萧客（仲林）：《文选音义》八卷，静胜堂刻本，鸿宝斋影印小字本。

又：《文选纪闻》三十卷，《碧琳琅馆丛书》本，《芋园丛书》本（二本是一刻）。

许巽行（密斋）：《文选笔记》八卷，杭州任有容斋刻本，《文渊楼丛书》影印本。

汪师韩（韩门，上湖）：《文选理学权舆》八卷，《丛睦汪氏遗书》本，《读画斋丛书》本，《受经堂丛书》本。

孙志祖（颐谷）：《文选理学权舆补》一卷，《读画斋丛书》本，《受经堂丛书》本。

又：《文选考异》四卷，《读画斋丛书》本，《受经堂丛书》本，番禺陶氏刻本。

又：《文选李注补正》四卷，《读画斋丛书》本，《受经堂丛书》本，番禺陶氏刻本。

胡克家（果泉）：《文选考异》十卷，附在胡刻《文选》后（此书实是顾千里、彭兆荪代作）。

张云璈（仲雅）：《选学胶言》二十卷，三影阁刻本，《文渊楼丛书》影印本。

梁章钜（茝林）：《文选旁证》四十六卷，榕风楼刻本，江苏重刻本。

朱珔（兰坡）：《文选集释》十四卷，小万卷斋刻本，受古堂石印本。

胡绍煐（枕泉）：《文选笺证》三十卷，《聚学轩丛书》本。

上举诸书，可以略见清代《选》学大概。此外如王念孙（怀祖）《读书杂志·余编》，宋翔凤（于庭）《过庭录》，俞正燮（理初）《癸巳类稿》《存稿》，桂馥（未谷）《札朴》，洪颐煊（筠轩）《读书丛录》，劳格（季言）《读书杂识》诸书，皆有涉及《文选》，为之笺校，极为精审者；至于单篇论著，收入文集者，尤不胜枚举。高步瀛（阆仙）尝欲纂次为《文选李注义疏》，印成者只有八卷。《文选》之学，踵武前修，翘首新路，必有才智之士，"勉十舍之劳，寄三余之暇"，如李善其人者（见李善《上〈文选注〉表》）。

〔附注〕

敦煌石室藏书中有《文选音》残卷，存《王文宪集序》至《晋纪总论》部分，为伯希和所得，编号为伯二八三三，已影印入《敦煌秘籍留真新编》。或以为萧该所作，或以为许淹所作，皆无确证（参看《敦煌古籍叙录》第三二二—三二三页），今不列入萧、许诸家著作中。

四 《文选》传本举要

《文选》传本今可见者不外五系，兹略记其概况如下：

〔甲〕无注三十卷本

日本所传古钞卷子无注三十卷本《文选》，著录于森立之《经籍访古志》卷六者一卷（卷第一）；著录于岛田翰《古文旧书考》卷一者二卷（不记卷第）；为杨守敬（惺吾）所得者而著录于《日本访书志》卷十二者，除森立之所载一卷外，又有二十卷（卷第五、第六、第七、第八、第九、第十、第十五、第十六、第十九、第二十、第二十一、第二十二、第二十三、第二十四、第二十五、第二十六、第二十七、第二十八、第二十九、第三十）。

森立之所著录之本藏温故堂，云："首有显庆三年李善《上文选注表》、梁昭明太子撰《文选序》，序后接本文。""不记钞写年月。卷中朱墨点校颇密。标记、旁注及背记所引有'陆善经''善本''五臣本'，《音决》《钞》《集注》诸书及'今案'云云。考字体墨光，当是五百许年前钞本。"又云："此本无注文，而首冠李善序（当云"表"），盖即就李本单录出本文者。"

岛田翰所著录者为井井竹添旧藏，以其有《神女赋》观之，当是卷第九、第十。翰云："是书今存二卷，而依其卷第考之，则盖为三十卷本。三十卷本者，即萧统之旧也。且无注文，而其所载本文则凿凿与李善本符，是其为李善所原之蓝帙也可知矣。《西溪丛语》（卷上）载宋玉《神女赋》讹误云：'后人谓襄王梦神女，非也，今本《文选》'玉''王'字差误。'姚宽在宋已以是为当时误传，而宋本、今本，皆以为王梦神女。今观此本所存《神女赋》，'王'与'玉'正与今本相反，盖梦之者宋玉，问之者襄王也。文义于是始归于正矣。校勘之不可忽，而古文旧书之不可不贵如此。"

杨守敬所著录第一卷称"卷子本"，即森立之所载温故堂旧藏，守敬又从森立之得之。另二十卷，称"古钞无注""残本"，谓"相其纸质字体，当在元明间"。守敬不同意森立之所称此为"就李本单录出者"之说，云："今细按之，此本若就李本所出，李本已分《西京》为二卷，则录之者必亦二卷，今合三赋（指《西都》《东都》《西京》）为一卷，仍昭明之旧，未必钞胥者讲求古式如此。《东都赋》：'子徒习秦阿房之造天。'标记云：'善本秦阿无房字，五臣本秦阿房，或本又有房字。'今以善本、五臣本合校此本，此不从善本出之切证也。""盖日本钞古书往往载后来之笺注序文，如《孝经》本是明皇初注本，而载元行冲《孝经疏序》；其他经书、经注本，又往往载孔颖达之疏于栏格，盖为便于讲读也。钞此本者，固原于未注本，而善注本已通行，故亦以其表冠之也。"又云："《文选》本三十卷，李善注分为六十卷，五臣注仍三十卷。""此无注三十卷本，盖从古钞卷子本出，并非从五臣、善注本略出。何以知其然？若从善注出，必仍六十卷；若从五臣出，其中文字必与五臣合。今细按之，乃同善注者十之七八，同五臣者十之二三，亦有绝不与二本相同而为王怀祖、顾千里诸人所揣测者；又有绝佳之处，为治《选》学者共未觉，而一经考证，旷若发蒙者。盖日本所得中土古籍，自'五经'外，即以《文选》为首重，故其国唐代曾立《文选》博士（见其国《类聚国史》）。今古钞本卷子残卷，往往存故藏家。""中土单行善注原本已不可得，尚何论崇贤以前。"又称曾为"出其异同，别详"。今未见守敬所写校记；而国内所传古钞本则皆出自守敬。据向宗鲁先生云，守敬所传者，一为卷子本，藏武昌徐恕（行可）处，一为折叠本，藏蕲春黄侃（季刚）处。宗鲁先生曾假两本合校，亦小有异同。

黄侃在卷六末跋云："《海赋》多出十六字（《海

赋》：'朱燚绿烟，晻眇蝉蜎。'下多'珊瑚琥珀，群产相连，砗磲玛瑙，渊积如山'十六字），不但六臣所无，何、余、孙、顾所未见，即杨翁藏此卷子于箧衍数十年，殆亦未发见矣。岂徒《神女》玉王亘讹，证存中之妙解（已见上文岛田翰引《西溪丛语》卷上，此说又见沈括《补笔谈》），《西京》戈弋不混，謰屺瞻之善仇乎（《西京赋》：'建玄戈，树招摇。'古钞本及敦煌永隆写本并如此，今本误'戈'为'弋'，何焯校为'戈'，见余萧客《文选音义》卷一）？且崇贤书在，北海解亡。此编原校引书独有'臣君'之说（卷一《西京赋》：'衍地络。'古钞本标记作'楢'，'陆曰：臣君曰：以善反，申布也。'），是则子避父讳，其为北海之作，焯尔无疑。（此用《文苑英华辨证》卷十三说，实不可通。《辨证》云家集避讳，此子代父作，何能牵合。）陆善经见之，此卷子引之（此依《新唐书》说，强附'臣君'之文，殊不可信）。逸珠盈碗，何珍如是。行可能藏，侃能校，皆书生之幸事也。季子侃题记。"

向宗鲁先生校本识语云："《旧唐书·儒学传·曹宪传》云：'初，江淮间为《文选》学者本之于宪。又有许淹、李善、公孙罗复相继以《文选》教授，由是其学大兴于代’。（《新书》略同，惟增入魏模。）又云：‘公孙罗，江都人也。历沛王府参军，无锡县丞。撰《文选音义》□卷行于代。’又《经籍志》：‘《文选》六十卷，公孙罗撰。’又：‘《文选音》十卷，公孙罗撰。’（《新史》略同《刘宾客嘉话录》引公孙罗《南都赋注》一条。）以日本藤原佐世《见在书目》证之，则钞本及《集注》本所引‘钞曰’，即《唐志》六十卷本也。所引‘《音决》’，即《唐志》之《文选音》也。惟《见在书目》称‘《文选钞》六十九卷’，与《唐志》异，或后人所附益，或‘九’字误衍，俱不可知。公孙罗氏与崇贤并世，俱以《选》学著称，而中土久失其书，学者几不能举其人，赖此残卷得存崖略，其功大矣。陆善经，两《唐书》无传，《志》亦不载其书。《开成石经》刻李林甫等《进〈月令注〉表》称同撰注人有‘河南府仓曹参军陆善经’，则亦玄宗时学者也。（注《月令》事亦见《新志》子注中，无衔名。又《新志》子部有陆善经注《孟子》七卷；陆善经删赵注见《崇文总目》，宋孙奭《孟子音义》多引其说，马辑本云‘不详何人’，疏也。）《集注》引陆说，作者当在中唐以后；钞本旁注引《集注》语，当更出其后矣。《经籍志》谓钞本就李本录出，今细核之，固多异于李本，而同于五臣者；旁注亦时引李本，以校异同，则非全用李本可知。其中如《西都赋》无'众流'二句，与《范书》合。《离骚》'颇颔'作'减淫'（《集注》本同），今已不知有此异文。《海赋》多十六字，今本皆佚夺，赖此存之。真一字千金也！所引李善说，有出今本外者，疑出《文选辨惑》中（《唐志》十卷），尤可贵也。承周。"（向先生此跋写在《书陆善经事》前，前已引《书陆善经事》，故此颇有重复。然以先生此二文皆未发表，故全录于此，不敢妄加删削，以存其真。）

无注三十卷本《文选》除上举日本所传二十一卷外，在敦煌石室藏书中所得者尚有《王文宪集序》残帙（伯二五四二，当是卷二十三）；又有卷二十五残帙，存《恩幸传论》《光武纪赞》及后题"《文选》卷第二十五"残帙（伯二五二五卷）：皆影印入《鸣沙石室古籍丛残》中，蒋斧、罗振玉、刘师培、王重民有题记，见《敦煌古籍叙录》第三一〇—三一六页（参看《敦煌遗书总目索引》第二六六及三九三页）。另有谢灵运《乐府》及鲍明远《乐府》残帙（伯二五五四，当是卷十四），《演连珠》残帙（伯二四九三，当是卷二十八），《运命论》残帙（伯二六四五，当是卷二十七），《剧秦美新》《典引》残帙（伯二六五八，当是卷二十四），《三月三日曲水诗序》

残帙（伯二七〇七，当是卷二十三），《三月三日曲水诗序》及《王文宪集序》残帙（伯二五四三，当是卷二十三，与《古籍丛残》所印二五四二为一卷），《阳给事诔》残帙（伯三七七八，当是卷二十九），《褚渊碑文》及后题"《文选》卷第二十九"残帙（伯三三四五），《啸赋》及后题"《文选》卷第九"残帙（斯三三六三）：皆有王重民题记，见《敦煌古籍叙录》第三一六—三二二页（参看《敦煌遗书总目索引》第一八三、二六七及三九三页）。《剧秦美新》、《典引》及《褚渊碑文》残帙已影印入《敦煌秘籍留真新编》中。

〔乙〕李善注六十卷本

《文选李善注》，今存最早者为敦煌石室所藏残帙，一为《西京赋》（伯二五二八），一为《答客难》及《解嘲》（伯二五二七）。《西京赋》末后题"《文选》卷第二"，"永隆年（六八〇年）二月十九日弘济寺写"。《答客难》及《解嘲》为李注卷第四十五。此二帙不仅正文字句与今传李善注本有异，而且注文详略、科段分划，皆有不同。《资暇集》所谓李善《选》注至于三四，当时旋被传写之说，此二残帙可以证成之（见上《〈文选〉学概略》篇）。此二帙已影印入《鸣沙石室古籍丛残》中，蒋斧、罗振玉、刘师培、王重民皆有题记，见《敦煌古籍叙录》第三一〇—三一五页（参看《敦煌遗书总目索引》第二六六及三九三页）。又有残帙存《述祖德诗》至《上责躬应诏诗表》，亦出于敦煌，而为俄罗斯所得，日本人狩野直喜有《唐钞〈文选〉残篇跋》（载《支那学》第五卷）记其内容，认为不知注家何人，而颇与李善、五臣相类，书则写于玄宗前。疑亦李善注旋被传写之本。

李善注《文选》刻本，今知其最早者为北宋真宗景德四年（一〇〇七年）校刻及仁宗天圣七年（一〇二九年）重刻本。《宋会要》第五十五册《崇儒》四："景德四年八月，诏三馆秘阁置馆校理，分校《文苑英华》《李善文选》，摹印颁行。《李善文选》校勘毕，先令刻板，又命官覆勘。未几，宫城火，二书皆烬（按：祥符八年，即一〇一五年，四月，荣王宫火，一日二夜，所焚屋宇二千余间。三馆图书，一时俱尽。见钱惟演《玉堂逢辰录》，《直斋书录解题》卷七引；又见《挥麈前录》卷一）。至天圣中，监三馆书籍刘崇超上言：'《李善文选》，援引该赡，典故分明，欲集国子监官校定净本，送三馆雕印。'从之。天圣七年十一月，板成。又命直讲黄鉴、公孙觉校对焉。"（新印本第二二三一—二二三二页）此北宋天圣中重刻者，今犹有递修本，藏北京图书馆，存卷第十七至十九、三十至三十一、三十六至三十八、四十六至四十七、四十九至五十八、六十：都凡二十一卷（见《北京图书馆善本书目》卷八，此书编号为八五七五）。

今存《文选李善注》六十卷刻本之全帙，以南宋孝宗淳熙八年（一一八一年）尤袤刊于池阳郡斋（地在今江西贵池）者为最早。此本六十卷后附《李善与五臣同异》一卷；又有淳熙辛丑（即八年）上巳日尤袤题记、淳熙八年三月及八月望日袁说友两跋。元明所传善注如元张伯颜本、明汪谅本皆出于此。清嘉庆十四年（一八〇九年）胡克家属顾广圻（千里）、彭兆荪所刻，亦据此重雕，世称"胡刻"，其翻版、景印者不胜数。胡刻所据并非此刻之佳者，末尾脱去《李善与五臣异同》（盛宣怀后补刻入《常州先哲丛书》）及袁说友两跋。顾、彭二氏为之校正不少，亦颇有误改之字。今中华书局已假北京图书馆所藏，将尤刻原本影印。

顾千里代胡克家作《文选考异序》谓尤本仍非未经与五臣合并之本（指尤本系从六臣本摘出）："数百年来，徒据后出之单行本，便云显庆勒成，已为如此，岂非大误。"（见《思适斋集》卷十）此盖未见北宋天圣刊本，故为此说，实不可信也。至于毛晋汲古阁刊本卷二十五，陆云《答兄机诗》注中有"向曰"一条、"济曰"一条；又《答张士然诗》注中有"翰曰""铣曰""向曰""济曰"各一条：则实系从六臣之本，削去五臣，而独留善注者。故其刊除不尽，未必真出单行本，《四库提要》卷一百八十六所论证者，似可信也。

〔丙〕五臣注三十卷本

王明清《挥麈录余话》卷二云："毋丘俭贫贱时，尝借《文选》于交游间，其人有难色，发愤异日若贵，当板以镂之遗学者。后仕王蜀为宰，遂践其言刊之。印行书籍，创见于此。事载陶岳《五代史补》。"案：今传《五代史补》无此条。"毋丘俭"当作"母昭裔"（毋丘俭，三国魏人，见《魏志》）。《宋史》卷四百七十九《西蜀孟氏世家》载母守素父昭裔，"蜀宰相，太子太师致仕""昭裔性好藏书，在成都，令门人句中正、孙逢吉书《文选》《初学记》《白氏六帖》镂版。守素赍至中朝（指北宋汴梁），行于世。大中祥符九年（一○一六年）子克勤上其版，补三班奉职"。据《世家》载，孟昶广政二十年（九五七年），昭裔已衰老不能亲职，则其刻《文选》必在十世纪初（《挥麈录余话》谓是仕王蜀时）。是为《文选》之第一刻本。然据《宋会要》载，景德四年始议刻李善注（见上李注六十卷本下），则此刻为五臣注三十卷本也。《崇文总目》总集类有"《文选》三十卷，吕延济注"（钱辑本卷五），即五臣本。"《五臣注文选》三十卷"，南宋绍兴时（一一五一年）犹见于晁公武《郡斋读书志》著录（衢州本卷二十，袁州本卷四下）。及理宗时（一二二五——一二六三年），陈振孙作《直斋书录解题》，已未见此书之单行者矣。清初钱曾《读书敏求记》卷四总集类著录"《五臣注文选》三十卷"，云是"宋刻"，"镂版神致，览之殊可悦目"。今亦不知其存佚。北京图书馆藏宋杭州开笺纸马铺钟家刻本《五臣注文选》三十卷本，存第三十卷一卷，见《北京图书馆善本书目》卷八，或即《敏求记》著录之本也。

〔丁〕六臣注六十卷本

《直斋书录解题》卷十五（《聚珍版丛书》本）著录"《六臣文选》六十卷"，云后人并五臣与李善原注，合为一书，名"六臣注"。朱彝尊《曝书亭集》卷五十二《宋本〈六家注文选〉跋》云："《六家注文选》六十卷，宋崇宁五年（一一〇六年）镂版，至政和元年（一一一年）毕工。墨光如漆，纸坚致，全书完好。序尾识云：'见在广都县北门裴宅印卖。'盖宋时蜀笺若是也。每本有'吴门徐贲私印'，又有'太仓王氏赐书堂印记'。是书袁氏帙（当作

'绹'），曾仿宋本雕刻以行，故传世特多。然无镂版毕工年月，以此可辨真伪也。"按朱氏所跋《六家文选》为广都裴宅刊印者，《天禄琳琅书目》卷三著录，然《书目》云："未载刊刻年月，惟昭明序后有'此书精加校正，绝无舛误，见在广都县北门裴宅印卖'木记。"若朱氏所见镂版年月不误，则以五臣合并善注之六臣注本，北宋时蜀中裴宅所印卖为第一刻矣。今传宋本六臣注尚有绍兴二十八年（一一五八年）明州重修本（《天禄琳琅书目后编》卷七、《爱日精庐藏书志》卷三十五），赣州学刊本（即《天禄琳琅书目》卷三所载赵孟頫、王世贞藏本，又见《皕宋楼藏书志》卷一百十二、《铁琴铜剑楼藏书目录》卷二十三、《日本访书志》卷十二），以及《四部丛刊》景印宋本（似即属于赣州刊本系统，而补写之叶甚多）。元明时所传荼陵陈仁子《增补六臣注文选》六十卷（《天禄琳琅书目》卷十、《善本室藏书志》卷三十八），李善注居前，即出于赣州本（说见《钱琴铜剑楼藏书目录》卷二十三）；而吴郡袁绹嘉趣堂翻刻广都裴宅本《六家文选》六十卷，在明代为最有名，此书始刊于嘉靖甲午（十三年，即一五三四年），刊成于己酉（二十八年，即一五四九年），计十六载（《天禄琳琅书目后编》卷十九、《善本室藏书志》卷三十八、《明代版本图录初编》卷六），五臣在前，善注居后。顾千里为胡克家作《文选考异》，即用此二本参校尤刻。此外，嘉靖二十八年（一五四九年）钱塘田汝成序、洪楩刻本（《善本室藏书志》卷三十八）；万历甲戌（二年，即一五七四年）汪道昆序，崔孔昕、党馨、朱守行、郭宗磐刊本；越五年戊寅（六年，即一五七八年）徐成位重刊本（《天禄琳琅书目后编》卷十九）：皆依陈本（《邵亭知见传本书目》卷十六），世亦通行。崔、徐本作三十卷（《四库提要》卷一百八十六。《提要》谓田氏本亦为三十卷，盖不知徐本载田序，本采之洪本，而洪本固六十卷也），或合或分，随刊者之意。六臣本固当以从善注析为六十卷者为北宋以来编次之式也。

〔戊〕集注一百二十卷本

《文选集注》乃在日本金泽文库（即金泽称名寺）所发现者。其书除全载李善注、五臣注之外，又有《钞》、《音决》及陆善经注三种。《钞》《音决》为公孙罗所著书，陆善经生平及其注《文选》事，已详《〈文选〉学概略》篇。《集注》载此五种注本，又往往有"今案"云云，记五本字句异同。其编者不详何人，时代大抵在中唐以后（八九世纪间）。可能即日人所辑（《经籍访古志》卷六主此说）。

盖分李善注本一卷为二卷，共有一百二十卷。一九一八年，罗振玉曾影印所得者十六卷入《嘉草轩丛书》中，标题为《文选集注残本》，罗氏有序，记其辑印始末；一九三五——一九四二年，日本《京都帝国大学文学部景印唐钞本》又收所得《文选集注》残帙（包括罗氏已影印者）入第三至九集。今据两种丛书印本所收卷第，列表如下（凡收入者注"○"号）：

卷　第	《嘉草轩丛书》	《京都帝国大学文学部景印唐钞本》
八		○
九		○
四十三		○
四十七		○
四十八	○	○
五十六		○
五十九	○	○
六十一		○（三集九集并收）
六十二	○	○
六十三	○	○
六十六	○	○

册　第	《嘉草轩丛书》	《京都帝国大学文学部景印唐钞本》
六十八	○	○
七十一	○	○
七十三	○	○
七十九	○	○
八十五	○	○
八十八	○	○
九十一	○	○
九十三	○	○
九十四	○	○
一〇二	○	○
一一三	○	○
一一六	○	○

两种丛书所印，除重复，共有二十三卷，尚不到原书四分之一（著录于《经籍访古志》卷六者赐芦文库藏本三卷，其卷第五十六及百十六已印入《京都帝大唐钞本》，而卷第百十五则两丛书皆未收）；然已为校雠之拱璧，古佚之瑰宝矣。

《文选李注》选讲

序　例

（一）讲读《文选》，应首及萧统《文选序》；寻绎李注，必先看李善《上〈文选注〉表》。今选讲目录暂不采入此二篇，缘此二篇皆有高步瀛注释（在《文选李注义疏》中。《文选序》包括学海堂诸生注；《上〈文选注〉表》又见《唐宋文举要》乙编卷一），较为翔实可据，学者可以自阅。

（二）选讲篇目以有利于指点治《选》方法为标准，亦照顾时代、体裁，名家、名作。长篇短什，在所不论。凡时流选本竞采之文，姑从简汰。

（三）入选篇章，悉据胡刻李善注本。正文、注文皆用单行；正文顶格，注文低一格小写，以示区别。校释依《经典释文》《五经正义》之例，只出正文、注文之有说者。所出文字过长，则但标起讫，或用"云云"字样以从省略。

在正文、注文中标出〔1〕〔2〕等番号，校释即列在每篇之末，可按番号寻检。

（四）讲疏所采多为校订训诂及历史、辩证资料，评文之语，撷取从严。良书盈箧，妙鉴乃订，轻言负诮，谢不敏焉（见《文心雕龙·知音》）。

（五）校释于清人《选》学著述，多所征引。余（余萧客《文选音义》《文选纪闻》）、许（许巽行《文选笔记》）、汪（汪师韩《文选理学权舆》）、孙（孙志祖《文选理学权舆补》《文选考异》《文选李注补正》）、张（张云璈《选学胶言》）、梁（梁章钜《文选旁证》）、朱（朱珔《文选集释》）诸家，皆但称其姓氏；二胡（胡克家《文选考异》、胡绍煐《文选笺证》）同姓，则称《考异》《笺证》以别之。其他引用较少者，不在此例。

（六）胡刻《文选》中直音反切，时时间出。取与古钞本旁注、六臣本、《集注》残卷本相校，亦多异同。此事涉及古籍旧音，别有专论。今所校释，暂从省略。

鹦鹉赋（卷十三·赋·鸟兽） 祢正平

鹦鹉赋[1]

并序。《山海经》曰："黄山有鸟，其状如鸮，青羽赤喙，人舌能言，名鹦鹉也。"注曰："舌似小儿舌，脚指前后各两。"[2]鹉，一作䳇，莫口切。[3]

祢正平

范晔《后汉书》曰："祢衡，字正平，平原人也。少有才辩，而尚气傲。曹操欲见之，不肯往。操怀忿，而以才名，不欲杀之，送刘表。后复侮慢于表。表不能容，以江夏太守黄祖性急，故送衡与之。祖长子射为章陵太守，尤善于衡。射大会宾客，人有献鹦鹉者，射举札于衡前曰：'愿先生赋之。'衡揽笔而作，辞采甚丽。后黄祖杀之，时年二十六。"[4]

时黄祖太子射亦[5]宾客大会，有献鹦鹉者。举酒于衡前曰："祢处士，

应劭《风俗通》曰：'处士者，隐居放言也。'[6]

今日无用娱宾[7]，窃以此鸟自远而至，明慧[8]聪善，羽族之可贵，

《典引》曰：'来仪集羽族于观魏。'[9]

愿先生为之赋。使四坐咸共荣观，不亦可乎？"

《老子》曰："虽有荣观，燕处超然。"[10]

衡因为赋，笔不停缀，文不加点。其辞曰：惟西域[11]之灵鸟兮[12]，挺自然之奇姿。体金精之妙质兮，合火德之明辉[13]。

西域，谓陇坻，出此鸟也。《老子》曰："以辅万物之自然。"河上公曰："辅万物自然之性也。"[14]西方为金，毛有白者[15]，故曰金精。南方为火，觜有赤者，故曰火德。《归藏·殷筮》曰："金水之子，其名曰羽蒙，是生百鸟。"[16]蔡邕《月令章句》曰："天官五兽，前有朱雀，鹑火之体也。"[17]

性辩慧[18]而能言兮，才聪明以识机[19]。

《礼记》曰："鹦鹉能言，不离飞鸟。"[20]王弼《周易注》曰："机者，事之微也。"[21]

故其嬉游高峻，栖跱[22]幽深。

《说文》曰："嬉，乐也。"[23]跱，立也。

飞不妄集，翔必择林。绀趾丹嘴，绿衣翠衿。

《说文》曰："绀，深青而扬赤也。"[24]

采采[25]丽容，咬咬[26]好音。

《韩诗》曰："采采衣服。"薛君曰："采采，盛貌也。"[27]《韵略》[28]曰："咬咬，鸟鸣也，音交。"《毛诗》曰："睍睆黄鸟，载好其音。"[29]

虽同族于羽毛，固[30]殊智而异心。配鸾皇而等美^{〔31〕}，焉比德^{〔32〕}于众禽。于是羡^{〔33〕}芳声之远畅，伟灵表之可嘉。命虞人于陇坻，诏伯益于流沙。

《汉书音义》：应劭曰："天水有大坂，曰陇坻。"^{〔34〕}《尚书》："帝曰：益，汝作朕虞。"孔安国曰："伯益也，掌山泽官也。"^{〔35〕}《尚书》曰："导弱水，余波入于流沙。"^{〔36〕}

跨昆仑而播弋，冠云霓而张罗，虽纲维^{〔37〕}之备设，终一目之所加。

《文子》曰："有鸟将来，张罗而待之。得鸟者罗之一目也，今为一目之罗，即无以得鸟也。"^{〔38〕}

且其容止闲暇，守植安停。

《鹏鸟赋》曰："貌甚闲暇。"^{〔39〕}王逸《楚辞注》曰："植，志也。"^{〔40〕}

逼^{〔41〕}之不惧，抚之不惊。

《鹖冠子》曰："迫之不惧，定以知勇。"^{〔42〕}

宁^{〔43〕}顺从以远害，不违迕以丧生。

《毛诗序》曰："君子全身远害。"^{〔44〕}

故献全者受赏，而伤肌者被刑。尔乃归穷委命，离群丧侣。

委命，已见上文。^{〔45〕}《礼记》曰："离群索居。"^{〔46〕}

闭以雕笼，翦其翅羽。

《淮南子》曰："天下以为笼，又何失鸟之有乎？"^{〔47〕}然笼所以盛鸟。^{〔48〕}

《说文》曰："翅，翼也。"[49]

流飘万里，崎岖重阻。

《埤苍》[50]曰："崎岖，不平也。"崎，去奇切；岖，音驱。

逾岷越障，载罹寒暑。

岷障，二山名。《续汉书》曰："岷山，在蜀郡五道西。障县，属陇西，盖因山立名也。"[51]《毛诗》曰："二月初吉，载离寒暑。"[52]一曰：障，亭障也。

女辞家而适人，臣出身而事主。

有以托意也。时为曹操所迫，故寄意以申情。《家语》曰："女十五许嫁，有适人之道。"[53]《汉书》：郅都曰："已背亲而出身，固当奉职也。"[54]

彼贤哲之逢患，犹栖迟以羁旅。

《毛诗》曰："衡门之下，可以栖迟。"[55]女适人，臣事君，逢祸患，尚栖迟羁旅也。羁旅，已见上文。[56]

矧禽鸟之微物，能驯扰以安处。

薛君《韩诗章句》曰："鸟，微物也。"[57]《说文》曰："驯，顺也。"[58]《汉书音义》：应劭曰："扰，驯也。"[59]

眷西路而长怀，望故乡而延伫。

《楚辞》曰："情慨慨而长怀。"[60]又曰："结幽兰而延伫。"[61]

忖陋体之腥臊，亦何劳于鼎俎。

《毛诗》曰："予忖度之。"[62]七本切。《国语》：舅犯对晋侯曰："偃之肉腥臊，将焉用之。"[63]孔安国《尚书》传曰："腥，臭也。"[64]

嗟禄命之衰薄，奚遭时之险巇[65]。

《礼斗威仪》[66]曰："天其禄命，不得极其数。"《楚辞》曰："何周道之平易，然芜秽而险巇。"王逸曰："险巇，颠危也。"[67]

岂言语以阶乱，将不密以致危。[68]

《周易》："孔子曰：乱之所生，则言语以为阶也。君不密则失臣，臣不密则失身。"[69]

痛母子之永隔，哀伉俪之生离。

《左氏传》曰："施氏之妇，怨施氏曰：'已不能庇其伉俪。'"杜预曰："俪，偶也。伉，敌也。"[70]《楚辞》曰："悲莫悲兮生别离。"[71]

匪余年之足惜，愍众雏之无知。[72]

《尔雅》曰："生噣，雏。"[73]谓鸟子初生，能自啄食，揔名曰雏也。

背蛮夷之下国，侍君子之光仪。

《毛诗》曰："命于下国。"[74]非天子之国，故曰下也。

惧名实之不副，耻才能之无奇。

《庄子》：许由曰："名者实之宾。"[75]

羡西都之沃壤[76]，识苦乐之异宜。

西都，长安也。鹦鹉言长安乐，自古有之，未详所见。[77]

怀代越之悠思，故每言而称斯。

斯，此也；此，长安也。言类彼鸟马，而怀代越之思，故亦每言而称此。《古诗》曰："代马依北风，越鸟巢南枝。"[78]

若乃少昊司辰，蓐收整辔。

《礼记》曰："孟秋之月，其帝少昊，其神蓐收。"[79]

严霜初降，凉风萧瑟。

《楚词》曰："冬又申之严霜。"[80]

长吟远慕，哀鸣感类。

《毛诗》曰："哀鸣嗷嗷。"[81]

音声凄以激扬，容貌惨以憔颜[82]。

《汉书》：谷永上疏曰："赞命之臣，靡不激扬。"[83]《答宾戏》曰："夕而憔悴也。"[84]

闻之者悲伤，见之者陨泪。

《毛诗》曰："涕既陨之。"毛苌曰："陨，坠也。"[85]

放臣为之屡叹，弃妻为之歔欷。

放臣弃妻，屈原哀姜[86]之徒。王逸《楚词注》曰："歔欷，啼声。"[87]

感平生之游处[88]，若埙篪之相须。

《论语》曰："君子久要不忘平生之言。"[89]《毛诗》曰："伯氏吹埙，仲氏吹篪。"毛苌曰："土曰埙，竹曰篪。"[90]

何今日之两绝[91]，若胡越之异区。

《淮南子》曰："自异者视之，肝胆胡越也。"高诱曰："胡越，喻远。"[92]

顺笼槛[93]以俯仰，窥户牖以踟蹰。

《说文》曰："栊，房室之疏也。楯，栏槛也。"[94]王逸《楚词注》曰：

"从曰槛，横曰楯。"[95]《说文》曰："牖，穿壁以为窗也。"[96]《韩诗》曰："搔首踟蹰。"薛君曰："踟蹰、踯躅也。"[97]踟，肠知切。蹰，肠诛切。

想昆山之高岳[98]，思邓林之扶疏[99]。

班固《汉书赞》："《禹本纪》云：昆仑山高二千五百余里。"[100]《山海经》曰："夸父与日竞走，渴死，弃其杖，化为邓林。"[101]《上林赋》曰："垂条扶疏。"[102]

顾六翮之残毁，虽奋迅其焉如。

《韩诗外传》：盖乘曰："夫鸿鹄一举千里，所恃者六翮耳。"[103]

心怀归而弗果，徒怨毒[104]于一隅。

《毛诗》曰："岂不怀归。"[105]《广雅》曰："毒，痛也。"[106]

苟竭心于所事，敢背惠而忘初。

《左氏传》：子犯曰："背惠食言。"[107]《楚词》曰："不敢忘初之厚德。"[108]

托轻鄙之微命，委陋贱之薄躯。

《楚词》曰："蜂蛾微命力何固。"[109]

期守死以报德，甘尽辞以效愚。

《论语》："子曰：守死善道。"[110]《毛诗》曰："欲报之德。"[111]司马迁书曰："效其痴愚。"[112]

恃隆恩于既往，庶弥久而不渝。

渝，变也。感恩久而不变也。

〔校释〕

〔1〕〔鹦鹉赋〕 梁云："《酉阳杂俎》（前集卷十二《语资》）：魏肇师曰：古人托曲者多矣，然《鹦鹉赋》祢衡、潘尼二集（案：《隋书·经籍志》：'梁有《后汉处士祢衡集》二卷，《录》一卷，亡。'又：'《晋太常卿潘尼集》十卷。'《旧唐书·经籍志》有《祢衡集》二卷，是《隋志》所谓'亡'者乃《录》一卷耳。）并载，古人用意，何至于此。"张据此谓"史称衡气尚刚傲，好矫时慢物，全与赋中'宁顺从以远害，不违忤以丧生'之语相反，或未必为衡作也"。钱锺书《管锥编》第三册第一〇三〇—一〇三一页亦论及段、张之说，并引郑方坤《蔗尾诗集》卷二《秋夜读古赋，各题绝句》："赋成鹦鹉忽忧生，语作啾啾燕雀声。辜负大儿孔文举，枉将一鹗与题评。"自注："赋中多求哀乞怜语。"又谓曹植《鹦鹉赋》：（《全三国文》卷十四）"与衡所作，词旨相袭。岂此题之套语耶？抑同心之苦语也？"案：祢衡作《鹦鹉赋》事，《文士传》（《太平御览》九二四引）及《后汉书·文苑传》并载之。《文士传》作者张骘（《隋志》误作张隐），据姚振宗考订为西晋时人（见《隋书经籍志考证》卷二十），必不至于以当世作者潘尼之赋属之祢衡。范晔写《文苑传》，盖即本之骘书。《艺文类聚》卷九十一、《初学记》卷三十皆以此赋为祢衡作，魏肇师所见《潘尼集》，显系误收。至于谓赋中多求哀乞怜之语，与衡刚傲性情不符，则必须体会此乃赋鹦鹉，非赋雕鹗。李善注称"时为曹操所迫，故寄意以申情"，正得其旨。全赋不仅侔色揣称，而且托意深遥，能谓之"啾啾燕雀声"乎？"铺采摛文，体物写志"，乃赋之特征。《文心雕龙·诠赋》云："至于草区禽旅，庶品杂类，则触兴致情，因变取会。拟诸形容，则言务纤密；象其

物宜，则理贵侧附。斯又小制之区畛，奇巧之机要也。"明夫此，则刘勰称"孔融气盛于为笔，祢衡思锐于为文"，范文澜注举《鹦鹉》为思锐为文之证（见范注本《文心雕龙·才略》），为不可移易之论矣。《容斋三笔》卷十《祢衡轻曹操》条云："观其（指祢衡）所著《鹦鹉赋》，专以自况，一篇之中，三致意焉。如云：'嬉游高峻，栖跱幽深。飞不妄集，翔必择林。虽同族于羽毛，固殊智而异心。配鸾皇而等美，焉比德于众禽。'又云：'彼贤哲之逢患，犹栖迟以羁旅，矧禽鸟之微物，能驯扰以安处？'又云：'嗟禄命之衰薄，奚遭时以（今本作之）险巇。岂言语以阶乱，将不密以致危。'又云：'顾六翮之残毁，虽奋迅其焉如。心怀归而弗果，徒怨毒于一隅。'卒章云：'苟竭心于所事，敢背惠而忘初。斯守死以报德，甘尽辞以效愚。'予每三复其文而悲伤之。李太白诗（《鹦鹉洲悲祢衡》）云：'魏帝营八极，蚁观一祢衡。黄祖斗筲人，杀之受恶名。吴江赋《鹦鹉》，落笔超群英。锵锵振金石（今本作玉），句句欲飞鸣。鸷鹗啄孤凤，千载伤我情。'此论最为精当也。"洪迈所言，贤于张云璈、郑方坤远矣。

　　〔2〕〔注：《山海经》曰……前后各两〕　见《西山经》。

　　〔3〕〔注：鹉，一作䳇，莫口切〕　《说文·鸟部》："鹦，鹦䳇，能言鸟也。从鸟，婴声。"又："䳇，鹦䳇也。从鸟，母声。"段玉裁注："《曲礼》《释文》：婴，本或作鹦。母，本或作䳇，同音武，诸葛恪：茂后反（《礼记·曲礼上》：'鹦䳇能言，不离飞鸟。'《释文》本"鹦䳇"作"婴武"）。按裴松之引《江表传》曰：恪呼殿前鸟为白头翁，张昭欲使恪复求白头母，恪亦以鸟名鹦母，未有鹦父相难（此节引《吴志·诸葛恪传》注）。此陆氏所谓茂后反也。据此知彼时作

母、作鹠不作鹉，至唐武后时，狄仁杰对云：鹉者，陛下之姓。起二子则两翼振矣（见《通鉴》卷二〇六）。其字其音皆与三国时不同。此古今语言文字变移之证也。《释文》当云：母，本或作鹠，古茂后反；今作鹉，音武。乃合。李善注《文选》云：鹉，一作鹠，莫口反。较明析。"

〔4〕〔注：范晔《后汉书》曰云云〕　见《文苑传》。今范书作"平原般人"。般，地在今山东德州市东北。

〔5〕〔黄祖太子射〕　《御览》九二四引《文士传》"太子"作"世子"。

〔6〕〔注：应劭《风俗通》曰云云〕　此《风俗通》佚文，又见《意林》卷四引。

〔7〕〔无用娱宾〕　《艺文类聚》九十一引"用"作"以"。

〔8〕〔明慧〕　宋刊六臣本"慧"作"惠"。

〔9〕〔注：《典引》曰云云〕　宋刊六臣本无此十一字，《考异》所据袁本、茶陵本同。案《典引》此文见本书（凡称本书，皆指《文选》，下悉同）卷四十八。

〔10〕〔注：《老子》曰云云〕　第二十六章。

〔11〕〔惟西域云云〕　"惟"字以下，日本古钞本及宋刊六臣本皆提行。

〔12〕〔灵鸟兮〕　此及下文"妙质兮"两句，宋刊六臣本、袁本、茶陵本皆无"兮"字。《考异》："案，此亦无以考也。"梁云："按，下'性辩惠而能言兮'，六臣本亦有'兮'字，则上两'兮'字系偶脱。"

〔13〕〔合火德之明辉〕　"合"乃误字，尤刻原本及古钞本、六臣本皆作

"含"，《初学记》卷三十引同。"辉"字，古钞本及《初学记》引作"煇"，宋刻六臣本注云："五臣作'晖'。"

〔14〕〔注：《老子》曰……性也〕 第六十四章，河上公注本标题为《守微》。今本注文作"欲以辅助万物自然之性也"。

〔15〕〔注：毛有白者〕 尤本误脱"毛"字，胡刻增补，而不著校语。凡胡刻变易尤本之处，虽属正确，然不加说明，亦不可为法。

〔16〕〔注：《归藏·殷筮》曰……百鸟〕 《归藏》据传是殷阴阳之书（《礼记·礼运》郑玄注；《周礼·春官·太卜》注引杜子春说，则以属之黄帝），其书汉初已亡，而晋《中经》有之，《隋书·经籍志》据以著录，云："《归藏》十三卷，晋太尉参军薛贞注。"元明之际，隋唐所传之本亦亡。马国翰《玉函山房辑佚书》、王谟《汉魏遗书抄》、严可均《全上古三代文》卷十五皆有辑本。李注所引此节，又见《御览》九一四，称为《归藏·启筮》，故梁、朱并谓"殷"当作"启"。朱云："《海外南经》有羽民国，郭注亦引《启筮》曰：'羽民之状，鸟喙赤目而白首。'郝氏云：'羽蒙即羽民，民、蒙声相转。又《楚辞·远游》篇所云：仍羽人于丹丘也。'余谓《贾子·大政》篇：'民之为言萌也。'本书《上林赋》之'萌隶'，《长杨赋》'遐萌'，韦昭皆云：'萌，民也。'《易·序卦》传：'物生必蒙。'郑注：'齐人谓萌为蒙。'并音相近、相通之证。善注言西方为金，毛有白者，故曰金精。但据《海内经》，黑水在羽民南，则羽蒙之地，亦在西域，与首句西域正合，非谓其毛白也。"

〔17〕〔注：蔡邕《月令章句》曰云云〕 《月令章句》十二卷，汉左中郎将

蔡邕撰，《隋书·经籍志·经部·礼类》著录。今有王谟、蔡云、陆尧春、臧庸、马国翰、黄奭、马瑞辰、叶德辉诸家辑本，叶德辉辑本四卷，在《郋园全书》中。此所引又见《御览》卷九一四。

〔18〕〔辩慧〕 《初学记》引"辩"作"辨"。

〔19〕〔才聪明以识机〕 《初学记》引"才"作"心"，"以"作"而"。

〔20〕〔注：《礼记》曰……飞鸟〕 见《曲礼上》。

〔21〕〔注：王弼《周易注》曰云云〕 六臣本"几"作"机"，与正文合，《考异》以为是。《周易·系辞下》："几者动之微，吉之先见者也。"《系辞》乃韩康伯注，无此文。

〔22〕〔栖跱〕 "跱"，宋刊六臣本注云："五臣作'峙'。"

〔23〕〔注：《说文》曰：嬉，乐也〕 《思玄赋》《洞箫赋》注引同。梁云："今《说文》无'嬉'字，疑当作'婴'。《说文》：'婴，悦乐也。'孙氏义钧曰：'嬉，《说文》止作娭，训'戏也'。《上林赋》：娭游往来。注：娭，许其切。'"《笺证》说与孙氏同，云："六臣本'嬉'下有'许其'二字，'许其'正'娭'字音切，良注：'嬉，戏也。'知正文本作'娭'，俗改作'嬉'，遂改注文'戏'字为'乐'，致与许氏不合。"

〔24〕〔注：《说文》曰绀云云〕 今本《说文·系部》作"绀，帛深青扬赤色"。段据此在"青"下增"而"字，注云："'扬'，当作'阳'，犹言表也。"

〔25〕〔采采〕 古钞本作"彩彩"。

〔26〕〔咬咬〕 《初学记》引误作"皎皎"。

〔27〕〔注：《韩诗》曰……盛貌也〕　　按"采采衣服"今见《毛诗·曹风·蜉蝣》。《笺证》云："此疑即《小雅·大东》异文，毛作'粲粲'，《传》：'粲粲，鲜盛貌。'与薛义合。'采''粲'，语之转。《曹风·蜉蝣》：'采采衣服。'《传》：'采采，众多也。'"按胡氏此说本之王应麟《诗考》，陈乔枞《韩诗遗说考》驳之。

〔28〕〔注：《韵略》〕　　《隋书·经籍志·经部·小学类》："《韵略》一卷，阳（原误作杨）休之撰。"两《唐志》并著录。今有任大椿《小学钩沉》、马国翰《玉函山房丛书》辑本。

〔29〕〔注：《毛诗》曰……其音〕　　见《邶风·凯风》。

〔30〕〔固〕　　六臣本注云："五臣作'故'。"

〔31〕〔而等美〕　　"而"，六臣本注云："五臣作'之'。"

〔32〕〔比德〕　　"德"，六臣本注云："五臣作'翼'。"

〔33〕〔羡〕　　古钞本作"美"，注云："一本作'羡'。"

〔34〕〔注：《汉书音义》曰……陇坻〕　　《汉书音义》有韦昭（七卷）、萧该（十卷）两家，皆在《隋志》著录；据颜师古《汉书序例》，又有服虔、应劭、臣瓒等家，此不知为何种。李善在《两都赋》注中云："引《汉书》注云《音义》者，皆失其姓名，故云《音义》而已。"此李氏注例也（见《曝书杂记》卷下《文选注义例》）。今《汉书·地理志》："陇西郡，秦置，莽曰厌戎。"颜注引应劭曰："有陇坻，在其西也。"颜师古自说之云："陇坻，谓陇坂，即今之陇山也。"

〔35〕〔注：《尚书》曰……官也〕　　见《舜典》。

〔36〕〔注：《尚书》曰……流沙〕 见《禹贡》。桂馥《札朴》卷一《余波》云："李善注《鹦鹉赋》引《书》：'导弱水，余被入于流沙。'或以'被'为'波'之讹。余曰：李引经每与今本不同，'被'读如'被孟猪'之'被'，宜存此说。"梁云："按，各本无作'被'者，恐皆后人所改。桂言如此，必有所见之旧本也。"

〔37〕〔纲维〕 古钞本"纲"作"网"。

〔38〕〔注：《文子》曰云云〕 见《上德》篇。今本无两"也"字，"无以"作"无时"。

〔39〕〔注：《鹏鸟赋》……闲暇〕 见本书卷十三。

〔40〕〔注：王逸《楚辞注》曰云云〕 见《招魂》。

〔41〕〔逼〕 六臣本注云："五臣作'迫'。"

〔42〕〔注：《鹖冠子》曰云云〕 见《道端》篇。"定"，尤本作"足"，六臣本及《鹖冠子》同，此胡刻误字。

〔43〕〔宁〕 六臣本注云："五臣作'能'。"

〔44〕〔注：《毛诗序》曰云云〕 见《王风·君子阳阳》。

〔45〕〔注：委命已见上文〕 上文《鹏鸟赋》注引《鹖冠子·世兵》："纵躯委命，与时往来。"李善《东都赋》注："娄敬已见上文，凡人姓名皆不重见，余皆类此。"又："诸夏已见《西都赋》，其异篇再见者，并云已见某篇，他皆类此。"又《西京赋》注："栾大已见《两都赋》，凡人姓名及事易知者，而别卷重见者，云见某篇，亦从省也，他皆类此。"此李注义例（见《曝书杂记》下，上文已引

用）。凡李注称"已见"云云之处，六臣本往往重引其事，此皆出于编刻者窜乱。今系选讲，故偶亦用六臣本疏释其重见之处。

〔46〕〔注：《礼记》曰云云〕 见《檀弓上》。

〔47〕〔注：《淮南子》曰……有乎〕 见《原道》。今本"天下"上有"张"字。

〔48〕〔注：然笼所以盛鸟〕 李善释义之辞，"然"字往往是"则"或"然则"之意。

〔49〕〔注：《说文》曰云云〕 见《羽部》。

〔50〕〔注：《埤苍》〕 《隋书·经籍志·经部·小学类》："《埤苍》三卷，张揖撰。"两《唐志》皆著录。今有《玉函山房丛书》《小学钩沉》及陈鳣辑本。

〔51〕〔注：岷嶂……嶂也〕 今《续汉书·郡国志》蜀郡十一城，"湔氐道，岷山在西徼外"。又，陇西郡十一城，"鄣"是其一。此所引《续汉书》有误字，何焯、陈景云校改"五道"为"湔氐道"（《考异》引）。朱云："此处言陇坻出鹦鹉，当即陇西言之。今之岷州，本汉临洮，岷山在州南。《续志》：鄣县为汉襄武县地，后汉始分置。《元和志》作彰县，属渭州，云：永元元年封耿秉为彰侯，是也。而下云：鄣水南去县一里。字又作鄣。洪氏《图志》云：隋曰障县，至元时改漳县。皆同音字。漳县今属巩昌府。鄣水即今之彰水。是县以水得名，非别有是山。赋语盖一山一水耳，疑注误。注又云：一曰：障，亭障也。泛言之，与逾岷不相称，亦非。"

〔52〕〔注：《毛诗》曰……寒暑〕 见《小雅·小明》。

〔53〕〔注：《家语》……之道〕　见《本命解》。

〔54〕〔注：《汉书》……职也〕　见《酷吏传》。

〔55〕〔注：《毛诗》……栖迟〕　见《陈风·衡门》。

〔56〕〔注：羁旅，已见上文〕　六臣本作"《左氏传》：陈敬仲曰：羁旅之臣。杜预曰：羁，寄；旅，客"。案：所引《左传》见庄公二十三年。

〔57〕〔注：薛君……物也〕　又见本书卷二十颜延之《应诏曲水谯诗》注。陈乔枞《韩诗遗说考》采入《小雅·伐木》"相彼鸟矣"句下。

〔58〕〔注：《说文》……顺也〕　见《马部》。梁云："今《说文》：驯，马顺也。"案：段注："古'驯''训''顺'互相假借，皆川声也。驯之本义为马顺，引申为凡顺之称。"

〔59〕〔注：《汉书音义》……驯也〕　应劭说见今《汉书·高纪》颜注引。

〔60〕〔注：《楚辞》……长怀〕　六臣本"慨慨"作"慷慨"，梁以六臣为是。案：此见《九叹·远逝》，原文正作"慨慨"，梁说非。

〔61〕〔注：又曰……延伫〕　见《离骚》。

〔62〕〔注：《毛诗》……度之〕　见《小雅·巧言》。

〔63〕〔注：《国语》……用之〕　见《晋语》。

〔64〕〔注：孔安国……臭也〕　今检孔传无此文。《广雅·释器》："鲑，臭也。"王念孙《疏证》谓"'鲑'通作'腥'"。

〔65〕〔蟻〕　六臣本注云："五臣作'戏'。"

〔66〕〔注：《礼斗威仪》〕　《隋书·经籍志》："《礼纬》三卷，郑玄

注。"据《后汉书·樊英传》注，此三卷礼纬当是《含文嘉》《稽命征》《斗威仪》。《玉函山房丛书》及孙珏《古微书》有辑本。

〔67〕〔注：《楚辞》……危也〕　见《七谏·怨世》。今本"易"下有"分"（此引文省去），"巇"作"戏"。王注"颠危也"作"犹言倾危也"。

〔68〕〔以致危〕　古钞本"以"作"而"。

〔69〕〔注：《周易》……失身〕　见《系辞上》。

〔70〕〔注：《左氏传》……敌也〕　六臣本"偶"下无"也"字。案：此见成公十一年。

〔71〕〔注：《楚辞》……别离〕　见《九歌·少司命》。

〔72〕〔匪余年……无知〕　古钞本、尤本"憨"皆作"愍"。余云："曹植《鹦鹉赋》：'岂余身之足惜，怜众雏之未飞。'"（案：曹赋见《艺文类聚》卷九十一、《初学记》卷三十。）《笺证》："陈思王年少正平，正平卒年仅廿六，则此句当为陈思王所袭。"按：祢衡生卒年代为一七三（熹平二年）至一九八年（建安三年）；曹植为一九二（初平三年）至二三二年（太和六年）。衡为此赋时，植不过七岁，胡氏之说是也。钱锺书亦指出此二赋词旨相袭（见前），惟未明言曹袭祢也。

〔73〕〔注：《尔雅》曰生噣雏〕　见《释鸟》。郭璞注："能自食。"

〔74〕〔注：《毛诗》……下国〕　见《商颂·殷武》。

〔75〕〔注：《庄子》云云〕　见《逍遥游》。

〔76〕〔沃壤〕　古钞本"壤"作"美"。

〔77〕〔注：西都……所见〕　《文选理学权舆》卷五有《选注未详》一目，

收入此条。案：傅咸《答李斌书》云："吾作左丞未几而已。吾为京兆，虽心知此为不合，然是家乡，亲里自愿，便从俗耳。时足下问吾当去否，吾答：鹦武子言阿安乐。今到阿安乐，何为不去。"（《全晋文》五十二）傅咸此语，即鹦鹉言长安乐之一例（"阿安"盖即"长安"，亦即京兆），唯咸引"鹦鹉子言"，又在祢衡之后，故云"自古有之，未详所见"也。

〔78〕〔注：《古诗》……南枝〕　见本书卷二十九。

〔79〕〔注：《礼记》……蓐收〕　见《月令》。

〔80〕〔注：《楚词》……严霜〕　六臣本"词"作"辞"。见《九辩》。

〔81〕〔注：《毛诗》……嗷嗷〕　见《小雅·鸿雁》。

〔82〕〔憔领〕　古钞本"领"作"悴"。

〔83〕〔注：《汉书》……激扬〕　见《儒林·张山拊传》，此谷永上疏为郑宽中请赐谥语。

〔84〕〔注：《答宾戏》云云〕　见本书卷四十五。

〔85〕〔注：《毛诗》……坠也〕　见《小雅·小弁》。

〔86〕〔注：哀姜〕　哀姜为鲁庄公夫人，见庄公二十四年《左传》。后孙于齐，为齐人所杀，见闵公二年及僖公元年。哀姜虽为弃妻，但与屈原并举，似非其伦。

〔87〕〔注：王逸《楚词注》云云〕　见《九章·悲回风》。今本"声"作"貌"。王注《离骚》云："欷歔，惧貌；或曰哀泣之声也。"

〔88〕〔游处〕　古钞本"处"下有"兮"字。

〔89〕〔注：《论语》……之言〕　见《宪问》。梁云："今本《论语》无

'君子'二字。"

〔90〕〔注：《毛诗》……曰篪〕 见《小雅·何人斯》。

〔91〕〔两绝〕 王念孙《读书杂志·余编》卷下云："王粲《赠蔡子笃诗》：'风流云散，一别如雨。'李注引此赋曰：'何今日之雨绝。'又引陈琳《檄吴校将》曰：'雨绝于天。'江淹《杂体诗》：'雨绝无还云。'李善注亦引此赋。据此，则李善本作'雨绝'，明矣。吕向注云：'何今日两相隔绝，各在一方。'然则今本作'两绝'者，后人据五臣本改之耳。"《笺证》引王说，《考异》及孙（引金牲说）、许、张、梁、朱诸家辗转抄袭，实皆出于王氏。《笺证》："孙氏志祖曰：'雨（以及下二雨字，原皆误作两，今订正）绝，汉魏人屡用之，未详其始。《意林·物理论》：傅子曰：母舍己父，更嫁他人，与己父甚于雨绝天。潘岳《杨氏七哀诗》：淈如叶落树，邈然雨绝天。见《拜中军记室笺》注。'绍煐案：张载《述怀诗》：'云乖雨绝，心乎怆而。'郭璞诗：'一乖雨绝天。'皆用'雨绝'字。"朱云："《吴志·虞翻传》已有'罪弃雨绝'语，又一证也。案'雨绝'字颇费解，惟《一切经音义》卷十四云：'腊，岁终祭神之名。经中言腊，诸经律中或言岁，今比丘或言腊，或言雨，皆取一终之义。'此'雨绝'或以为终绝与？虽其语未知在三国以前否，然明帝时佛法已入中国，比丘之语，亦容有之。李太白《妾薄命诗》：'雨落不上天。'可以会意。"

〔92〕〔注：《淮南子》云云〕 见《俶真》篇。今本"异"上有"其"字。

〔93〕〔笼槛〕 六臣本"笼"作"栊"，注云："五臣作'笼'。"《考异》谓尤以五臣乱善。

〔94〕〔注：《说文》……槛也〕 见《木部》。今《说文》"柅"作"欙"，段注："'疏'当作'疀'。疏者，通也。疀者，房室疏窗也。房室之窗牖曰欙，谓刻画玲珑也。"《笺证》谓："柅槛俱笼鸟之物，赋似属鹦鹉言，与房室之疏无涉。"若依《笺证》之说，则与上文"闭以雕笼"意重，今所不取。

〔95〕〔注：王逸……曰楯〕 见《招魂》章句。

〔96〕〔注：《说文》……牕也〕 见《片部》。"以为牕"，今《说文》作"以木为交牕"。

〔97〕〔注：《韩诗》……躩也〕 六臣本"躩"作"躇"。见《邶风·静女》。朱引《广雅疏证》说"踟蹰""踯躅"形异义通之字，今不详录。

〔98〕〔高岳〕 "岳"，六臣本注云："五臣作'峻'。"《笺证》从作"峻"之本，谓与下"扶疏"对文。实则高岳亦可与扶疏相对，不必以五臣改善也。《说文·山部》：𡵉（今作岳）为岳之古文，"象高形"。

〔99〕〔扶疏〕 "疏"，六臣本注云："五臣作'疎'。"

〔100〕〔注：班固《汉书赞》……余里〕 见《张骞传》。今本"云"作"言"；"余里"作"里余"。王先谦云："《史记》'余'在'里'字上，此误倒。"当依《选注》所引改正今本。

〔101〕〔注：《山海经》……邓林〕 见《海外北经》。

〔102〕〔注：《上林赋》云云〕 见本书卷八。

〔103〕〔注：《韩诗外传》云云〕 见卷六。今本"盖乘"作"盍胥"。盍胥之名不仅盖、盍互出，又或作"固桑"（《说苑·尊贤》），或作"古乘"（《新

序·杂事一》），异文甚多，此不悉论。

〔104〕〔怨毒〕 古钞本"怨"作"惋"。六臣本注云："五臣作'冤'。"
《考异》："袁本'怨'下校语云：'善作冤。'案：袁所见是也。五臣翰注自为
'怨'字，茶陵本云：'五臣作冤。'必校语有倒错耳。此以五臣乱善。"

〔105〕〔注：《毛诗》……怀归〕 见《小雅·四牡》，又《出车》《小
明》。

〔106〕〔注：《广雅》云云〕 见《释诂》。

〔107〕〔注：《左氏传》……食言〕 见僖公二十八年。

〔108〕〔注：《楚词》云云〕 见《九辩》。今本"不"上有"窃"字。

〔109〕〔注：《楚词》……何固〕 见《天问》。洪兴祖《补注》云：
"蛾，古蚁字。"

〔110〕〔注：《论语》……善道〕 见《泰伯》。

〔111〕〔注：《毛诗》……之德〕 见《小雅·蓼莪》。

〔112〕〔注：司马迁书云云〕 《报任安书》："诚欲效其款款之愚。"
"款款之愚"讹为"痴愚"，不仅有误，而且有脱。卷四十一李注："款款，忠实之
貌。""款愚"即不辞矣！

恨赋（卷十六·赋·哀伤）　江文通

恨　赋[1]

意谓古人不称其情，皆饮恨而死也。[2]

江文通

刘璠《梁典》曰："江淹，字文通，济阳考城人。祖耽，丹阳令。父康之，南沙令。淹少而沉敏，六岁能属诗。及长，爱奇尚异。自以孤贱，厉志笃学，洎于强仕，渐得声誉。尝梦郭璞谓之曰：'君借我五色笔，今可见还。'淹即探怀，以笔付璞。自此以后，材思稍减。前后二集，并行于世。卒，赠醴泉侯，谥宪子。宋桂阳王举秀才。齐兴，为豫章王记室。天监中，为金紫光禄大夫，卒。"[3]

试望平原，蔓草萦骨，拱木敛魂。

《尔雅》曰："试，用也。"[4]《毛诗》曰："野有蔓草。"[5]《左氏传》：秦伯谓蹇叔曰："中寿，尔墓之木拱矣。"注："两手曰拱。"[6]《古蒿里歌》曰："蒿里谁家地，聚敛魂魄无贤愚。"[7]

人生[8]到此，天道宁论。于是仆本恨人，心惊不已。

《列女传》：赵津吏女歌曰："诛将加兮妾心惊。"[9]

直念古者，伏恨而死。至如秦帝按剑，诸侯西驰。

《说苑》曰："秦始皇帝太后不谨,幸郎嫪毐。茅焦上谏,始皇按剑而坐。"〔10〕

《战国策》:苏代曰:"伏轼而西驰。"〔11〕

削平天下,同文共规。

《礼记》曰:"书同文,车同轨。"〔12〕

华山为城,紫渊为池。

《过秦论》曰:"践华为城,因河为池。"〔13〕《上林赋》曰:"丹水更其南,紫渊径其北。"〔14〕

雄图既溢,武力未毕。方架〔15〕鼋鼍以为梁,巡海右以送日。

郑玄《毛诗笺》曰:"方,且也。"〔16〕《纪年》曰:"周穆王三十七年,伐纣,大起九师,东至于九江,叱鼋鼍以为梁。"〔17〕《列子》曰:"穆王驾八骏之乘,乃西观日所入。"〔18〕

一旦魂断,宫车晚出。

《史记》:"王稽谓范雎曰:宫车一日晏驾,是事之不可知三也。"韦昭曰:"凡初崩为晏驾者,臣子之心,犹谓宫车当驾而晚出。"〔19〕《风俗通》曰:"天子夜寝早作,故有万机,今忽崩殒,则为晏驾。"〔20〕

若乃赵王既虏,迁于房陵。

《淮南子》曰:"赵王迁流房陵,思故乡,作山木之讴,闻者莫不陨涕。"高诱曰:"赵王,张敖。秦灭赵,虏王,迁徙房陵。房陵在汉中。山木之讴,歌曲也。"〔21〕

薄暮心动，昧旦神兴。

《楚辞》曰："薄暮雷电。"〔22〕《高唐赋》曰："使人心动。"〔23〕《左氏传》曰："昧旦丕显。"〔24〕

别艳姬与美女，丧金舆及玉乘〔25〕。

杜预《左氏传注》曰："美色曰艳。"〔26〕《史记》曰："为人金舆錔衡，以繁其饰。"〔27〕玉乘，玉辂也。

置酒欲饮，悲来填膺。

《汉书》曰："上置酒沛宫。"〔28〕郑玄《礼记注》曰："填，满也。"〔29〕

千秋万岁，为怨〔30〕难胜。

《战国策》：楚王谓安陵君曰："寡人千秋万岁之后，谁与乐此也。"〔31〕

至如李君降北〔32〕，名辱身冤。

《汉书》："武帝天汉二年，李陵为骑都尉，领步卒三千，出居延，至浚稽山，与匈奴相值，战败，弓矢并尽，陵遂降。"〔33〕《孙卿子》曰："功废而名辱，社稷必危。"〔34〕

拔剑击柱。

《汉书》曰："汉高已并天下，尊为皇帝，群臣饮，争功，醉或妄呼，拔剑击柱。"〔35〕

吊影惭魂。

曹子建表曰："形影相吊。"〔36〕《晏子春秋》曰："君子独寝，不惭于魂。"〔37〕

情往上郡，心留[38]雁门。

《汉书》有上郡、雁门郡，并秦置。[39]

裂帛系书，誓还汉恩。

《汉书》曰："常惠教汉使者谓单于，言天子射上林中，得雁，足有系帛书，苏武等在某泽中。"[40]李陵书曰："欲如前书之言，报恩于国主耳。"[41]

朝露溘至，握手何言。

《汉书》：李陵谓苏武曰："人生如朝露，何久自苦如此。"[42]《楚辞》曰："宁溘死以流亡。"王逸曰："溘，奄也。"[43]《史记》：缪贤曰："燕王私握臣手曰：'愿结交。'"[44]潘岳《邢夫人诔》曰："临命相决，交腕握手。"[45]

若夫明妃去时，仰天太息。

《汉书》："元帝竟宁元年春正月，呼韩邪单于来朝，诏掖庭王嫱为阏氏。"应劭曰："王嫱，王氏之女，名嫱，字昭君。"文颖曰："本南郡人也。"[46]《琴操》曰："王昭君者，齐国王襄女也，年十七，献元帝。会单于遣使请一女子，帝谓后宫：'欲至单于者起。'昭君喟然而叹，越席而起。乃赐单于。"[47]石崇曰："王明君本为王昭君，以触文帝讳，改之。"[48]《战国策》曰："樊于期仰天太息流涕。"[49]

紫台稍远，关山无极。

紫台，犹紫宫也。《古乐府·相和歌》有《度关山》曲。[50]

摇风忽起，白日西匿。

《尔雅》曰："飈飚谓之飙。"飙音扶；飚与摇同。[51]《登楼赋》曰："白

日忽其西匿。"〔52〕潘岳《寡妇赋》曰："日杳杳而西匿。"〔53〕

陇雁少飞，代云〔54〕寡色。

《汉书》曰："凡望云气，勃碣海代之间，气皆黑。"〔55〕

望君王〔56〕兮何期，终芜绝兮异域。

《鹖子》曰："君王欲缘五常之道而不失，则可以长矣。"〔57〕李陵书曰："生为异域之人。"〔58〕

至乃〔59〕敬通见抵，罢归田里。

《东观汉记》曰："冯衍，字敬通。明帝以衍才过其实，抑而不用。"〔60〕《汉书》曰："高后怨赵尧，乃抵尧罪。"〔61〕冯衍《说阴就书》曰："衍冀先事自归，上书报归田里。"〔62〕《汉书》曰："时多上书言便宜，辄下萧望之问状，下者或罢归田里。"〔63〕

闭关却扫，塞门不仕。

司马彪《续汉书》曰："赵壹闭关却扫，非德不交。"〔64〕《吴志》曰："张昭称疾不朝，孙权恨之，土塞其门。"〔65〕

左对孺人，顾弄〔66〕稚子。

《礼记》曰："天子之妃曰后，大夫妻曰孺人。"〔67〕稚子，见《寡妇赋》。〔68〕

脱略公卿，跌宕文史。

杜预《左氏传》注曰："脱，易也。"〔69〕贾逵《国语》注曰："略，简也。"〔70〕扬雄《自叙》曰："雄为人跌宕。"〔71〕

赍志〔72〕没地，长怀无已。

冯衍《说阴就书》曰："怀抱不报，赍恨入冥。"〔73〕《鹦鹉赋》曰："眷西路而长怀。"〔74〕毛苌《诗传》曰："怀，思也。"〔75〕

及夫中散下狱，神气激扬。

臧荣绪《晋书》曰："嵇康拜中散大夫。东平吕安家事系狱，曹阅之始，安尝以语康，辞相证引，遂复收康。"〔76〕王隐《晋书》曰："嵇康妻，魏武帝孙，穆王林女也。"〔77〕《淮南子》曰："古之人，神气不荡乎外。"〔78〕《汉书》：谷永上疏曰："赞命之臣，靡不激扬。"〔79〕

浊醪夕引，素琴晨张。

嵇康《与山巨源书》曰："浊醪一杯，弹琴一曲。"〔80〕又《赠秀才诗》曰："习习谷风，吹我素琴。"〔81〕

秋日萧索，浮云无光。

郑玄《礼记注》曰："索，散也。"〔82〕

郁青霞之奇意，入修夜之不旸。

青霞、奇意，言志高也。曹毗《临园赋》曰："青霞曳于前阿，素籁流于森管。"〔83〕《汉书》：武帝《李夫人赋》曰："释舆马于山椒，奄修夜之不旸。"〔84〕张衡《司徒吕公诔》曰："玄室冥冥，修夜弥长。"〔85〕孔安国《尚书传》曰："旸，明也。"〔86〕音阳。

或有孤臣危涕，孽子坠心。

《孟子》曰："孤臣孽子，其操心也危，其虑患也深。"〔87〕《登楼赋》曰："涕横坠而弗禁。"〔88〕《字林》曰："孽子，庶子也。"〔89〕然心当云危，涕当云

坠，江氏爱奇，故互文以见义。〔90〕

迁客海上，流戍陇阴。

《汉书》曰："匈奴乃徙苏武北海上无人处，使牧羝羊。"〔91〕《史记》曰："娄敬，齐人也，戍陇西。"〔92〕

此人但闻悲风汩起〔93〕，血下〔94〕沾衿〔95〕。

《琴道》：雍门周说孟尝君曰："幼无父母，壮无妻子，若此人者，但闻秋风鸣条，则伤心矣。"〔96〕《毛诗》曰："鼠思泣血。"〔97〕《尸子》曰："曾子每读丧礼，泣下沾衿。"〔98〕

亦复含酸茹叹〔99〕，销落湮沉。

《广雅》曰："茹，食也。"又曰："湮，没也。"〔100〕销，犹散也。

若乃骑叠迹，车屯轨。

此言荣贵之子，车骑之多也。《吴都赋》曰："跃马叠迹。"〔101〕《楚辞》曰："屯余车其千乘。"王逸曰："屯，陈也。"〔102〕

黄尘匝地，歌吹四起。

《山阳公载记》曰："贾诩鸣鼓雷震，黄尘蔽天。"〔103〕李陵书曰："边声四起。"〔104〕

无不烟断火绝，闭骨泉里。

烟断火绝，喻人之死也。王充《论衡》曰："人之死也，犹火之灭，火灭而耀不照，人死而智不慧。"〔105〕

已矣哉！

孔安国《尚书》传曰："已,发端叹辞。"〔106〕

春草暮兮秋风惊,秋风罢兮春草生。绮罗毕兮池馆尽,
琴瑟灭兮丘垄平。

《琴道》:雍门周曰:"高台既已倾,曲池又已平,坟墓生荆棘,狐兔穴其
中。"〔107〕

自古皆有死,莫不饮恨而吞声。

《论语》:"子曰:自古皆有死。"〔108〕《穆天子传》:七萃之士曰:"古有
死生。"〔109〕张奂《与崔元始书》曰:"匈奴若非其罪,何肯吞声。"〔110〕

〔校释〕

〔1〕〔恨赋〕 古钞本"赋"下有"一首"二字。

〔2〕〔注:意谓……死也〕 六臣本无此注。许云:"十四字,五臣注误入,
削。"

〔3〕〔注:刘璠《梁典》云云〕 按此及下正文中注,六臣本多所削减,
除有关系者外,悉略去不校。刘璠《梁典》三十卷,《隋志》及两《唐志》并著录
(《旧唐志》误作二十卷)。璠字宝义,仕梁,入周,传见《周书》卷四十二。史称
璠"学思通博,有著述之誉"。《梁典》"虽传疑传信,颇有详略,而属辞比事,足
为清典。盖近代之佳史"(《周书》本传论)。其书宋后已亡。此所载江淹梦郭璞
事,见于《诗品》卷中。《南史》卷五十九除梦郭外,又载淹梦张景阳(协)索锦,
皆小说家言。今《梁书》卷十四,两事皆删去不载,而记其天监四年(五〇五年)

卒，年六十二，则生于宋元嘉二十一年（四四四年）。《隋书·经籍志》著录《梁金紫光禄大夫江淹集》九卷，梁二十卷，《江淹后集》十卷；两《唐志》皆著录前、后集各十卷；《宋史·艺文志》但有《江淹集》十卷。今传《梁江文通集》十卷，出于宋人搜辑（《四部丛刊》景明翻宋本）。《中说·事君篇》云："鲍照、江淹，古之狷者也，其文急以怨。"

〔4〕〔注：《尔雅》……用也〕 见《释言》。

〔5〕〔注：《毛诗》……蔓草〕 见《召南·野有蔓草》。

〔6〕〔注：《左氏传》……曰拱〕 见僖公三十二年传，今杜注"两手"作"合手"。

〔7〕〔注：《古蒿里歌》……贤愚〕 见《古今注》卷中。此本是挽歌，属《相和歌辞·相和曲》。《乐府诗集》卷二十七云："蒿里，山名，在泰山南。"

〔8〕〔人生〕 古钞本"人"作"民"。

〔9〕〔注：《列女传》……心惊〕 见《辩通》篇，赵津吏女娟之歌也。

〔10〕〔注：《说苑》……而坐〕 见《正谏》篇。茅焦事又见《史记·秦始皇本纪》及《吕不韦传》。

〔11〕〔注：《战国策》……西驰〕 今《韩策》载苏秦为韩说王云："伏轼结靷西驰者，未有一人言善韩者。"作"苏秦"，非"苏代"。《史记·齐田完世家》载苏代为齐谓秦王曰："伏式结轶而西驰者，未有一人言善齐者也。"《索隐》称"《战国策》作结靷。"今检《齐》《秦》两策皆无此文（《史记·孟尝君传》载冯欢为孟尝君说秦王有此语），而《韩策》又非苏代。梁玉绳《史记志疑》卷二十四

谓《战国策》有误。李注此引《战国策》似可为梁说做一佐证，以订今本《国策》之误也。

〔12〕〔注：《礼记》……同轨〕 见《中庸》。

〔13〕〔注：《过秦论》……为池〕 见本书卷五十一。

〔14〕〔注：《上林赋》……其北〕 见本书卷八。

〔15〕〔方架〕 "架"，六臣本注云："五臣作'驾'字。"《笺证》谓作"驾"为是。

〔16〕〔注：郑玄《毛诗笺》……且也〕 见《小雅·正月》。

〔17〕〔注：《纪年》……为梁〕 见《竹书纪年》卷下。陈校"伐纣"作"征伐"，《考异》及朱说从之。梁谓当作"伐楚"。今明刻本《纪年》无"伐楚"二字，雷学淇《义证》本（卷二十二）有之，并为之说。

〔18〕〔注：《列子》……所入〕 见《周穆王》篇。

〔19〕〔注：《史记》……晚出〕 见《范雎列传》（"三也"作"者也"），韦昭说见《索隐》引。

〔20〕〔注：《风俗通》……晏驾〕 此《风俗通》佚文，又见《竟陵王行状》注引，"故有万机"作"身省万机"。

〔21〕〔注：《淮南子》……歌曲也〕 见《泰族》篇。今本"流房陵"作"流于房陵"。"作山木之呕"作"作为山水之呕"。王念孙据《史记·赵世家》《集解》及注引，校"山水"作"山木"（注文同）。高诱注"赵王张敖"四字今本无之，许云："妄人所加，削。"梁说同。今本高注作："秦灭赵王，迁之汉中房

陵。山水（当作"木"，已见上校）之呕，歌曲。"此注所引，出于后人增窜者不止"赵王张敖"四字也。

〔22〕〔注：《楚辞》……雷电〕 见《天问》。

〔23〕〔注：《高唐赋》……心动〕 见本书卷十九。

〔24〕〔注：《左氏传》……丕显〕 见昭公三年。

〔25〕〔玉乘〕 梁引姜皋说，谓"乘"读平声。

〔26〕〔注：杜预《左氏传注》……曰艳〕 见桓公元年。今本"美色"作"色美"。

〔27〕〔注：《史记》……其饰〕 见《礼书》。今本"鏓"作"错"，《正义》作"鏓"，音七公反。

〔28〕〔注：《汉书》……沛宫〕 见《高纪》。

〔29〕〔注：郑玄……满也〕 今本《礼记》未检出此注。《汉书·郑当时传》注："填，满也。"

〔30〕〔为怨〕 明翻宋本《江文通集》"怨"作"恨"。

〔31〕〔注：《战国策》……此也〕 见《楚策》。今本"此也"作"此矣"。

〔32〕〔降北〕 古钞本作"北降"。

〔33〕〔注：《汉书》……遂降〕 见《李广苏建传》，此节引。

〔34〕〔注：《孙卿子》云云〕 见《君道》。

〔35〕〔注：《汉书》云云〕 见《叔孙通传》。今本"汉高"作"汉王"。

〔36〕〔注：曹子建……相吊〕　曹植《上责躬应诏诗表》，见本书卷二十。

〔37〕〔注：《晏子春秋》……于魂〕　见《外篇》。

〔38〕〔心留〕　《江文通集》"留"作"存"。

〔39〕〔注：《汉书》云云〕　见《地理志》。梁引顾炎武说，谓汉与匈奴往来之道，大抵从云中、五原、朔方，故江淹赋李陵但云"情往上郡，心留雁门"。朱谓汉雁门在代州（今山西代县）。

〔40〕〔注：《汉书》……泽中〕　见《李广苏建传》，此节引。

〔41〕〔注：李陵书云云〕　李陵《答苏武书》，见本书卷四十一。

〔42〕〔注：《汉书》……如此〕　见《李广苏建传》。

〔43〕〔注：《楚辞》……奄也〕　见《离骚》。

〔44〕〔注：《史记》……结交〕　见《廉颇蔺相如列传》。

〔45〕〔注：潘岳云云〕　《邢夫人诔》仅见于此，《全晋文》卷九十三即据此录入。

〔46〕〔注：《汉书》……人也〕　见《元纪》。今本"呼韩邪"作"虏韩邪"。"王廧"作"王樯"（注文同；尤刻第一处"王廧"作"王嫱"）。"诏掖庭"云云，作"赐单于待诏掖庭王樯为阏氏"。文颖注"南郡"下有"秭归"二字。

〔47〕〔注：《琴操》……单于〕　此《琴操》佚文。

〔48〕〔注：石崇……改之〕　此石崇《王明君词序》，见本书卷二十七，"本为"作"本是"，"改之"作"改焉"。

〔49〕〔注：《战国策》云云〕　见《燕策》。今本"樊于期"作"樊

将军"。

〔50〕〔注：《古乐府》云云〕　《度关山》属《相和歌辞·相和曲》，见《乐府诗集》卷二十七。古辞已亡，但有曹操等拟作。

〔51〕〔注：《尔雅》……摇同〕　引《尔雅》，见《释天》。《笺证》谓从"䍃"之字并有疾义。

〔52〕〔注：《登楼赋》……西匿〕　见本书卷十。

〔53〕〔注：潘岳……西匿〕　见本书本卷。

〔54〕〔代云〕　古钞本"代"作"岱"，六臣本同。《艺文类聚》卷三十引亦作"岱"，《江文通集》同。陈校从作"岱"之本，《考异》、《笺证》及梁、朱皆从陈说。

〔55〕〔注：《汉书》云云〕　见《天文志》。今本"代"作"岱"。

〔56〕〔君王〕　"王"，六臣本注云："五臣作'子'。"梁谓作"子"为误字。

〔57〕〔注：《鹖子》……长矣〕　见《贵道》篇，今本"五常"作"五帝"，"长矣"作"长久"（据涵芬楼本《说郛》卷四十七所载）。

〔58〕〔注：李陵书云云〕　《答苏武书》，见本书卷四十一。

〔59〕〔至乃〕　"乃"，六臣本注云："五臣作'如'字。"《类聚》引亦作"如"。

〔60〕〔注：《东观汉记》……不用〕　今武英殿聚珍本收入卷十四，此节引。

〔61〕〔注：《汉书》……尧罪〕　见《张周赵任申屠传》。

〔62〕〔注：冯衍……田里〕　又见《后汉书·冯衍传》注。《全后汉文》卷二十据《后汉书》注录入，依此注在"书"上补"上"字。

〔63〕〔注：《汉书》云云〕　见《萧望之传》。今本"下者"下有"报闻"二字。

〔64〕〔注：司马彪……不交〕　汪文台辑《七家后汉书》，收此入司马彪《续汉书》卷五《文苑传》。梁引林茂春说谓"壹"当作"典"，似误。

〔65〕〔注：《吴志》云云〕　见《张昭传》。

〔66〕〔顾弄〕　六臣本作"右顾"，在"右"字下注云："善无'右'字。"在"顾"字下注云："善有'弄'字。"《类聚》引亦作"右顾"。

〔67〕〔注：《礼记》……孺人〕　见《曲礼下》。余云："《冯衍传》：衍取北地女任氏为妻，悍忌，不得畜媵妾。儿女常自操井臼。老竟逐之，遂坎壈于时。"张、梁引同。

〔68〕〔注：稚子云云〕　本卷载潘安仁《寡妇赋》云："顾稚子兮未识。"林茂春云："冯衍子名姜豹。衍《与妇弟书》（《衍传》李贤注引）云：姜豹常为奴婢。此'顾弄稚子'为可恨也。"（梁及《笺证》同引）

〔69〕〔注：杜预……易也〕　见僖公三十二年。

〔70〕〔注：贾逵……简也〕　又见《笙赋》注，作"略，犹简也"。汪远孙《国语三君注辑存》卷三采入《晋语》"略则行志"句下。

〔71〕〔注：扬雄……跌宕〕　严辑《全汉文》未收扬雄《自叙》，今《汉

书·扬雄传》实采之雄《自叙》（见《史通·序传》及浦起龙《通释》）。《雄传》云："为人简易佚荡。"颜引张晏云："佚，音轶。荡，音谠。"晋灼曰："佚荡，缓也。"张谓"跌宕""佚荡"，"佚傷""劮媭""佚惕"一也。

〔72〕〔赍志〕 《艺文类聚》引"赍"作"齐"，古通。

〔73〕〔注：冯衍……入冥〕 《后汉书·冯衍传》注引《冯衍集》同。

〔74〕〔注：《鹦鹉赋》……长怀〕 见本书卷十三。

〔75〕〔注：毛苌……思也〕 见《周南·卷耳》《召南·野有死麕》。

〔76〕〔臧荣绪……收康〕 《南齐书·高逸传》："臧荣绪，东莞莒人也。""纯笃好学，括东西晋为一书，纪、录、志、传百一十卷。"其书《隋志》著录，云："齐徐州主簿臧荣绪撰。"汤球辑《九家旧晋书》采此文入《臧荣绪晋书》卷九，而误记其出《琴赋》注。"亶阅"，陈校作"亶阅"，《考异》及梁从之。

〔77〕〔注：王隐……女也〕 王隐传见《晋书》卷八十二，其所作《晋书》八十六卷，《隋志》著录，云："本九十三卷，今残缺。"汤球辑本采此入《王隐晋书》卷六。

〔78〕〔注：《淮南子》……乎外〕 见《俶真》篇。

〔79〕〔注：《汉书》……激扬〕 见《儒林·张山拊传》，参看《鹦鹉赋》校释。

〔80〕〔注：嵇康……一曲〕 见本书卷四十三。

〔81〕〔注：又……素琴〕 见本书卷二十四（此为第二首）。

〔82〕〔注：郑玄……散也〕 见《檀弓上》。今本"散"上有"犹"字。

〔83〕〔注：曹毗……森管〕　曹毗字辅佐，传见《晋书》卷九十二。此二句又见沈休文《钟山诗应西阳王教》注引，《全晋文》卷一○七据此两处引文采入。

〔84〕〔注：《汉书》……不旸〕　见《外戚传》。

〔85〕〔注：张衡……弥长〕　见《艺文类聚》卷四十七，《全后汉文》卷五十五采入。

〔86〕〔注：孔安国……明也〕　见《尧典》。

〔87〕〔注：《孟子》……也深〕　见《尽心上》。今《孟子》"孤臣"上有"独"字，梁云："《晋书·闾缵传》引亦无。"

〔88〕〔注：《登楼赋》……弗禁〕　见本书卷十一。

〔89〕〔注：《字林》……庶子也〕　《说文·子部》："孼，庶子也。"《字林》盖依此为训。

〔90〕〔注：然云云〕　此"然"作"然而""然则"，用李注语例也。江淹自称"爱奇尚异"（见《江文通集》卷十《自序》），因云："江氏爱奇，故互文以见义。"《别赋》："使人意夺神骇，心折骨惊。"注云："亦互文也。"

〔91〕〔注：《汉书》……羝羊〕　见《李广苏建传》。

〔92〕〔注：《史记》……陇西〕　见《刘敬叔孙通列传》。

〔93〕〔汩起〕　《江文通集》"汩"作"飉"，何校据以改"汩"为"飉"（许引）。案："汩"有"疾若水流"之义（见《楚辞·离骚》王注，洪兴祖音越笔切）；"飉"为"大风"（《说文·风部》，音于笔切）：两字义皆可通，不烦改订。

〔94〕〔血下〕　何校"血"为"泣"，许以为非。孙谓据注文，善本作"血"。

〔95〕〔沾衿〕　古钞本"衿"作"襟"，《江文通集》同。六臣本注云："五臣作'襟'。"

〔96〕〔注：《琴道》……心矣〕　《琴道》本桓谭《新论》之一篇，据《后汉书·桓谭传》载，此篇未成，"肃宗，（章帝）使班固续成之"（注引《东观汉记》云："《琴道》未毕，但有发首一章。"）。案此及下注并直引《琴道》，而不称《新论》，则当时似有单行之本（《新论》已亡，辑本见《全后汉文》卷十三至十五）。雍门周事又见《说苑·善说》。

〔97〕〔注：《毛诗》……泣血〕　见《小雅·雨无正》。

〔98〕〔注：《尸子》云云〕　《尸子》语又见《艺文类聚》卷二、卷三十五，《御览》卷三八七、卷四八八，汪继培辑本采入卷下，"衿"字作"襟"。余云："曹大家《列女传注》：衿，交领也。（《颜氏家训·书证》引）"

〔99〕〔茹叹〕　《类聚》引"叹"作"怨"。

〔100〕〔注：《广雅》……没也〕　并见《释诂》。

〔101〕〔注：《吴都赋》……叠迹〕　见本书卷五。

〔102〕〔注：《楚辞》……陈也〕　见《离骚》。

〔103〕〔注：《山阳公载记》……蔽天〕　《山阳公载记》十卷，乐资撰，《隋志》著录，其书已亡。此所引又见《藉田赋》注。

〔104〕〔注：李陵书……四起〕　《答苏武书》，见本书卷四十一。

〔105〕〔注：王充……不慧〕 见《论死》篇。今本"也"字在"灭"字下，"耀"作"燿"，"慧"作"惠"。

〔106〕〔注：孔安国云云〕 见《大诰》。

〔107〕〔注：《琴道》云云〕 说已见前。

〔108〕〔注：《论语》……有死〕 见《颜渊》。

〔109〕〔注：《穆天子传》……死生〕 缪熙伯《挽歌》注引与此同。案见《平津馆丛书》本卷六。"有死生"作"有死有生"。

〔110〕〔注：张奂……吞声〕 《全后汉文》卷六十四采此入《与崔子贞书》。崔寔字子贞，一名台，字元始，见《后汉书·崔骃传》。张奂字然明，《后汉书》有传。

从斤竹涧越岭溪行（卷二十二·诗·游览）　谢灵运

从斤竹涧越岭溪行一首

五言。灵运《游名山志》曰："神子溪，南山与七里山分流，去斤竹涧数里。"〔1〕

谢灵运

猿鸣诚知曙，谷幽光未显。

《元康地记》云："猿与狖猴，不共山宿，临旦相呼。"〔2〕《说文》曰："曙，旦明也。"〔3〕

岩下云方合，花上露犹泫。

《广雅》曰："方，始也。"〔4〕

逶迤傍隈隩，迢递陟陉岘。

《说文》曰："隈，山曲也。"〔5〕《尔雅》曰："隩，隈也。"郭璞："今江东呼为浦。"〔6〕隩，于到切；又于六切。《尔雅》曰："山绝曰陉。"郭璞曰："连山中断曰陉。"〔7〕陉，胡庭切。《声类》曰："岘，山岭小高也。"岘与现同，〔8〕贤典切。

过涧既厉急，登栈亦陵缅〔9〕。

《毛诗》曰："深则厉。"毛苌曰："以衣涉水为厉。"[10]《通俗文》曰："板阁曰栈。"[11]《汉书》曰："张良说汉王烧绝栈道。"[12]《广雅》曰："陵，乘也。"[13]韦昭《国语》注曰："缅，犹邈也。"[14]

川渚屡径复，乘流玩回转。

《楚辞》曰："川谷径复，流潺湲。"[15]《鵩鸟赋》曰："乘流则逝。"[16]

蘋萍[17]泛沉深，菰蒲冒清浅。

毛苌《诗传》曰："蘋，大萍也。"又曰："冒，覆也。"[18]

企石挹飞泉，攀林摘[19]叶卷。

《说文》曰："企，举踵也。"[20]毛苌《诗传》曰："挹，酌也。"[21]犹今言酌也。飞泉，已见上文。[22]

想见山阿人，薜萝若在眼。[23]

《楚辞》曰："若有人兮山之阿，披薜荔兮带女萝。"[24]

握兰勤徒结，折麻心莫展。

灵运《南楼中望所知迟客》诗曰："瑶华未堪折，兰苕已屡摘。路阻莫赠问，云何慰离析。"[25]然握兰摘苕，咸以相赠问也。《楚辞》曰："被石兰兮带杜衡，折芳馨兮遗所思。"王逸曰："石兰，香草也。"[26]枣据《逸民赋》曰："沐甘露兮余滋，握春兰兮遗芳。"[27]《楚辞》曰："折疏麻兮瑶华，将以遗兮离居。"王逸曰："疏麻，神麻也。"[28]司马彪《庄子注》曰："展，申也。"[29]又："汉家侍中握兰。"[30]

情用赏为美，事昧竟谁辨？

言事无高玩，而情之所赏，即以为美。此理幽昧，谁能分别乎？

观此遗物虑，一悟得所遣。

《淮南子》曰："吾独怀慷慨遗物，而与道同出，是故有以自得也。"[31]郭象《庄子注》曰："将大不类，莫若无心，既遣是非，又遣其所遣，遣之以至于无遣，然后无所不遣，而是非去也。"[32]

〔校释〕

〔1〕〔注：灵运《游名山志》云云〕　谢灵运《游名山志》一卷，《隋书·经籍志》史部地理类著录。今其书已亡，《全宋文》卷三十三采入十二条。灵运又有《居名山志》一卷，亦著录于《隋志》。据《宋书》卷六十七灵运本传载："少帝（义符）即位，权在大臣，灵运构扇异同，非毁执政，司徒徐羡之等患之，出为永嘉（今浙江温州地区）太守。郡有名山，灵运素所爱好。出守既不得志，遂肆意游遨，遍历诸县，动逾旬朔。民间听讼，不复关怀。所至辄为诗咏，以致其意焉。在郡一周，称疾去职。""灵运父祖，并葬始宁县（今浙江省绍兴市上虞区），并有故宅及墅，遂移会稽（即绍兴），修营别业，傍山带江，尽幽居之美。"似《游名山志》乃少帝景平中（四二三年）守永嘉时作；《居名山志》则元嘉元年（四二四年）以后居会稽时所作也。梁据《一统志》谓斤竹涧在温州乐清县东七十五里，地属永嘉，较为可信。明刘履《选诗补注》谓会稽县东南有斤竹岭，去浦阳江十许里（黄节《谢康乐诗注》从之），恐非其地。

〔2〕〔注：《元康地记》……相呼〕　《元康三年地记》六卷，《隋志》著

录。章宗源《隋经籍志考证》谓此注即出是书。元康，晋惠帝年号，元康三年为公元二九三年。狖猴即王孙。柳宗元《憎王孙文》云："猿、王孙居异山，德异性，不能相容。"古人有此传说。

〔3〕〔注：《说文》……明也〕　梁谓《说文·日部》无"曙"字，惟"睹"字下云："旦明也。""曙"字《玉篇》始有之。《笺证》谓"旦明"作"且明"，盖本《说文段注》。惟《文选》各本无作"且"字者，不知何据。

〔4〕〔注：《广雅》……始也〕　见《释诂》。

〔5〕〔注：《说文》……曲也〕　今《说文·阜部》作"隈，水曲澳也"。梁谓此注"山"当作"水"。

〔6〕〔注：《尔雅》……为浦〕　见《释丘》。今本无"也"字。

〔7〕〔注：《尔雅》……曰陉〕　见《释山》。今本无"曰"字。郭注无"曰陉"二字。《说文·阜部》："陉，山绝坎也。"段注谓《尔雅·释山》夺"坎"字，"陉者领也。《孟子》作'径'，云：'山径之蹊。'赵注：'山径，山领也。'（《尽心下》）"《笺证》从段说，云："陉岘双声。""此诗为越岭而作，非中断之义也。"朱驳此说，云："山之中断，不能直至平地，必有陂陀高下，以通行道，是之为岭，今人语犹如此。"

〔8〕〔注：《声类》……现同〕　《声类》十卷，魏左校令李登撰，《隋志》经部小学类著录，今有《玉函山房丛书》《小学钩沉》及陈鳣辑本。《考异》谓正文"岘"当作"现"，此五臣乱善。又云："《集韵·二十七铣》有'现''岘'二文，云：'胡典切，或作岘。'当即出于此，可为证。"梁说同。

〔9〕〔陵缅〕 "陵"下六臣本注云:"五臣作'凌'字。"

〔10〕〔注:《毛诗》……为厉〕 见《邶风·匏有苦叶》。

〔11〕〔注:《通俗文》……曰栈〕 此又见玄应《一切经音义》卷十五引。《通俗文》一卷,《隋志》经部小学类著录,以为服虔撰,《颜氏家训·书证》以为李虔撰,两《唐志》因作李虔。《玉函山房丛书》《小学钩沉》皆有辑本。

〔12〕〔注:《汉书》……栈道〕 见《高纪》。

〔13〕〔注:《广雅》……乘也〕 见《释诂》。

〔14〕〔注:韦昭……邈也〕 见《楚语》"缅然引领南望"下注。

〔15〕〔注:《楚辞》……潺湲〕 见《招魂》。

〔16〕〔注:《鹏鸟赋》……则逝〕 见本书卷十三。

〔17〕〔荓〕 :六臣本作"萍"。

〔18〕〔注:毛苌……覆也〕 见《召南·采苹》及《邶风·日月》传。

〔19〕〔擿〕 六臣本作"摘"。

〔20〕〔注:《说文》……踵也〕 见《人部》。

〔21〕〔注:毛苌……斟也〕 见《大雅·大东》传。斟,举朱切,音拘,酌也。

〔22〕〔注:飞泉,已见上文〕 六臣本引《楚辞·远游》:"吸飞泉之微液。"

〔23〕〔想见云云〕 刘履云:"女萝本指山鬼,是时庐陵王已死,故托言之。"梁云:"遍考沈约《宋书》及《谢灵运集》,此诗未见与庐陵王相涉也。刘说

未知所本。"按灵运守永嘉，庐陵王义真犹未见害，刘说牵强不足据。

〔24〕〔注：《楚辞》……女萝〕 见《九歌·山鬼》。

〔25〕〔注：灵运……离析〕 按灵运《南楼中望所迟客》诗，见本书卷三十。此"知"字衍文。本书卷二十五灵运《酬从弟惠连》诗："倾想迟嘉音。"注："迟，犹思也。"

〔26〕〔注：《楚辞》……草也〕 见《九歌·山鬼》。今本王注作"石兰、杜衡皆香草"。

〔27〕〔注：枣据……遗芳〕 枣据字道彦，见《晋书》卷九十二《文苑传》。《全晋文》卷六十七据此注辑入《逸民赋》。

〔28〕〔注：《楚辞》……神麻也〕 见《九歌·大司命》。

〔29〕〔注：司马彪……申也〕 此所引不知系《庄子》何篇之注。郭庆藩《庄子集释》辑入《盗跖》"两展其足"句下。《国语·晋语》注、《汉书·谷永传》注，又《扬雄传》注皆云："展，申也。"

〔30〕〔注：汉家……握兰〕 《太平御览》卷九八三引蔡质《汉官仪》："尚书郎怀香握兰，趋走丹墀。"此不引书，似非善注。

〔31〕〔注：《淮南子》……得也〕 见《原道》。今本无"怀"字，"自得"下有"之"字。

〔32〕〔注：郭象……去也〕 此《齐物论》"类与不类，相与为类，则与彼无以异矣"句下注。今本"所遣"无"所"字，"遣之"下有"又遣之"三字，"无所不遣"作"无遣无不遣"，"是非去也"作"是非自去矣"。

七哀诗（卷二十三·诗·哀伤）　曹子建

七哀诗[1]一首

五言。赠答，子建在仲宣之后，而此在前，误也。[2]

曹子建

明月照高楼，流光正徘徊。

夫皎月流辉，轮无辍照，以其余光未没，似若徘徊。前觉以为文外傍情，斯言当矣。[3]

上有愁思妇，悲叹有余哀。

《古诗》曰："慷慨有余哀。"[4]

借问叹者谁？言是客子妻[5]。君行逾十年，孤妾常独栖。君若清路尘，妾若浊水泥。

《汉书》：民歌曰："泾水一石，其泥数斗。"[6]

浮沉各异势，会合何依谐。

《尔雅》[7]曰："谐，和也。"[7]

愿为西南风，长逝入君怀。

《古诗》曰："从风入君怀，四坐莫不叹。"[8]

君怀良不开，贱妾当何依。[9]

《史记》：骊姬曰："以贱妾之故，废嫡立庶。"[10]

〔校释〕

〔1〕〔七哀诗〕 吕向云："七哀，谓痛而哀，义而哀，感而哀，怨而哀，耳目见闻而哀，口叹而哀，鼻酸而哀也。子建为汉末征役别离妇人哀叹，故赋此诗。"元李冶《敬斋古今注》卷八云："哀之来也，何者非感，何者非怨，何者非目见而耳闻，何者不嗟叹而病悼，吕向之说，可谓疏矣。大抵人之七情，有喜怒哀乐爱恶欲之殊，今而哀戚太甚，喜怒爱恶等悉皆无有，情之所系，惟有一哀而已，故谓之七哀也。不然，何不云六云八，而必曰七哀乎？"张及丁晏《曹集铨评》、朱绪曾《曹集考异》皆驳斥吕向之说。《宋书·乐志》收此诗入《楚调怨诗》，标题为《明月》，增益词句，分为七解。《乐府诗集》卷四十一属之《相和歌辞·楚调曲》，标题为《怨诗行》，以《宋志》所载为"晋乐所奏"，以《文选》此诗为"本辞"。《玉台新咏》卷二则采此为《杂诗》五首之第一首。《文选》并收王粲（仲宣）、张载（孟阳）《七哀》之作，"子建之《七哀》主哀思妇，仲宣之《七哀》主哀乱离，孟阳之《七哀》主哀丘墓"（用《敬斋古今注》说）。刘履、丁晏等皆以此诗托意于文帝（曹丕），恐亦太固。

〔2〕〔注：赠答……误也〕 此李氏纠正《文选》排列之误，王粲（一七七—二一七年）长曹植（一九二—二三二年）十六岁，自宜列在植前。

〔3〕〔注：夫皎……当矣〕 此李注中评诗隽语，释"流光正徘徊"，殊为

妙悟。胡应麟《诗数·内编》卷二云：“'明月照高楼，想见余光辉。'李陵逸诗也。子建'明月照高楼，流光正徘徊'，全用此句而不用其意，遂为建安绝唱。”姑无论李陵诗为伪作，即李陵真有此诗，而子建之妙全在"流光"一句，李注一语破的，胡氏竟未解此也。

〔4〕〔注：《古诗》……余哀〕　本书卷二十九《古诗十九首》中第五首。

〔5〕〔客子妻〕　六臣本"客"作"宕"，注云："善作'客'。"

〔6〕〔注：《汉书》……数斗〕　见《沟洫志》。

〔7〕〔注：《尔雅》云云〕　见《释诂》。

〔8〕〔注：《古诗》云云〕　此《古诗·四座且莫谊》中语，见《玉台新咏》卷一。

〔9〕〔君怀二句〕　《玉台新咏》卷二作"君怀时不开，妾心当何依"。《艺文类聚》卷三十二同。

〔10〕〔注：《史记》……立庶〕　见《晋世家》。今本"嫡"作"适"，古通用。

赠白马王彪（卷二十四·诗·赠答）　曹子建

赠白马王彪一首

五言。《魏志》曰："楚王彪，字朱虎，武帝子也。初封白马王，后徙封楚。"[1]《集》曰："于圈城作。"又曰："黄初四年五月，白马王、任城王与余俱朝京师，会节气，日不阳，任城王薨。至七月，与白马王还国，后有司以二王归藩，道路宜异宿止，意毒恨之，盖以大别在数日，是用自剖，与王辞焉。愤而成篇。"[2]

曹子建

谒帝承明庐，逝将归旧疆。

陆机《洛阳记》曰："承明门，后宫出入之门。吾常怪'谒帝承明庐'，问张公，云：'魏明帝作建始殿，朝会皆由承明门。'"[3]《毛诗》曰："逝将去汝。"[4]旧疆，鄄城也。时植虽封雍丘，仍居鄄城。[5]

清晨发皇邑，日夕过首阳。

陆机《洛阳记》曰："首阳山在洛阳东北，去洛二十里。"[6]

伊洛广且深[7]，欲济川无梁。

《楚辞》曰："道壅塞而不达，江河广而无梁。"[8]

泛舟越洪涛，怨彼东路长。

《国语》曰："秦泛舟于河。"〔9〕《西京赋》曰："起洪涛而扬波。"〔10〕

顾瞻〔11〕恋城阙，引领情内伤。

其一。《毛诗》曰："顾瞻周道。"又曰："在城阙兮。"〔12〕《左氏传》：穆叔谓晋侯曰："引领西望：庶几乎！"〔13〕《楚辞》曰："永怀兮内伤。"〔14〕

太谷〔15〕何寥廓，山树郁苍苍。

薛综《东京赋注》曰："太谷在洛阳西南。"〔16〕《风俗通》曰："泰山松树，郁郁苍苍。"〔17〕

霖雨泥我涂，流潦浩纵横。

《魏志》曰："黄初四年七月，大雨，伊洛溢流。"〔18〕毛苌《诗传》曰："行潦，流潦也。"〔19〕

中逵〔20〕绝无轨，改辙登高岗。

《毛诗》曰："肃肃兔罝，施于中逵。"〔21〕《广雅》曰："轨，迹也。"〔22〕

修坂〔23〕造云日，我马玄以黄。

其二。《毛诗》曰："陟彼高岗，我马玄黄。"毛苌曰："玄马病则黄。"〔24〕

玄黄犹能进，我思郁以纡。

《楚辞》曰："愿假簧以舒忧，志纡郁其难释。"王逸曰："纡，屈也。郁，愁也。"〔25〕

郁纡将难进〔26〕，亲爱在离居。

《楚辞》曰："将以遗兮离居。"〔27〕

本图相与偕，中更不克俱。

毛苌《诗传》曰："偕，俱也。"[28]

鸱枭鸣衡扼[29]，豺狼当路衢。

鸱枭、豺狼，以喻小人也。《毛诗》曰："懿厥哲妇，为枭为鸱。"[30]《汉书》：杜文谓孙宝曰："豺狼当路，不宜复问狐狸。"[31]《公羊传》曰："楚庄王伐郑，放乎路衢。"何休注曰："路衢，郭内衢也。"[32]

苍蝇间白黑，谗巧令亲疏[33]。

《毛诗》曰："营营青蝇，止于樊。"郑玄曰："蝇之为虫，污白使黑，污黑使白，喻佞人变乱善恶也。"[34]《广雅》曰："间，毁也。"[35]

欲还绝无蹊，揽辔止踟蹰。

其三。《楚辞》曰："揽骓辔而下节。"[36]《毛诗》曰："搔首踟蹰。"[37]

踟蹰亦何留[38]，相思无终极。

《汉书》：息夫躬《绝命词》曰："嗟若是欲何留也。"[39]

秋风发微凉，寒蝉鸣我侧。

蔡邕《月令章句》曰："寒蝉应阴而鸣，鸣则天凉，故谓之寒蝉也。"[40]

原野何萧条，白日忽西匿。

《楚辞》曰："山萧条而无兽。"又曰："日杳杳而西颓。"[41]

归鸟[42]赴乔林，翩翩厉羽翼。

《毛诗》曰："翩翩者雕。"[43]厉，疾貌。

孤兽走索群，衔草不遑食。

《尚书》曰："不遑暇食。"〔44〕

感物伤我怀，抚心长太息〔45〕。

其四。《广雅》曰："感，伤也。"〔46〕《古诗》曰："感物怀所思。"〔47〕《列子》曰："师襄乃抚心高踏。"〔48〕《楚辞》曰："长太息以掩涕。"〔49〕

太息将何为〔50〕，天命与我违。

郑玄《周易注》曰："命，所受天命也。"〔51〕《楚辞》曰："属天命而委之咸池。"王逸曰："咸池，天神也。"〔52〕《古诗》曰："同袍与我违。"〔53〕毛苌《诗传》曰："违，离也。"〔54〕谓不偶也。

奈何念同生，一往形不归。

《魏志》曰："武皇帝卞皇后生任城王彰、陈思王植。"〔55〕《左氏传》曰："郑罕、驷、丰同生。"杜预曰："罕，子皮；驷，子晳；丰，公孙段也。三家本同母兄弟也。"〔56〕《汉书》：武帝诏曰："梁王亲慈同生，愿以邑分弟。"〔57〕

孤魂翔故城〔58〕，

《魏志》"城"作"域"。〔59〕

灵柩寄京师。

《汉书》：贡禹上书曰："骸骨弃捐，孤魂不归。"〔60〕

存者忽复过，亡殁身自衰。〔61〕人生处一世，去若〔62〕朝露晞。

《汉书》：李陵谓苏武曰："人生如朝露，何久自苦如此。"〔63〕《薤露歌》曰："薤上零露何易晞。"〔64〕毛苌《诗传》曰："晞，干也。"〔65〕

年在桑榆间，影响不能追。

日在桑榆，以喻人之将老。《东观汉记》：光武曰："失之东隅，收之桑榆。"〔66〕仲长子《昌言》曰："捷疾驰影响人间也。"〔67〕

自顾非金石，咄喈〔68〕令心悲。

其五。郑玄《毛诗笺》曰："顾，念也。"〔69〕《古诗》曰："人生非金石，岂能长寿考。"〔70〕《说文》曰："咄，叱也。"〔71〕丁兀切。《声类》曰："喈，大呼也。"〔72〕子夜切。言人命比呼之间，或至夭丧也。

心悲动我神，弃置莫复陈。丈夫志四海，万里犹比邻。恩爱苟不亏，在远分日亲。

《邓析子》曰："远而亲者，志相应也。"〔73〕分，犹志也。

何必同衾帱，然后展殷勤。

《毛诗》曰："抱衾与裯。"毛苌曰："衾，被也。"郑玄曰："裯，床帐也。"〔74〕帱与裯古字同。

忧思成疾疢，无乃儿女仁。〔75〕

《毛诗》曰："心之忧矣，疢如疾首。"〔76〕《史记》曰："吕公谓吕媪曰：'非儿女之所知。'"又韩信谓汉祖曰："项王所谓妇人之仁也。"〔77〕

仓卒骨肉情，能不怀苦辛。

其六。李陵书曰："前书仓卒。"〔78〕骨肉，谓兄弟也。苏子卿诗云："骨肉缘枝叶。"《古诗》又曰："辗轲长苦辛。"〔79〕

苦辛何虑思，天命信可疑。虚无求列仙，松子久吾欺。

班固《楚辞序》曰："帝阍宓妃，虚无之语。"〔80〕《论衡》曰："传称赤松王乔，好道为仙，度世不死，是又虚也。"〔81〕魏武帝《善哉行》曰："痛哉世人，见欺神仙。"〔82〕

变故在斯须〔83〕，百年谁能持。

《汉书》：谷永曰："三郡所奏，皆有变故。"〔84〕郑玄《周礼注》曰："故，灾也。"〔85〕《礼记》："君子曰：礼乐不可斯须去身。"郑玄曰："斯须，犹须臾也。"〔86〕《古诗》曰："生年不满百。"〔87〕《吕氏春秋》曰："人之寿，久不过百。"〔88〕

离别永无会，执手将何时？

蔡琰诗曰："念别无会期。"〔89〕《毛诗》曰："执子之手，与子偕老。"〔90〕

王其爱玉体，俱享黄发期。

《七发》曰："太子玉体不安。"〔91〕《东观汉记》：太子执报桓荣书曰："君慎疾加餐，重爱玉体。"〔92〕杜预《左氏传注》曰："享，受也。"〔93〕《尚书》曰："询兹黄发。"〔94〕

收泪即长路〔95〕，援笔从此辞。

其七。《韩诗外传》曰："孙叔敖治楚三年，而楚国霸，楚史援笔而书于策。"〔96〕苏武诗曰："去去从此辞。"〔97〕

〔校释〕

〔1〕〔注：《魏志》……封楚〕　见《武文世王公传》。传称"武皇（曹

操）二十五男""卞皇后生文皇帝（曹丕）、任城威王彰、陈思王植""孙姬生楚王彪"。又据传，彪于黄初三年（二二二年）封弋阳王，其年徙封吴王，五年（二二四年）改封寿春县，七年（二二六年）徙封白马王，太和六年（二三二年）改封楚（彪后在嘉平三年，即二五一年，因王凌事赐死）。此诗作于黄初四年，时犹是吴王，盖编集时追题。赵一清《三国志注补》、黄节《曹子建诗注》，皆依此诗之序，谓彪此年曾封白马王，《魏志》所载有误。黄节并据诗中"怨彼东路长"之句，云："植是时以鄄城王应诏至京师，东归后始徙封雍丘，则与白马王同路东归者，归鄄城也。鄄城在今濮州东二十里，白马在今滑县东二十里，魏时同属兖州东郡，故能同路东归；若吴，则当南下，不能东矣。"卢弼《三国志集解》不从黄氏之说，云："黄说诚辩。然本传言四年徙雍丘，其年朝京都。雍丘为今杞县，亦在洛阳之东。""要之佳什轶事，辗转传钞，白马东阿，遂致歧异。诗题为后人所加，集序出注家之语。史文具在，年月可稽，似不必信彼而疑此。宋本《子建集》即无此序言也。"

〔2〕〔注：《集》曰……成篇〕 《魏陈思王集》三十六卷，《隋志》著录；《旧唐志》云，二十卷，又有三十卷之本；《宋志》只有十卷。今所传皆十卷本。"于圈城作"四字，今集本皆无。许谓"圈"当作"鄄"。"日不阳"，六臣本作"到洛阳"，《考异》以六臣本为是。《魏志·任城陈萧王传》谓："（植）黄初四年（二二三年）徙封雍丘王。其年朝京都，上疏。""帝嘉其辞义，优语答勉之。"注引《魏略》云："初植未到关，自念有过，宜当谢帝，乃留其从官著关东，单将两三人微行入见清河长公主，欲因主谢。而关吏以闻。帝使人逆之，不得见。太后以为自杀也，对帝泣。会植科头负铁锧徒跣诣阙下，帝及太后乃喜。及见

之，帝犹严颜色，不与语，又不使冠履。植伏地泣涕，太后为不乐，诏乃听王服。"

又引《魏氏春秋》云："是时待遇诸国法峻，任城王暴薨，诸王既怀友于之痛，植及白马王彪还国，欲同路东归，以叙隔阔之思，而监国使者不听，植发愤告离，而作诗曰……"云云。又载任城威王彰，字子文，"黄初二年（二二一年），进爵为公，三年（二二二年）立为任城王，四年（二二三年）朝京都，疾薨于邸"。注引《魏氏春秋》云："初，彰问玺绶，将有异志，故来朝不即得见。彰忿怒暴薨。"《世说新语·尤悔》云："魏文帝忌弟任城王骁壮，因在卞太后合共围棋，并啖枣。文帝以毒置诸枣蒂中，自选可食者而进。王弗悟，遂杂进之。既中毒，太后索水救之。帝预敕左右毁瓶罐，太后徒跣趋井，无以汲，须臾遂卒。复欲害东阿。太后曰：'汝已杀我任城，不得复杀我东阿。'"此虽出小说家言，可见任城之死，实为疑案。子建此时处境如此，宜其言直切沉痛，钟嵘许为"五言之警策""篇章之珠泽，文采之邓林"也（《诗品序》）。

〔3〕〔注：陆机……明门〕 陆机《洛阳记》一卷，《隋志》及两《唐志》皆著录。盖亡于宋。黄节云："植诗曰承明庐，不曰承明门。《汉书·严助传》：武帝赐助书曰：'君厌承明之庐。'颜注：张晏曰：'承明庐在石渠阁外，直宿所止曰庐。'王先谦补注：沈钦韩曰：'《说苑·修文》篇：天子左右之路寝谓之承明，何也？曰：承乎明堂之后者也。'则植此诗'承明庐'，恐是用汉故事。"案：陆《记》中所谓"张公"，盖指张华。

〔4〕〔注：《毛诗》……去汝〕 见《魏风·硕鼠》。逝，发声辞，不为义，见《经传释词》卷九。

〔5〕〔注：旧疆……鄄城〕 朱绪曾谓李注泥于植传，当是归鄄城而后徙封，证之此诗，较为直截。

〔6〕〔注：陆机……十里〕 黄节谓首阳山见之古籍，凡有三处。此诗所指即邙山最高处，日出先照，故名。非夷齐所葬（夷齐葬在陇西）。

〔7〕〔广且深〕 《魏志》注引《魏氏春秋》"广"作"旷"。

〔8〕〔注：《楚辞》……无梁〕 见《哀时命》。今本"达"作"通"（下有"兮"字）。

〔9〕〔注：《国语》……于河〕 见《晋语》三。今本"氾"作"泛"。

〔10〕〔注：《西京赋》……扬波〕 见本书卷二。

〔11〕〔顾瞻〕 《魏氏春秋》作"回顾"。

〔12〕〔注：《毛诗》……阙兮〕 见《桧风·匪风》，又《郑风·子矜》。

〔13〕〔注：《左氏传》……几乎〕 见襄公十六年。

〔14〕〔注：《楚辞》……内伤〕 见《九怀·匡机》。

〔15〕〔太谷〕 "太"，六臣本作"大"，注云："善作'太'。"

〔16〕〔注：薛综……西南〕 见本书卷三。梁谓此注多"西"字。

〔17〕〔注：《风俗通》……苍苍〕 此《风俗通》佚文。本书卷二十七谢玄晖《之宣城出新林浦向版桥》诗注引应邵《风俗通》曰："太山岩石松树，郁郁苍苍如云中。"较此注详。

〔18〕〔注：《魏志》……溢流〕 见《文帝纪》。张云："志是'六月'，言'七'者，注误。"

〔19〕〔注：毛苌……潦也〕 《大雅·泂酌》传。

〔20〕〔中逵〕 《魏氏春秋》作"中田"。

〔21〕〔注：《毛诗》……中逵〕 见《周南·兔罝》。

〔22〕〔注：《广雅》云云〕 见《释诂》。

〔23〕〔坂〕 六臣本注云："五臣作'阪'。"

〔24〕〔注：《毛诗》……则黄〕 见《周南·卷耳》。

〔25〕〔注：《楚辞》……愁也〕 见《九叹·忧苦》（首句末有"兮"字）。

〔26〕〔难进〕 六臣本注云："五臣作'何念'。"案《魏氏春秋》亦作
"何念"，五臣本之。

〔27〕〔注：《楚辞》……离居〕 见《九歌·大司命》。

〔28〕〔注：毛苌云云〕 见《邶风·击鼓》及《魏风·陟岵》传。

〔29〕〔衡扼〕 六臣本"扼"作"枙"。案"枙"即"轭"字。黄节云：
"《后汉书·舆服志》曰：'乘舆龙首衔轭，鸾雀立衡。'诗言'鸱枭鸣衡轭'，谓
不祥之鸟近在乘舆，喻君侧之多恶人也。"

〔30〕〔注：《毛诗》……为鸱〕 见《大雅·瞻卬》。

〔31〕〔注：《汉书》……狐狸〕 见《盖诸葛刘郑孙毋将何传》。"杜
文"，当作"侯文"，此误。今本"当路"作"横道"。

〔32〕〔注：《公羊传》云云〕 见宣公十二年。

〔33〕〔令亲疏〕 《魏氏春秋》"令"作"反"。

〔34〕〔注：《毛诗》……恶也〕 见《小雅·青蝇》。

〔35〕〔注：《广雅》云云〕　见《释诂》。

〔36〕〔注：《楚辞》……下节〕　见《九辩》。

〔37〕〔注：《毛诗》云云〕　见《邶风·静女》。

〔38〕〔何留〕　"何"六臣本注云："善本作'可'。"《考异》谓善自作"何"，注有明文，此不误，或尤校改之。

〔39〕〔注：《汉书》云云〕　见《蒯伍江息夫传》。今本"是"下有"兮"字，"留"下无"也"字。

〔40〕〔注：蔡邕云云〕　《月令章句》佚书，已见《鹦鹉赋》校释。

〔41〕〔注：《楚辞》云云〕　见《远游》及《九叹·远逝》（《远逝》"而"作"以"）。

〔42〕〔归鸟以下四句〕　《魏氏春秋》"归鸟"两句在"孤兽"两句下。"乔林"作"高林"。

〔43〕〔注：《毛诗》云云〕　见《小雅·四牡》及《南有嘉鱼》。

〔44〕〔注：《尚书》云云〕　见《无逸》。

〔45〕〔太息〕　《魏氏春秋》"太"作"叹"，下同。

〔46〕〔注：《广雅》……伤也〕　见《释诂》。今本"伤"作"惕"。

〔47〕〔注：《古诗》……所思〕　此乐府《伤歌行》中语，见本书卷二十七。

〔48〕〔注：《列子》……高蹈〕　见《汤问》。

〔49〕〔注：《楚辞》云云〕　见《离骚》。

〔50〕〔太息将何为〕 《魏氏春秋》作"叹息何所为"。

〔51〕〔注：郑玄……命也〕 郑玄《周易注》佚文。

〔52〕〔注：《楚辞》……神也〕 见《七谏·自悲》。

〔53〕〔注：《古诗》……我违〕 见本书卷二十九。

〔54〕〔注：毛苌……离也〕 《邶风·谷风》传。

〔55〕〔注：《魏志》……王植〕 见《武文世王公传》。

〔56〕〔注：《左氏传》……弟也〕 见襄公三十年。

〔57〕〔注：《汉书》云云〕 见《武纪》。此元朔二年正月诏，"梁王"下有"城阳王"三字。

〔58〕〔故城〕 《魏氏春秋》"城"作"域"。六臣本同，注云："善作'城'字。"

〔59〕〔注：《魏志》云云〕 《考异》谓此五字非李善注。

〔60〕〔注：《汉书》……不归〕 见《王贡两龚鲍传》。

〔61〕〔存者两句〕 黄节云："《太玄》范望注曰：过，去也。存者，谓己与白马也。忽复过，谓须臾亦与任城同一往耳。'亡殁身自衰'句倒文，谓身由衰而殁耳。"

〔62〕〔去若〕 《魏氏春秋》作"忽若"。

〔63〕〔注：《汉书》……如此〕 见《李广苏建传》。

〔64〕〔注：《薤露歌》……易晞〕 见《古今注》卷中《音乐》，"零"字作"朝"。

〔65〕〔注：毛苌云云〕　见《秦风·蒹葭》及《小雅·湛露》传。

〔66〕〔注：《东观汉记》……桑榆〕　今范晔《后汉书·冯异传》文同。李贤注："桑榆，谓晚也。"

〔67〕〔注：仲长云云〕　此《昌言》佚文，《全后汉文》卷八十九辑本据此收入。

〔68〕〔喈〕　《魏氏春秋》作"咤"。

〔69〕〔注：郑玄……念也〕　《小雅·正月》笺。

〔70〕〔注：《古诗》……寿考〕　见本书卷二十九。

〔71〕〔注：《说文》……叱也〕　见《口部》。

〔72〕〔注：《声类》……呼也〕　李登《声类》，说见《从斤竹涧越岭溪行》校释。

〔73〕〔注：《邓析子》……应也〕　见《无厚篇》。今本"志"误作"忘"，《指海》本据此注所引改正。

〔74〕〔注：《毛诗》……帐也〕　见《召南·小星》。

〔75〕〔忧思两句〕　《魏氏春秋》无此两句。"瘏"，当依今本《毛诗》作"痑"，注文同。

〔76〕〔注：《毛诗》……疾首〕　见《小雅·小弁》。

〔77〕〔注：《史记》云云〕　见《高祖本纪》及《淮阴侯列传》。

〔78〕〔注：李陵……仓卒〕　见本书卷四十一。

〔79〕〔注：苏子卿云云〕　两诗皆见本书卷二十九。

〔80〕〔注：班固……之语〕　引见《楚辞补注》卷一。

〔81〕〔注：《论衡》……虚也〕　见《无形篇》。

〔82〕〔注：魏武帝云云〕　此魏武乐府佚文。

〔83〕〔斯须〕　六臣本作"须臾"。

〔84〕〔注：《汉书》……变故〕　今检《谷永传》无此语。

〔85〕〔注：郑玄……灾也〕　今《周礼·春官·大宗伯》注："故，谓凶灾。"又《天官·宫正》注："故，谓祸灾。"无"故，灾也"之文。

〔86〕〔注：《礼记》……申也〕　见《乐记》。

〔87〕〔注：《古诗》……满百〕　见本书卷二十九。

〔88〕〔注：《吕氏春秋云云》〕　见《安死》篇。

〔89〕〔注：蔡琰……会期〕　见《后汉书·列女传》。

〔90〕〔注：《毛诗》云云〕　见《邶风·击鼓》。

〔91〕〔注：《七发》……不安〕　见本书卷三十四。

〔92〕〔注：《东观汉记》……玉体〕　《考异》："'执'字不当有，各本皆衍。太子，汉明帝也，在范蔚宗书《桓荣传》。"

〔93〕〔注：杜预……受也〕　僖公二十三年传注。

〔94〕〔注：《尚书》云云〕　见《秦誓》。句首有"尚猷"二字。

〔95〕〔长路〕　《魏氏春秋》"路"作"涂"。

〔96〕〔注：《韩诗外传》……于策〕　见卷二。今本"于"上有"之"字。

〔97〕〔注：苏武诗云云〕　见本书卷二十九。

过始宁墅（卷二十六·诗·行旅）　谢灵运

过始宁墅[1]一首

五言。沈约《宋书》曰："灵运父祖，并葬始宁县，并有故宅及墅，遂修营旧业，极幽居之美。"[2]《水经注》曰："始宁县西，本上虞之南乡也。"[3]

谢灵运

束发怀耿介，逐物遂推迁。

《韩诗外传》曰："夫人为父必全其身体，及其束发，属授明师，以成其材。"[4]《楚辞》曰："独耿介而不随兮，愿慕先圣之遗教。"[5]《庄子》曰："惠施之才，逐万物而不反。"[6]《尚书》：王曰："惟民生厚，因物有迁。"[7]

违志似如昨，二纪及兹年。[8]

《广雅》曰："违，背也。"[9]扬雄《解嘲》曰："历览者兹年矣。"[10]

淄磷[11]谢清旷，疲薾惭贞坚。

《论语》："子曰：'不曰坚乎，磨而不磷；不曰白乎，涅而不淄。'"[12]《苍颉篇》曰："旷，疏旷也。"[13]《庄子》曰："薾然疲而不知所归。"司马彪曰："薾，极貌也。"[14]薾，奴结切。

拙疾相倚薄，还得静者便。[15]

拙，谓拙官也。《闲居赋》曰："巧诚有之，拙亦宜然。"[16]韩康伯《周易注》曰："薄，谓相附也。"[17]《论语》曰："智者动，仁者静。"[18]

剖竹守沧海，枉帆过旧山。

《汉书》曰："初与郡守为使符。"[19]《说文》曰："符，信；汉制以竹，分而相合。"[20]

山行穷登顿，水涉尽洄沿。

《尔雅》曰："逆流而上曰溯洄。"[21]孔安国《尚书》传曰："顺流而下曰沿。"[22]

岩峭岭稠叠，洲萦渚连绵。

《广雅》曰："峭，高也。"又曰："稠，概也。"[23]《三辅故事》曰："连绵四百余里。"[24]

白云抱幽石，绿筱媚清涟。

清涟，已见上文。[25]

葺宇临回江，筑观基曾巅。

《洞箫赋》曰："回江流川，而溉其山。"[26]《春秋运斗枢》曰："山者，地基也。"[27]

挥手告乡曲，三载期归旋。

刘越石《扶风歌》曰："挥手长相谢。"[28]《说文》曰："挥，奋也。"[29]《燕丹子》："夏扶曰：士无乡曲之誉，则未与论行。"[30]三载黜陟幽明[31]，故以为限。

且为树枌槚，无令孤愿言。

《左氏传》曰："初，季孙为己树六槚于蒲圃东门之外。"杜预曰："槚，欲自为椟也。"〔32〕

〔校释〕

〔1〕〔过始宁墅〕 刘履云："此诗因之永嘉，得过此而作。"案灵运有《永初三年七月十六日之郡初发都》诗，《文选》载在此诗之前。李善注引《宋书》谓"高祖（武帝刘裕）永初三年（四二二年）五月崩，少帝（义符）即位，出灵运为永嘉太守。少帝犹未改元（明年始改元景平），故云永初"。此诗当作于永初三年七月以后也。

〔2〕〔注：沈约……之美〕 见《谢灵运传》。今本"极"作"尽"。

〔3〕〔注：《水经注》云云〕 见《渐江水》注。

〔4〕〔注：《韩诗外传》……其材〕 见卷七。今本"人为"作"为人"，"束发"下有"也"字，无"属"字，"材"作"技"。束发或称结发，指少时。《史记·李将军列传》："臣结发而与匈奴战。"《索隐》："案，广言自少时结发而与匈奴战。"

〔5〕〔注：《楚辞》……遗教〕 见《九辩》。

〔6〕〔注：《庄子》……不反〕 见《天下》篇。

〔7〕〔注：《尚书》云云〕 见《君陈》。

〔8〕〔违志二句〕 案：灵运初为琅琊王行军大司马行军参军，后做抚军将军

刘毅记室，盖其年未及二十。是时灵运已三十八岁（灵运生于晋太元十年，即公元三八五年），距其初仕时已过二十年以上，故云"二纪"也。

〔9〕〔注：《广雅》……背也〕 见《释诂》。今本"背"作"偝"。

〔10〕〔注：扬雄云云〕 见本书卷四十五。

〔11〕〔淄磷〕 六臣本"淄"作"缁"，注文同。

〔12〕〔注：《论语》……不淄〕 见《阳货》篇。

〔13〕〔注：《苍颉篇》……旷也〕 《苍颉篇》，李斯作。此当指郭璞注本（郭璞注《三仓》三卷，见《隋志》，又称《三仓解诂》，包括李斯《苍颉篇》、扬雄《训纂篇》、贾鲂《滂喜篇》）。

〔14〕〔注：《庄子》云云〕 见《齐物论》。今本"疲"下有"役"字。司马彪注是佚文，仅见于此。许谓"蕳"字当作"茶"。

〔15〕〔拙疾二句〕 六臣本注云："五臣无此二句。"

〔16〕〔注：《闲居赋》……宜然〕 见本书卷十六。

〔17〕〔注：韩康伯……附也〕 今《说卦》"雷风相薄"句下无此注。《释文》引陆绩注云："相薄，相附薄也。"

〔18〕〔注：《论语》云云〕 见《雍也》篇。

〔19〕〔注：《汉书》……使符〕 六臣本"使"上有"竹"字，梁谓尤刻本脱。案此见《文纪》二年。

〔20〕〔注：《说文》云云〕 见《竹部》。尤本"相合"后原有"尸又切"（当为"守"字之音）三字，胡刻削去。

〔21〕〔注：《尔雅》……溯洄〕 见《释水》。今本"沂"作"溯"。

〔22〕〔注：孔安国云云〕 见《禹贡》传。

〔23〕〔注：《广雅》……概也〕 "峭高"见《释诂》。"稠概"为《广雅》佚文，又见本书卷十九《补亡诗》注引。

〔24〕〔注：《三辅故事》云云〕 《三辅故事》二卷，《隋志》地理类称"晋世撰"，不著撰人。两《唐志》称《韦氏三辅旧事》。张澍《二酉堂丛书》辑本及章宗源《隋经籍考证》谓是韦彪作（韦彪传见《后汉书》）。

〔25〕〔注：清涟，已见上文〕 六臣注本引《毛诗·魏风·伐檀》："河水清且涟漪。"

〔26〕〔注：《洞箫赋》……其山〕 见本书卷十七。

〔27〕〔注：《春秋运斗枢》云云〕 此为《春秋》纬书之一，见《后汉书·樊英传》。

〔28〕〔注：刘越石……相谢〕 见本书卷二十八。

〔29〕〔注：《说文》……奋也〕 见《手部》。

〔30〕〔注：《燕丹子》……论行〕 见卷下。今本"曰"上有"前"字，下有"闻"字，"与"上有"可"字。

〔31〕〔注：三载黜陟幽明〕 见《尚书·舜典》。

〔32〕〔注：《左氏传》云云〕 见襄公四年。

乐府三首（卷二十七·诗·乐府）

乐府三首[1]

古辞[2]

五言。言古诗不知作者姓名。他皆类此。[3]

饮马长城窟行[4]

郦善长《水经》曰："余至长城，其下往往有泉窟，可饮马。古诗《饮马长城窟行》，信不虚也。"[5]然长城，蒙恬所筑也，言征戍之客，至于长城而饮其马，妇思之，故为《长城窟行》。[6]《音义》曰："行，曲也。"[7]

青青河边[8]草，绵绵思远道。

言良人行役，以春为期，期至不来，所以增思。王逸《楚辞注》曰："绵绵，细微之思也。"[9]

远道不可思，夙昔[10]梦见之。

《广雅》曰："昔，夜也。"[11]

梦见在我傍，忽觉在他乡。他乡各异县，辗[12]转不可见[13]。

《字书》曰："辗，亦展字也。"〔14〕《说文》曰："展，转也。"〔15〕郑玄《毛诗笺》曰："转，移也。"〔16〕

枯桑知天风，海水知天寒。

枯桑无枝，尚知天风；海水广大，尚知天寒；君子行役，岂不离风寒之患乎？

入门各自媚，谁肯相为言〔17〕。

但人入门，咸各自媚，谁肯为言乎？皆不能为言也。

客从远方来，遗我双鲤鱼〔18〕。呼儿烹鲤鱼，中有尺素书。

郑玄《礼记注》曰："素，生帛也。"〔19〕

长跪读素书，书上〔20〕竟何如？

《说文》曰："跪，拜也。"〔21〕

上有加餐食，下有长相忆。〔22〕

伤歌行〔23〕

昭昭素月明〔24〕，晖光烛我床。忧人不能寐，耿耿夜何长！

《毛诗》曰："耿耿不寐，如有隐忧。"〔25〕

微风吹闺闼，罗帷自飘飏〔26〕。

毛苌《诗传》曰："闼，内门也。"〔27〕

揽衣曳长带，屣履下高堂。

《长门赋》曰："屣履起而彷徨。"〔28〕

东西安所之，徘徊以彷徨。春鸟翻南飞，翩翩独翱翔。悲声命俦匹，哀鸣伤我肠。感物怀所思，泣涕忽沾裳。伫立吐高吟，舒愤诉穹苍。

《毛诗》曰，"伫立以泣。"〔29〕谷永《与王谭书》曰："抑于家，不得舒愤。"〔30〕《毛诗》曰："靡有膂力，以念穹苍。"〔31〕李巡《尔雅注》曰："仰视天形，穹隆而高，其色苍苍，故曰穹苍。"《尔雅》曰："穹苍，苍天也。"〔32〕

长歌行〔33〕

崔豹《古今注》曰："长歌，言寿命长短定分，不妄求也。"〔34〕此上一篇，似伤年命，而下一首，直叙怨情。《古诗》曰："长歌正激烈。"魏武帝《燕歌行》曰："短歌微吟不能长。"傅玄《艳歌行》曰："咄来长歌续短歌。"然行声有长短，非言寿命也。〔35〕

青青园中葵，朝露行〔36〕日晞。

《毛诗》曰："湛湛露斯，匪阳不晞。"毛苌曰："晞，干也。"〔37〕

阳春布德泽，万物生光晖。

《楚辞》曰："恐死不见乎阳春。"〔38〕《淮南子》曰："光晖万物。"〔39〕

常恐秋节至，焜黄华蕊〔40〕衰。

焜黄，色衰貌也，胡本切。

百川东到海，何时复西归。

《尚书大传》曰："百川赴东海。"〔41〕

少壮不努力，老大乃〔42〕伤悲。

〔校释〕

〔1〕〔乐府三首〕 六臣本"三首"作"四首"，在《饮马长城窟行》与《伤歌行》之间，多《君子行》一首，注云："善本无此篇。"毛氏汲古阁本添《君子行》于卷尾，梁以为非。

〔2〕〔古辞〕 尤本"辞"作"词"，此胡刻改。

〔3〕〔注：五言……类此〕 胡、梁皆谓"五言"二字当移于下三首每题之下。梁云："'诗'当作'辞'。"案"言"字以下，亦李氏《选》注义例，《曝书杂记》卷下失收此条。

〔4〕〔饮马长城窟行〕 《玉台新咏》卷一载此诗，以为蔡邕作。《乐府诗集》卷三十八属之《相和歌辞·瑟调曲》，引《乐府解题》云："古词言良人游荡不归，或云蔡邕之作。"海源阁刊本《蔡中郎集》收此诗入《外纪》。朱云："李氏标为'古辞'，云'不知作者姓名'；《玉台新咏》谓此诗蔡邕所作，而郦引《琴操》有是名，《琴操》正邕撰也。"案郦引《琴操》（见下），不见于今二卷本中；《琴操》载有此名，亦不能证实即邕之作；李氏从昭明标题，谓古辞为无名氏之作，踏实可信也。

〔5〕〔注：郦善长……虚也〕 朱云："《水经》下脱'注'字。"案，据李善注例，此当称"郦道元"。此见《河水注》，今本云："芒干水又西南径白道南

谷口。有城在其右，萦带长城，背山面泽，谓之白道城。自城北出，有高坂，谓之白道岭。沿路惟土穴，出泉，挹之不穷。余每读《琴操》，见琴慎《相和雅歌录》云：《饮马长城窟》。及其跋陟斯途，远怀古事，始知信矣，非虚言也。"赵一清《水经注释》云："李善《文选》注引郦善长《水经》"云云，"盖隐括其辞，此引书钞变之体也。"朱说略同。

〔6〕〔注：然……窟行〕 《乐府诗集》及《玉台新咏》吴兆宜注亦引用李氏此说，此解释诗意较为准确者也。

〔7〕〔注：《音义》云云〕 此引《音义》，或即萧该、曹宪两家之书，亦可能为《汉书音义》，脱去"汉书"二字。《汉书·司马相如传》："酒酣，临邛令前奏琴，曰：'窃闻长卿好之，愿以自娱。'相如辞谢，为鼓一再行。"颜师古注："行，谓曲引也。古乐府《长歌行》《短歌行》，此其义也。"（参看《史记索隐》）

〔8〕〔河边〕 六臣本"边"作"畔"，注云："善作'边'。"《玉台新咏》作"边"，《乐府诗集》从五臣本作"畔"。

〔9〕〔注：王逸云云〕 《九章·悲回风》："缥绵绵之不可纤。"王注："细微之思，难断绝也。"此节引其文。

〔10〕〔夙昔〕 "夙"下，六臣本注云："五臣作'宿'。"《玉台新咏》及《乐府诗集》皆作"宿"。此二字古通用。

〔11〕〔注：《广雅》云云〕 见《释诂》。"昔"与"夕"古通用。

〔12〕〔辗〕 六臣本及《玉台新咏》《乐府诗集》皆作"展"，李注引《字

书》称"辗亦展字"。

〔13〕〔不可见〕 "可"下，六臣本注云："五臣作'相'。"《玉台新咏》《乐府诗集》皆作"相"。

〔14〕〔注：《字书》……字也〕 《隋志》小学类著《字书》三卷，又十卷，《旧唐志》亦著录十卷之本。盖六朝时闾里常用之书，今有陈鳣及任大椿辑本。

〔15〕〔注：《说文》……转也〕 见《尸部》。字本作"屧"，从尸，褱省声（褱在《衣部》，从衣，瞏声）。

〔16〕〔注：郑玄云云〕 见《周南·关雎》笺。

〔17〕〔相为言〕 王念孙云："言，即问也，谓谁肯相为问也。"（《读书杂志·余编》卷下）

〔18〕〔鲤鱼〕 余引《玄散堂诗话》谓："朝鲜以厚茧纸作鲤鱼函。""可以藏书。此古人'尺素如残雪，结成双鲤鱼'。据此诗，古人尺素结为鲤鱼形，即缄也。""下云烹鱼得书，亦譬况之言。"张、梁及《笺证》亦据杨慎《丹铅余录》说，意与此同。闻一多《乐府诗笺》又谓"双鲤鱼"为藏书之函，并引鱼钥之说以证成之。刘履引陈涉事，谓古人鱼腹寄书之说，颇遭驳斥，以为"痴人说梦"（见梁说）。然鱼腹寄书，若无旧传，陈涉何能动众。盖古代民间必有此类传说故事，故陈王利用之。至结素刻函，以鱼形为图案，必亦本之民间传说及此诗故事，不能以烹鱼得书，事涉虚幻，遂颠倒事实，以后为先也。

〔19〕〔注：郑玄云云〕 《杂记下》注。

〔20〕〔书上〕 六臣本"上"作"中"，《玉台新咏》《乐府诗集》同。

《考异》以作"中"为是。

〔21〕〔注：《说文》云云〕　见《足部》。

〔22〕〔上有二句〕　两"有"字，《乐府诗集》作"言"。"食"，《乐府诗集》作"饭"。

〔23〕〔伤歌行〕　《乐府诗集》卷六十二属之《杂曲诗辞》。

〔24〕〔月明〕　六臣本作"明月"。《考异》引陈校以作"明月"为是。

〔25〕〔注：《毛诗》云云〕　见《邶风·柏舟》。

〔26〕〔飏〕　《乐府诗集》作"扬"。

〔27〕〔注：毛苌云云〕　《齐风·东方之日》传作"门内"。

〔28〕〔注：《长门赋》云云〕　见本书卷十六。

〔29〕〔注：《毛诗》……以泣〕　见《邶风·燕燕》。

〔30〕〔注：谷永……舒愤〕　见《汉书·谷永传》。今本"抑"下有"郁"字，《考异》以为此脱，当补。

〔31〕〔注：《毛诗》……穹苍〕　见《大雅·桑柔》。

〔32〕〔注：李巡云云〕　此引《尔雅·释天》及李巡注，当先引《尔雅》，次及李注，似被传写者混乱。李巡注又见《诗·桑柔·正义》引。

〔33〕〔长歌行〕　《乐府诗集》卷三十属之《相如歌辞·平调曲》，引《乐府解题》云："古辞云：青青园中葵，朝露待日晞。言芳华不久，当努力为乐，无至老大乃伤悲也。"

〔34〕〔注：崔豹……求也〕　见卷中《音乐》篇。今本云："长歌短歌，言

人生寿命长短定分，不可妄求也。"此所引有脱文。

〔35〕〔注：此上云云〕 此李善驳崔豹之说。今此诗只一首，无上篇下首之分，似有文字传写之误。《古诗》，指苏武诗，见本书卷二十九。魏武帝，当从陈校作魏文帝（《考异》引）；《燕歌行》见本卷。傅玄《艳歌行》今未见。

〔36〕〔行〕 六臣本作"待"，注云："善作'行'字。"《乐府诗集》亦作"待"。

〔37〕〔注：《毛诗》云云〕 见《小雅·湛露》。

〔38〕〔注：《楚辞》……阳春〕 见《九辩》。今本"死"上有"溘"字。

〔39〕〔注：《淮南子》云云〕 见《览冥》篇。今本"万"上有"重"字。

〔40〕〔蕊〕 六臣本作"叶"，《乐府诗集》同，《考异》谓作"叶"为是，下篇注引正作"叶"。

〔41〕〔注：《尚书大传》云云〕 《郭有道碑》注引作"百川趋于东海"。陈寿祺辑本入《夏传·禹贡》。

〔42〕〔乃〕 六臣本作"徒"，注云："善作'乃'字。"许谓"乃"字胜（《乐府诗集》亦作"徒"）。

怨歌行（卷二十七·诗·乐府）　班婕妤

怨歌行[1]一首

五言。《歌录》曰："《怨歌行》，古辞。"[2]然言古者有此曲，而班婕妤拟之。婕妤，帝初即位，选入后宫。始为少使，俄而大幸，为婕妤。居增成舍。后赵飞燕宠盛，婕妤失宠，希复进见。成帝崩，婕妤充园陵，薨。[3]

班婕妤

新裂齐纨素，皎[4]洁如霜雪。

《汉书》曰："罢齐三服官。"李斐曰："纨素为冬服。"[5]《范子》曰："纨素出齐。"[6]荀悦曰："齐国献纨素绢，天子为三官服也。"[7]

裁为合欢扇[8]，团团似明月。

《古诗》曰："文彩双鸳鸯，裁为合欢被。"[9]

出入君怀袖，动摇微风发。

《苍颉篇》曰："怀，抱也。"[10]此谓蒙恩幸之时也。

常恐秋节至，凉风[11]夺炎热。

古《长歌行》曰："常恐秋节至，焜黄华叶衰。"[12]炎，热气也。

弃捐箧笥中，恩情中道绝。

〔校释〕

〔1〕〔怨歌行〕 《乐府诗集》卷四十二属之《相和歌辞·楚调曲》。

〔2〕〔注:《歌录》……古辞〕 《歌录》十卷,著录于《隋志》总集类,不著撰人。两《唐志》有《歌录集》八卷,当即此书。

〔3〕〔注:然言云云〕 此李善解释《歌录》题此为"古辞",而《文选》又标为班婕妤之意。"婕妤,帝初即位"以下,六臣本注云:"余同向注。"所载吕向注则引《汉书》(节《外戚传》之文),与此文异同颇多。《玉台新咏》卷一载此诗,标题为《怨诗》,有序云:"昔汉成帝班婕妤失宠,供养于长信宫,乃作赋自伤,并为《怨诗》一首。"案,《隋志》著录《汉成帝班婕妤集》一卷,此及《玉台新咏》皆当从集本录入;《玉台新咏》所载之序,亦集本原文也。然集当是后人所编,序文亦出于编集之人。《汉书·外戚传》仅载其《自悼赋》,未有《怨诗》。钟嵘《诗品序》称李陵、班婕妤为五言诗,又列班入上品,并称"团扇短章,词旨清捷,怨深文绮,得匹妇之致"。然而刘勰《文心雕龙·明诗》则云:"成帝品录,三百余篇,朝章国采,亦云周备,而辞人遗翰,莫见五言,所以李陵、班婕妤见疑于后代也。"据此,此诗是否拟作,齐梁人已有不同意见。

〔4〕〔皎〕 六臣本作"鲜",注云:"善作'皎'字。"《玉台新咏》《乐府诗集》皆作"鲜"字。

〔5〕〔注:《汉书》……冬服〕 见《元纪》及注。

〔6〕〔注:《范子》……出齐〕 《太平御览》卷八一九引《范子计然》云:"白纨素出齐鲁。"

〔7〕〔注：荀悦云云〕　今《汉纪》无此语。

〔8〕〔裁为合欢扇〕　六臣本"为"作"成"，注云："善作'为'字。"

〔9〕〔注：《古诗》云云〕　见本书卷二十九。

〔10〕〔注：《苍颉篇》……抱也〕　《苍颉篇》已见《过始宁墅》诗校释。

〔11〕〔凉风〕　六臣本"风"作"飙"，注云："善作'风'字。"《玉台新咏》《乐府诗集》皆作"飙"。

〔12〕〔注：古《长歌行》云云〕　见本书本卷上文。

九歌·山鬼（卷三十三·骚下）　屈平〔1〕

山鬼〔2〕

若有人〔3〕**兮山之阿，**

有人，谓山鬼也。阿，曲隅也。

被薜荔兮带女萝〔4〕**。**

女萝，菟丝〔5〕也。言山鬼彷佛〔6〕若人，见山之阿〔7〕，被薜荔之衣，以菟丝为带也。薜荔、菟丝，皆无根，缘物而生；山鬼亦奄忽〔8〕无形，故衣之以为饰也。

既含睇兮又宜笑，

睇，微眄〔9〕也。言山鬼之状，体含妙容，美目眄然，又好口齿而宜笑。

子慕予兮善窈窕。

子，谓山鬼也。窈窕，好儿也。《诗》云："窈窕淑女。"〔10〕言山鬼之儿，既以姱丽，亦复慕我有善行好姿，是故来见其容也。

乘赤豹兮从文狸〔11〕**，辛夷车兮结桂旗。**

辛夷，香草也。言山鬼出入，乘赤豹，从神狸〔12〕；结桂与辛夷以为车旗，言有香絜也。

被石兰兮带杜衡，

石兰、杜衡，皆香草也。

折芳馨兮遗所思。

所思，谓清絜之士，若屈原者也。言山鬼修饰众香，以崇其神[13]；屈原履行清絜，以厉其身。神人同好，故折香馨相遗，以同其志也。

余处幽篁兮终不见天，

言山鬼所处，乃在幽昧[14]之内，终不见天地。所以来出，归有德也。或曰：幽篁，竹林[15]。

路险难兮独后来。

言所处既深，其路阻险[16]又难，故来晚暮，后诸神。

表独立兮山之上，

表，特也。言山鬼后到，特立于山之上，而自异也。

云容容兮而在下。杳冥冥兮羌昼晦，

言山鬼所在至高[17]，云出其下，虽白昼，犹冥晦。

东风飘[18]兮神灵雨。

飘，风貌也。《诗》云："匪风飘兮。"[19]言东风飘然而起，则灵应之而雨，以言阴阳相感[20]，风雨相和。屈原自伤独无和也。

留灵修兮憺忘归，

灵修，谓怀王也。

岁既晏兮孰华予？

晏，晚也。孰，谁也。言己宿留怀王，冀其还己，心中憺然，安而忘归，年岁晚暮，将欲疲老，谁当复使我荣华也。

采三秀兮于山间，

三秀，谓芝草也。

石磊磊兮葛蔓蔓。

言己欲服芝草以延年命，周旋山间，采而求之，终不能得，但见山石磊磊，葛草蔓蔓。或曰：三秀，秀才[21]之士隐处者也；言石葛者，喻所在深也。

怨公子兮怅忘归，

公子，谓公子椒也。[22]言所以[23]怨公子椒者，以其知己忠信，而不肯达；故我怅然失志，而忘归也。

君思我兮不得闲。

言怀王时思念我，顾不肯以闲暇之日，召己谋议。

山中人兮芳杜若，

山中人，屈原自谓也。

饮石泉兮荫松柏。

言己虽在山中无人之处，犹取杜若以为芬芳。饮石泉之水，荫松柏之木，饮食居处，动以香絜自修饰。

君思我兮然疑作[24]。

言怀王有思我时，然谗言妄作，故令狐疑者也。

雷填填兮雨冥冥，猿啾啾兮狖[25]夜鸣。风飒飒兮木萧萧，

言己在深山之中，遭雷电暴雨，猿号狖响[26]，风木摇动，以言恐惧失其所也。或曰：雷为诸侯，以兴于君；云雨冥昧，以兴佞臣；猿狖善鸣[27]，以兴谗言。风以喻政，木以喻人。雷填填者，君妄怒也；雨冥冥者，群佞聚也；猿啾啾者，谗夫弄口也；风飒飒者，政烦扰也；木萧萧者，民惊骇也。

思公子兮徒离忧。

言己怨公子椒不见达，故遂忧愁[28]。

〔校释〕

〔1〕〔屈平〕 洪兴祖《楚辞补注》卷一《离骚》"名余曰正则兮，字余曰灵均"句下注云："《史记》：屈原名平。《文选》以平为字，误矣。"又，《文选》所录《楚辞》，李善皆采王逸《章句》，更不作注。今以毛氏汲古阁本《楚辞补注》（省称洪本）校李注所载王氏《章句》异同。

〔2〕〔山鬼〕 此为《九歌》十一首之第九首。《楚辞》洪氏《补注》、朱氏（熹）《集注》诸本，《山鬼》之题，皆在文后（《九歌》《九章》《七谏》《九怀》《九叹》《九思》等篇小题皆然），六臣本此题亦在文后，云："右《山鬼》。"尤本移在文前，妄改旧式。洪云："《庄子》曰：'山有夔。'《淮南》曰：'山出枭阳。'楚人所祠，岂此类乎？"朱云："《国语》曰：'木石之怪夔罔两。'岂谓此邪？"案洪所引《庄子》见《达生》；所引《淮南》见《泛论》；朱所引《国语》见《鲁语下》。《庄子释文》："夔，求龟反，司马（彪）云：'状如鼓而一足。'（盖用《山海经·大荒东经》）"韦昭注《鲁语》云："木石，谓山也。

或云：夔一足，越人谓之山缫，音骚，或作猱。富阳有之，人面猴身，能言。或云：独足。"高诱注《泛论》云："枭阳，山精也。人形，长大，面黑色，身有毛，足反踵，见人而笑。"夔鬼之说，章炳麟尝详论之。《小敩答问》云："古言鬼者，其初非死人神灵之称。鬼宜即夔。《说文》言'鬼头为甶，禺头与鬼头同'（《甶部》）。禺是母猴，何由象鬼？且鬼头何因可见？明鬼即是夔。夔既猴身，其字上象有角，下即夔字（《屮部》）。夔亦母猴，则夔特母猴有角者尔。《乐纬》言，'昔归曲乐律'。《地理志》归子国即夔子国。《释训》云：'鬼之为言归也。'则夔、归、鬼同声。……韦昭说夔为山缫，后世变作山魈，魈亦兽属，非神灵。……《鲁语》言'木石之怪夔罔两，水之怪龙罔象'，并是生物。……详此诸物，并以异物诡见，古者疑其有怪，若今狐蝟等物，世亦谓神所凭依。"其说又见《文始》卷二。寻屈原所歌《山鬼》，当与《湘君》《湘夫人》同，皆凭借山川异物，众庶传闻，以为想象，而发抒其"临睨旧乡"之思。《湘君》《湘夫人》所歌为湘灵；《山鬼》乃夔子旧国异物之颂歌。夔本楚同姓子爵之国，鲁僖公二十六年（公元前六三四年，即楚成王四十二年）为楚所灭，其旧地即晋时建平郡秭归县（见《左传》僖二十六年杜预注）。夔子国名，疑即因其地有猴类异物而得称。后世秭归、归州及唐置夔州，皆源于此。夔国旧墟略当今川鄂交错处神农架地区。神农架"野人"之说，与屈原当时所谓"山鬼"，宜有关系。洪、朱、章诸氏之说，可以发吾人之深思矣。

　　〔3〕〔若有人〕　此篇宾主之词，说法纷歧。王逸、朱熹之注，皆不可据。戴震《屈原赋注》谓"若有人"四句乃山鬼谓人慕己；"乘赤豹"六句则山鬼亲人：皆代为之词也。朱瑢谓《九歌》多故作杳冥恍惚之词，以写其忧郁，必以何者指为何

人，异说纷然，愈成穿凿耳。二家所见，颇为弘通，凡诸附会牵强之说，今皆存而不论。

〔4〕〔萝〕 洪本作"罗"，注同。校语云："罗，一作萝。"

〔5〕〔注：菟丝〕 洪本"菟"字皆作"兔"。

〔6〕〔注：彷佛〕 洪本作"仿佛"。

〔7〕〔注：见山之阿〕 洪本作"见于山之阿"。

〔8〕〔注：奄忽〕 六臣本"奄"作"杳"，洪本作"暗"。

〔9〕〔注：微昤〕 洪本"昤"作"眄"。《考异》谓此及下文"昤然"字俱应作"眄"，梁说同。

〔10〕〔注：诗云〕 洪本"云"作"曰"。案此引《诗》见《周南·关雎》。

〔11〕〔文貍〕 洪本"貍"作"狸"，校语云："狸，一作貍。"

〔12〕〔注：从神貍〕 六臣本、洪本"神"皆作"文"。

〔13〕〔注：以崇其神〕 洪本"神"作"善"。

〔14〕〔注：幽昧〕 洪本"昧"作"筥"。

〔15〕〔注：竹林〕 六臣本"林"作"深"。

〔16〕〔注：阻险〕 洪本作"险阻"。

〔17〕〔注：所在至高〕 洪本"高"下有"邈"字。

〔18〕〔东风飘〕 洪本校语云："飘，一作飘飘。"

〔19〕〔注：《诗》云……飘兮〕 洪本"云"作"曰"。案此引《诗》见

《桧风·匪风》。

〔20〕〔注：阴阳相感〕　洪本"相感"作"通感"。

〔21〕〔注：秀才〕　洪本"才"作"材"。

〔22〕〔注：公子谓公子椒也〕　朱熹《辩证》云："《山鬼》一篇，谬说最多，不可胜辩，而以公子为公子椒者，尤可笑也。"

〔23〕〔注：言所以〕　洪本"言"下有"己"字。

〔24〕〔然疑作〕　洪云："然，不疑也。疑，未然也。君虽思我，而为谗者所惑，是非交作，莫知所决也。"

〔25〕〔狄〕　洪本作"又"，校语云："又，一作狄。"

〔26〕〔注：猿号狄响〕　六臣本作"猿猴号响"，洪本作"猿狄号呼"。《考异》云："'号狄'当依《楚辞注》作'狄号'。"又云："洪兴祖本'狄'作'又'，云：'又，一作狄。'然则作'狄'之本此注则云'猿狄号响'；作'又'之本此注则云'猿猴号响'也。下注'猿狄善鸣'亦当然。"

〔27〕〔注：猿狄善鸣〕　洪本作"猿猴善鸣"。

〔28〕〔注：故遂忧愁〕　洪本作"故遂去而忧愁也"。

天监三年策秀才文三首（卷三十六·文）　任彦升

天监三年策秀才文[1]三首

何之元《梁典》曰："天监，武帝年号也。"[2]

　　任彦升

问秀才：朕长驱樊邓，直指商郊。

商，喻齐也。[3]《史记》：乐毅书曰："轻卒锐兵，长驱至国。"[4]《汉书》：朱买臣曰："发兵浮海，直指泉山。"[5]《尚书》曰："武王朝至于商郊。"[6]

因藉时来，乘此历运。

《魏志》：刘廙上疏曰："臣遭乾坤之灵，值时来之运。"[7]

当宸永念，犹怀惭德。

《礼记》曰："天子当宸而立。"[8]《尚书》曰："成汤放桀于南巢，惟有惭德。"[9]

何者？百王之弊，齐季斯甚。

班固《汉书》赞曰："汉承百王之弊。"[10]季，谓末年。

衣冠礼乐，扫地无余。

言衣冠制度[11]，礼乐轨仪，皆见废弃，故无余也。班固《汉书》赞曰："秦灭六国，而上古遗烈，扫地尽矣。"[12]

斫雕[13]刓方，经纶草昧。

《汉书》曰："汉兴，破觚而为圜，斫雕而为朴。"[14]苏林《汉书注》曰："刓，音角之刓，与刓刲同。"[15]《周易》曰："云雷屯，君子以经纶。"[16]又曰："天造草昧，宜建侯而不宁。"郑玄曰："造，成也；草，草创也；昧，昧爽也。"[17]

采三王之礼，冠履粗分；因六代之乐，宫判始辨。

《周礼》曰："王，宫悬；诸侯，轩悬；卿大夫，判悬；士，植悬。"[18]

而百度草创，仓廪未实。

《尚书》曰："百度唯贞。"[19]《论语》曰："裨谌草创之。"[20]《管子》曰："仓廪实，知礼节。"[21]

若终亩不税，则国用靡资；

《国语》曰："王耕，三推之，庶人终于亩。"[22]《礼记》曰："古者公田，耕而不税。"[23]毛苌《诗传》曰："资，财也。"[24]

百姓不足，则恻隐深虑。

《论语》：有若曰："百姓足，君孰与不足？百姓不足，君孰与足？"[25]《孟子》曰："无恻隐之心，非仁也；恻隐者，仁之端。"[26]

每时入刍藁，岁课田租，

《汉旧仪》曰："民田租刍藁，以给经用也。"[27]《尚书》曰："百里

纳槁。”〔28〕

愀然疚怀，如怜赤子。

《礼记》曰："哀公：'敢问人道谁为大？'孔子愀然作色而对。"〔29〕《月赋》曰："悄焉疚怀。"〔30〕《尚书》曰："若保赤子，惟民其康乂。"〔31〕

今欲使朕无满堂之念，民有家给之饶，

《说苑》曰："古人于天下也，譬一堂之上，今有满堂饮酒，有一人独索然向隅泣，则一堂之人，皆不乐也。"〔32〕《邓析子》曰："圣人逍遥一世之间，而家给人足，天下太平。"〔33〕

渐登九年之畜，稍去关市之赋，

《礼记》曰："国无九年之畜曰不足。"〔34〕《周礼》曰："以九赋敛财贿，七曰关市之赋。"郑玄曰："赋，谓口出泉；关市，谓占会百物也。"〔35〕

子大夫当此三道，利用宾王，

三道、宾王，已见上文。〔36〕

斯理何从，伫闻良说。

颜延之《策秀才文》曰："废兴之要，敬俟良说。"〔37〕

问：朕本自诸生，弱龄有志。

《钟离意别传》曰："严遵与光武皇帝俱为诸生。"〔38〕《礼记》：孔子曰："大道之行也，与三代之英，丘未之逮，而有志焉。"〔39〕

闭户自精，开卷独得。

《楚国先贤传》曰："孙敬入学，闭户牖，精力过人，太学谓曰'闭户生'；

入市，市人相语：'闭户生来！'不忍欺也。"〔40〕陶潜《诫子书》曰："开卷有得，便欣然忘食。"〔41〕

九流七略，颇常观览；六艺百家，庶非墙面。

《汉书》曰："九流，有儒家流、道家流、阴阳家流、法家流、名家流、墨家流、从横家流、杂家流、农家流。"又曰："刘歆总群书而奏其《七略》，故有辑略，有六艺略，有诸子略，有诗赋略，有兵书略，有数术略，有方技略。"〔42〕《广雅》曰："颇，少也。"〔43〕《周礼》："保氏养国子以道，乃教之六艺：一曰五礼，二曰六乐，三曰五射，四曰五御，五曰六书，六曰九数。"〔44〕《淮南子》曰："百家异说，各有所出。"〔45〕《论语》：子谓伯鱼曰："汝为《周南》《召南》矣乎？人而不为《周南》《召南》，其犹正墙面而立也与？"〔46〕

虽一日万机，早朝晏罢，

《尚书》曰："兢兢业业，一日二日万机。"〔47〕《墨子》曰："早朝晏罢，断狱治政也。"〔48〕

听览之暇，三余靡失。

《上林赋》曰："朕以览听余闲，无事弃日。"〔49〕《魏略》曰："董遇，字季真，善《左氏传》，从学者云：'苦渴无日。'遇言：'当以三余。'或问'三余'之意，遇言：'冬者，岁之余；夜与阴者，日之余；雨者，月之余。'"〔50〕

上之化下，草偃风从。

《论语》：子曰："君子之德风，小人之德草，草上之风，必偃。"〔51〕

惟此虚寡，弗能动俗。

蔡邕《姜肱碑》曰："至德动俗，邑中化之。"〔52〕

昔紫衣贱服，犹化齐风；

《韩子》曰："齐桓公好服紫，一国尽服紫。当时十素不得一紫，公患之，告管仲。管仲曰：'君欲止之，何不自诚勿衣也；谓左右曰：甚恶紫臭！'公曰：'诺。'于是郎中莫衣紫；其明日，国中莫有衣紫；三日，境内莫衣紫。"〔53〕

长缨鄙好，且变邹俗。

《韩子》曰："邹君好长缨，左右皆服长缨。甚贵。邹君患之，问左右。左右对曰：'君好服之，百姓亦多服，是故贵。'邹君因先自断其缨而出，国中皆不服长缨。"〔54〕

虽德惭往贤，业优前事。且夫搢绅道行，禄利然也。

《封禅书》曰："因杂搢绅先生之略术。"〔55〕班固《汉书》赞曰："大师众至千余人，盖禄利之路然也。"〔56〕

朕倾心骏骨，非惧真龙。

《新序》曰："郭隗谓燕王曰：'古之君，有以千金市千里马者，三年不得。人请求之，三月得马，已死矣。买其骨以五百金，君大怒之。人曰：'死马骨且市之，况生马乎？天下必以王为好马矣。'于是不能期年，千里马至者二。今王诚愿致士，请从隗始。隗且见事，况贤于隗者乎？"〔57〕又："子张见鲁哀公，哀公不礼。去曰：'君之好士，有似叶公子高之好龙也。叶公好龙，室屋雕文，尽以写龙。于是天龙闻而下之，窥头于牖，拖尾于堂。叶公见之，弃而退走，失其魂魄，五色无主。是叶公非好真龙也，好夫似龙而非龙者也。今君之好士也，好夫似士而非士者也。'"〔58〕

辒軿青紫，如拾地芥。

范晔《后汉书》曰："袁绍宾客所归，辒軿紫毂，填接街陌。"[59]《说文》曰："軿，车前衣；车后为辒。"[60]《汉书》曰："夏侯胜每讲授，常谓诸生曰：'士病不明经，经术苟明，其取青紫，如俯拾地芥尔。'"[61]言好学明经术，以取贵位之服，如似车载之多也，取之易也，如拾地草。

而惰游废业，十室而九。

惰游，已见上文。[62]《抱朴子》曰："秦降及季秒，天下欲反，十室而九。"[63]

鸣鸟蔑闻，《子衿》不作。

言古者收教不及于道者。故天下太平而凤凰至，学校废则作《子衿》以刺之，而人感思学。今则不然，言不如古也。《尚书》：周公曰："攸罔勖弗及，苟造德弗降，我则鸣鸟不闻。"[64]毛苌《诗传》曰："蔑，如也。"[65]《诗序》曰："《子衿》，刺学废也。"[66]《两都赋序》曰："王泽竭而诗不作。"[67]

弘奖之路，斯既然矣。

《小雅》曰："奖，劝也。"[68]

犹其寂寞，应有良规。

《魏志》："明帝报王朗诏曰：'钦纳至言，思闻良规。'"[69]

问：朕立谏鼓，设谤木，于兹三年矣。

《邓析子》曰："尧置欲谏之鼓，舜立诽谤之木，此圣人也。"[70]

比虽辐凑阙下，多非政要；

《文子》曰："群臣辐凑。"张湛曰："如众辐之集于毂也。"〔71〕范晔《后汉书》曰："诏问蔡邕，宜披露得失，指陈政要。"〔72〕

日伏青蒲〔73〕，罕能切直。

《汉书》曰："史丹直入卧内，顿首伏青蒲上。"应劭曰："以青规地曰青蒲。"〔74〕桓子《新论》曰："切直忠正，则汲黯之敢谏争也。"〔75〕

将齐季多讳，风流遂往。

毛苌《诗传》曰："将，且也。"〔76〕《老子》曰："天下多忌讳，而民弥贫。"〔77〕《淮南子》曰："晚世风流，终败礼废义。"〔78〕《上林赋》曰："遂往而不反矣。"〔79〕

将谓朕空然慕古，虚受弗弘。

《汉书》曰："王莽好空言，慕古法，多封爵人。"〔80〕《周易》曰："君子以虚受人。"〔81〕

然自君临万寓，介在民上〔82〕。

《左氏传》：子囊曰："赫赫楚国，而君临之。"〔83〕《方言》曰："介，特也。"〔84〕《汉书》：宣帝诏曰："朕承洪业，托于士民之上也。"〔85〕

何尝以一言失旨，转徙朔方；

范晔《后汉书》曰："蔡邕上疏，帝览而叹息，因起更衣，曹节于后窃视之，悉宣语左右，事遂漏露，程璜遂使人飞章言邕，于是下邕洛阳狱，诏减死一等，与家属髡钳徙朔方，诏不得以赦令除。"〔86〕

睚眦有违，论输左校？

《汉书》曰："原涉好杀眦睚于尘中。"〔87〕论输,谓论其罪,而输作也。

《汉书》:"陈咸,字子康,年十八,以父万年任为郎。有异材,抗直。数言事,刺讥近臣。书数十上,迁为左曹。父尝病,召咸教诫于床下,语至夜半,咸睡,头触屏风。父大怒,欲杖之,曰:'乃公教诫汝,汝反睡,不听吾言,何也?'咸叩头谢曰:'具晓所言,大要教咸谄也。'父乃不复言。元帝擢咸为御史中丞,后为南阳太守。所居以杀伐立威,豪猾吏及大姓犯法,辄论输府。"〔88〕范晔《后汉书》曰:"李膺为河南尹,时宛陵大姓羊元群罢北海郡,赃罪狼籍,膺表欲罪,元群行赂宦竖,膺反坐,输作左校。"〔89〕《汉书》曰:"将作少府有左校令丞。"〔90〕

而使直臣杜口,忠谠路绝〔91〕。

《汉书》:"景帝问邓公,邓公曰:'夫晁错患诸侯强大不可制,故请削之,以尊京师,万世之利也。计画始行,卒受大戮,内杜忠臣之口,外为诸侯报仇。'"〔92〕《声类》曰:"谠,善言也。"〔93〕

将恐弘长之道,别有未周。

《韩诗》曰:"将恐将惧。"薛君曰:"将,辞也。"〔94〕檀道鸾《晋阳秋》曰:"谢安为桓温司马,不存小察,尽弘长之风。"〔95〕

悉意〔96〕以陈,极言无隐。

《汉书》曰:"哀帝使傅喜问李寻曰:'间者水出地动,日月失度,星辰乱行,灾异仍重,极言无有所讳。'"〔97〕《周书》曰:"慎问其故,无隐乃情。"〔98〕

〔校释〕

〔1〕〔天监三年策秀才文〕　案本卷选录王元长（融）《永明九年策秀才文五首》《永明十一年策秀才文五首》，并此三首，各本总目及卷首目录皆标为"文"，唯《文选集注》残本卷七十一标为"策秀才文"。宜以《集注》为是。

〔2〕〔注：何之元《梁典》云云〕　按何之元《梁典》三十卷，隋及两唐《志》皆著录，《史通·正史》篇与刘璠《梁典》并称，今皆亡佚。何之元，庐江灊人，陈始兴王叔陵谘议，见《陈书·文学传》。天监三年，即五〇四年。《梁书·任昉传》称昉"重除吏部郎中，参掌大选。居职不称。寻转御史中丞、秘书监，领前军将军"（《南史·任昉传》略同）。此策文当是参掌大选时代武帝作。所谓"居职不称"，似与此文写作有关。昉在齐时为明帝草《让宣城郡公表》，明帝"恶其辞斥，甚愠"（见《梁书》《南史》本传，表文又录入《文选》卷三十八），此策文谭献评之谓"非独代言，实寓风谏"（谭评本《骈体文钞》卷十），亦有"辞斥"之嫌也。

〔3〕〔注：商喻齐也〕　按萧衍在齐中兴元年（五〇一年）十二月诛齐东昏侯萧宝卷，立萧宝融为帝（和帝）。中兴二年（五〇二年）三月，宝融禅位，于是改国号为梁，以中兴二年为天监元年（见《通鉴》卷一四四至一四五）。

〔4〕〔注：《史记》……至国〕　见《乐毅列传》。

〔5〕〔注：《汉书》……泉山〕　见《朱买臣传》。

〔6〕〔注：《尚书》……商郊〕　见《牧誓》。

〔7〕〔注：《魏志》云云〕　见《刘廙传》。

〔8〕〔注：《礼记》……而立〕　见《曲礼下》。"庡"，今本作"依"。

郑玄注称"依宁"。《释文》："依，本又作扆，于岂反。状如屏风，画为黼文，高八尺。"

〔9〕〔注：《尚书》……惭德〕 见伪《仲虺之诰》。

〔10〕〔注：班固云云〕 见《武纪》。

〔11〕〔注：言衣冠制度〕 六臣本无"言"字。

〔12〕〔注：班固云云〕 见《魏豹田儋韩王信传》。

〔13〕〔斫雕〕 六臣本注云："五臣作'雕斫'。"

〔14〕〔注：《汉书》……为朴〕 见《酷吏传序》。

〔15〕〔注：苏林……剸同〕 按此见《韩信传》注，《考异》依今颜注本引校作"刐，音刐角之刐，刐与剸同"。今颜注引"剸"作"拑"。

〔16〕〔注：《周易》……经纶〕 见《屯·象》。

〔17〕〔注：又曰……爽也〕 见《屯·象》。郑玄注佚。李鼎祚《集解》引虞翻注云："造，造生也。草，草创也。坤冥为昧。不宁，言宁也。"

〔18〕〔注：《周礼》云云〕 "植悬"，六臣本作"特悬"，《考异》谓作"特"为是。按此见《春官·小胥》。郑玄注："乐悬，谓钟磬之属悬于笋虡者。郑司农云：'宫悬，四面悬。轩悬，去其一面。判悬，又去其一面。特悬，又去其一面。'"

〔19〕〔注：《尚书》……唯贞〕 见伪《旅獒》。

〔20〕〔注：《论语》……创之〕 见《宪问》。

〔21〕〔注：《管子》……礼节〕 见《牧民》。

〔22〕〔注：《国语》……于亩〕　见《周语》上。

〔23〕〔注：《礼记》……不税〕　见《王制》。

〔24〕〔注：毛苌……财也〕　见《大雅·板》传。

〔25〕〔注：《论语》……与足〕　见《颜渊》。

〔26〕〔注：《孟子》……之端〕　见《公孙丑下》。

〔27〕〔注：《汉旧仪》……用也〕　《汉旧仪》，卫宏撰，其书已佚，此见《四库全书》辑《永乐大典》本卷下（《平津馆丛书》本同）。

〔28〕〔注：《尚书》……纳槁〕　见《禹贡》。

〔29〕〔注：《礼记》……而对〕　见《哀公问》。

〔30〕〔注：《月赋》……疚怀〕　见本书卷十三。

〔31〕〔注：《尚书》……康义〕　见《康诰》。

〔32〕〔注：《说苑》……乐也〕　见《贵德》。

〔33〕〔注：《邓析子》云云〕　见《转辞》。

〔34〕〔注：《礼记》……不足〕　见《王制》。

〔35〕〔注：《周礼》……物也〕　见《天官·大宰》。今本郑注"口出泉"作"口率出泉"。

〔36〕〔注：三道云云〕　本卷前王元长《永明九年策秀才文》注引《汉书·晁错传》说三道，张晏注云："国体、人事、直言也。"又引《易·观·六四》："观国之光，利用宾于王。"

〔37〕〔注：颜延之云云〕　颜延之《策秀才文》已佚，《全宋文》卷三十六

据此注辑入。

〔38〕〔注：《钟离意别传》……诸生〕　本书卷四十《百辟劝进今上笺》注引同。

〔39〕〔注：《礼记》云云》〕　见《礼运》。

〔40〕〔注：《楚国先贤传》……欺也〕　《隋书·经籍志·史部·杂传类》著录《楚国先贤传赞》十二卷，张方撰。《新唐志》无"赞"字，《旧唐志》"张方"误作"杨方"。

〔41〕〔注：陶潜……忘食〕　见今陶澍集注本《靖节先生集》卷七，题作《与子俨等疏》。

〔42〕〔注：《汉书》……方技略〕　两引《汉书》皆节录《艺文志》。

〔43〕〔注：《广雅》……少也〕　见《释诂》。

〔44〕〔注：《周礼》……九数〕　见《地官·保氏》。

〔45〕〔注：《淮南子》……所出〕　见《俶真》。

〔46〕〔注：《论语》云云〕　见《阳货》。

〔47〕〔注：《尚书》……万机〕　见《皋陶谟》。

〔48〕〔注：《墨子》云云〕　见《非乐上》。今本"晏罢"作"晏退"，"断狱"作"听狱"。

〔49〕〔注：《上林赋》……弃日〕　见本书卷八。

〔50〕〔注：《魏略》云云〕　六臣本"夜与阴者"作"夜者"，"雨者"作"阴雨者"，"月之余"作"时之余"。《魏志·王肃传》注引《魏略》与六臣本

同。《考异》以为应据六臣本订正尤本。

〔51〕〔注：《论语》云云〕　见《颜渊》。

〔52〕〔注：蔡邕云云〕　按此碑今载杨刻本《蔡中郎集》卷二。

〔53〕〔注：《韩子》……衣紫〕　见《外储说左上》。

〔54〕〔注：《韩子》……长缨〕　见《外储说左上》。

〔55〕〔注：《封禅书》……略术〕　按此即本书卷四十八《封禅文》。"搢绅"，本书卷四十八与此同，《史记·司马相如列传》作"荐绅"，《汉书·司马相如传》作"缙绅"。

〔56〕〔注：班固……然也〕　见《儒林传》。

〔57〕〔注：《新序》……者乎〕　见《杂事三》，又见《战国策·燕策》及《史记·燕世家》。

〔58〕〔注：又子张云云〕　六臣本"又"作"《庄子》曰"。按此事见《新序·杂事五》。《考异》谓今《新序》有，《庄子》无，故尤氏校改，不知此乃《庄子》佚文，《困学纪闻》（卷十）《庄子逸篇》采之。仍当以六臣本为是。

〔59〕〔注：范晔……街陌〕　见《袁绍传》。

〔60〕〔注：《说文》……为辒〕　见《车部》"辒"字下。今本讹误，段玉裁据定公九年《左传正义》及此与《广绝交论》注所引校订为："辒轈，衣车也。轈，车前衣也；车后为辒。"

〔61〕〔注：《汉书》……芥尔〕　见《夏侯胜传》。颜注云："地芥，谓草芥之横在地上者。俯而拾之，言其易而必得也。青紫，卿大夫之服也。"

〔62〕〔注：惰游，已见上文〕 本卷前《永明十一年策秀才文》注引《礼记·玉藻》"惰游之士"，郑玄注云："惰游，罢民也。"

〔63〕〔注：《抱朴子》……而九〕 见《外篇·用刑》今本"十室而九"作"十室九空"。

〔64〕〔注：《尚书》……不闻〕 见《君奭》。六臣本"攸"作"收"，"苟"作"耉"，与今《君奭》合。《考异》谓作"收"、作"耉"者是。伪孔传："今与汝留辅成王，欲收教无自勉不及道义者，立此化而老成德，不降意为之，我周则鸣凤不得闻。"

〔65〕〔注：毛苌……如也〕 《考异》依陈景云校"如"为"无"，按此乃《大雅·板》传文。

〔66〕〔注：《诗序》……废也〕 见《郑风·子衿》。

〔67〕〔注：《两都赋序》云云〕 见本书卷一。

〔68〕〔注：《小雅》云云〕 见《小尔雅·广诂》。

〔69〕〔注：《魏志》云云〕 见《王朗传》。

〔70〕〔注：《邓析子》云云〕 见《转辞》。今本"欲"作"敢"，《御览》卷七十七引与此同。

〔71〕〔注：《文子》……毂也〕 见《自然》，本书卷四十《奏弹曹景宗》注引《文子》（《微明》）"起师十万，日费千金"，亦引张湛注。

〔72〕〔注：范晔云云〕 见《蔡邕传》。今本"得失"作"失得"。

〔73〕〔青蒲〕 六臣本"蒲"字下注云："五臣作'规'。"

〔74〕〔注：《汉书》……青蒲〕 见《史丹传》。今颜注引应劭语，"青蒲"后尚有一句云："自非皇后不得至此。"何焯据此谓昉谬用伏蒲事。张云："时丹以亲密臣，得侍疾，候上（元帝）间独寝，直入卧内，故得顿首青蒲，非可施于寻常殿陛间也。故何氏以伏蒲事谬用始此。"

〔75〕〔注：桓子云云〕 严可均所辑《新论》，收此入《求辅第三》，见《全后汉文》卷十三。

〔76〕〔注：毛苌……且也〕 此《小雅·谷风》郑笺之文，误以为毛传。

〔77〕〔注：《老子》……弥贫〕 见五十七章。

〔78〕〔注：《淮南子》……废义〕 见《本经》，此节引，又有误。今本云："晚世风，流俗败，嗜欲多，礼义废。"六臣本"废义"亦作"义废"。

〔79〕〔注：《上林赋》云云〕 见本书卷八。

〔80〕〔注：《汉书》……爵人〕 见《王莽传》下。

〔81〕〔注：《周易》云云〕 见《咸·象》。

〔82〕〔民上〕 六臣本"民"下注云："五臣作'人'。"

〔83〕〔注：《左氏传》……临之〕 见襄公十三年。

〔84〕〔注：《方言》……特也〕 见本书卷六。

〔85〕〔注：《汉书》云云〕 此《宣纪》本始四年四月诏，又见《夏侯胜传》。

〔86〕〔注：范晔云云〕 见《蔡邕传》。尤氏原刻"朔方"误作"朔阳狱"，胡本改正。

〔87〕〔注：《汉书》……尘中〕 见《游侠传》。

〔88〕〔注：《汉书》……输府〕 见《陈万年传》。依注例，此"《汉书》"下，脱一"曰"字。六臣本此注作"《汉书·陈万年传》曰：论输府下"。

〔89〕〔注：范晔……左校〕 见《党锢传》，此节引。

〔90〕〔注：《汉书》……令丞〕 此节引《百官公卿表》。

〔91〕〔路绝〕 六臣本注云："五臣本作'绝路'。"

〔92〕〔注：《汉书》……报仇〕 见《晁错传》。六臣本此注作"《汉书》：邓公谓景帝曰：内杜忠臣之口，外为诸侯报怨"。

〔93〕〔注：《声类》……言也〕 又见本书卷十一《景福殿赋》注引。

〔94〕〔注：《韩诗》……辞也〕 今《毛诗》在《小雅·谷风》。

〔95〕〔注：檀道鸾云云〕 《隋书·经籍志》："《续晋阳秋》二十卷，宋永嘉太守檀道鸾撰。"两《唐志》皆无"续"字（新《志》"阳"作"春"）。道鸾事见《南史·文学·檀超传》。

〔96〕〔悉意〕 六臣本"意"字下注云："五臣作'心'。"

〔97〕〔注：《汉书》……所讳〕 见《李寻传》。六臣本无"间者"至"仍重"十八字。

〔98〕〔注：《周书》云云〕 见《大匡》。

为宋公至洛阳谒五陵表（卷三十八·表） 傅季友

为宋公至洛阳谒五陵表

《晋书》曰："义熙十二年，洛阳平，裕命修晋五陵，置守备。"〔1〕

傅季友

臣裕言〔2〕：近振旅河湄，扬旆〔3〕西迈。

《左氏传》：季文子曰："中国不振旅，蛮夷入伐。"〔4〕《诗》曰："居河之湄。"〔5〕

将届旧京，威怀司雍。

威怀，已见潘岳《关中诗》。〔6〕《太康地记》曰："司州，司隶校尉治。汉武帝初置。其界本西得梁州之地，今以三辅为雍州。"〔7〕

河流湍疾，道阻且长。

《诗》曰："溯洄从之，道阻且长。"〔8〕

加以伊洛榛芜，津涂久废；

《蜀志》：许靖《与曹公书》曰："袁术方命圮族，津涂四塞。"〔9〕

伐木通径，淹引时月。

《东观汉记》曰："岑彭伐树木开道，直出黎丘。"〔10〕

始以今月十二日〔11〕，次故洛水浮桥。山川无改，城阙
为墟。宫庙隳顿，钟虡〔12〕空列。观宇之余，鞠为禾黍。

鞠为茂草，已见《西征赋》。〔13〕《毛诗序》曰："过故宗庙宫室，尽为禾
黍。"〔14〕

廛里萧条，鸡犬罕音。

萧条，已见上《西征赋》。〔15〕《东观汉记》曰："北夷寇作，无鸡鸣狗吠之
声。"〔16〕

感旧永怀，痛心在目。

刘琨《答卢谌诗》曰："哀我皇晋，痛心在目。"〔17〕

以其月十五日，奉谒五陵。

郭缘生《述征记》曰："北邙东则干脯山，山西南，晋文帝崇阳陵；陵西，武
帝峻阳陵；邙之东北，宣帝高原陵、景帝峻平陵；邙之南，则惠帝陵也。"〔18〕

坟茔幽沦，百年荒翳。天衢开泰，情礼获申。故老掩
涕，三军凄感。瞻拜之日，愤慨〔19〕交集。行河南太守毛修
之等，

沈约《宋书》曰："毛修之，字敬文，荥阳人也。高祖将伐羌，为河南、河内
二郡太守，戍洛阳。"〔20〕

既开剪荆棘，缮修毁垣。

《左氏传》：戎子驹支曰："驱其狐狸，剪其荆棘。"〔21〕《西京赋》曰：
"步毁垣而延伫。"〔22〕

职司既备，蕃卫如旧。伏惟圣怀，远慕兼慰，不胜下情。谨遣传诏殿中中郎臣某，奉表以闻。

〔校释〕

〔1〕〔注：《晋书》云云〕　汤球辑臧荣绪《晋书》，收此文入卷二《安帝纪》。今《晋书·安帝纪》载，义熙十二年（四一六年）秋八月，刘裕及琅琊王德文率众伐姚泓。冬十月景（丙）辰（十二日），姚泓将姚光以洛阳降。十一月己丑（十六日），遣兼司空高密王恢之修五陵。据沈约《宋书》载，傅亮"博涉经史，尤善文词"，晋宋禅代之际，"表策文诰，皆亮辞"（《傅亮传》）；"亮自以文义，一时莫及"（《颜延之传》）。任昉"尤长载笔""即颇慕傅亮"；王俭称赏昉文，亦云："自傅季友以来，始复见于任子。"（《南史·任昉传》）

〔2〕〔臣裕言〕　古钞本无"裕"字。

〔3〕〔扬斾〕　古钞本"斾"作"旌"，案《广韵·下平声·十四清》以"斾"为"旌"之异文。

〔4〕〔注：《左氏传》……入伐〕　见成公七年。

〔5〕〔注：《诗》曰云云〕　见《小雅·巧言》。

〔6〕〔注：威怀……《关中诗》〕　案：卷二十《关中诗》注引襄公四年《左传》："戎狄事晋，诸侯威怀。"又引文公七年《左传》："叛而不讨，何以示威？服而不柔，何以示怀？非威非怀，何以示德？无德，何以主盟？"六臣本此皆重注。

〔7〕〔注：《太康地记》云云〕 太康为晋武帝年号（二八〇—二八九年），此书不见著录，《隋志》惟有《元康三年地记》六卷，不著撰人。章宗源《考证》云："元康，惠帝年号（二九一—二九九年），与《太康地记》自各为书。"文中"西得梁州之地"，《考异》谓"梁"当作"雍"。

〔8〕〔注：《诗》曰云云〕 见《秦风·蒹葭》。

〔9〕〔注：《蜀志》云云〕 见《许靖传》。

〔10〕〔注：《东观汉记》云云〕 聚珍本辑此文入卷九，注云："案范《书》本传，此彭击秦丰时事，上下文阙。"

〔11〕〔今月十二日〕 指义熙十二年（四一六年）十月丙辰，已见上注。

〔12〕〔钟虡〕 古钞本"虡"作"虚"，六臣本亦注云："五臣作'虚'。"许云："'虡'当作'鐻'。别作'虞''簴'，已非；今此作'虞'，更谬。"案《说文·虍部》："鐻，钟鼓之柎也。饰为猛兽。从虍，異，象形，其下足（依段订）。鐻，鐻或从金、豦。虡，篆文鐻。"

〔13〕〔注：鞠为……《西征赋》〕 案卷十《西征赋》注引《毛诗·小雅·小弁》："鞠为茂草。"六臣本此亦重引。今本《毛诗》"鞠"作"鞫"。

〔14〕〔注：《毛诗序》云云〕 见《王风·黍离》。

〔15〕〔注：萧条……《西征赋》〕 案卷十《西征赋》云："街里萧条。"六臣本引之。

〔16〕〔注：《东观汉记》云云〕 聚珍本收此入卷二十四，标为《佚文》。

〔17〕〔注：刘琨云云〕 见本书卷二十五。

〔18〕〔注：郭缘生云云〕　案《隋志》："《述征记》二卷，郭缘生撰。"《新唐志》同，《旧唐志》误为郭象撰。姚振宗《隋志考证》云："据所存诸佚文，似缘生从宋武北征慕容超、西征姚泓时所记，并在晋义熙中也。"

〔19〕〔愤慨〕　古钞本"愤"作"情"。

〔20〕〔注：沈约云云〕　见《毛修之传》。

〔21〕〔注：《左氏传》……荆棘〕　见襄公十四年。

〔22〕〔注：《西京赋》云云〕　见本书卷二。

拜中军记室辞隋王笺（卷四十·笺） 谢玄晖

拜中军记室辞隋王笺[1]一首

谢玄晖

萧子显《齐书》曰："谢朓为隋王子隆府文学，世祖敕朓可还都，迁新安王中军记室，笺辞子隆。"[2]世祖，武皇帝。

故吏文学谢朓死罪死罪。即日被尚书召，以朓补中军新安王记室参军。[3]朓闻潢污之水，愿朝宗[4]而每竭；

《左氏传》曰："潢污行潦之水。"[5]《尚书》曰："江汉朝宗于海。"[6]

驽蹇之乘，希沃若而中疲。

班固《王命论》曰："驽蹇之乘，不骋千里之途。"[7]王逸《楚辞注》曰："蹇，跛也。"[8]《法言》曰："希骥之马，亦骥之乘也。"李轨曰："希，望也。"[9]《诗》曰："我马维骆，六辔沃若。"沃若，调柔也。[10]

何则？皋壤摇落，对之惆怅；

《庄子》：仲尼谓颜回曰："山林与！皋壤与！使我欣欣而乐！乐未毕也，哀又继之。"[11]《楚辞》曰："草木摇落而变衰。"又曰："惆怅兮私自怜。"[12]

歧路西东[13]，或以歔欷[14]。

乌合切。《淮南子》曰："杨子见歧路而哭之，为其可以南，可以北。"[15] 又曰："雍门周见于孟尝，孟尝君为之欷歔流涕。"[16] 欷与呜同。

况[17]乃服义徒拥，归志莫从。

言密服义之情也。[18]《楚辞》曰："身服义而未沫。"[19] 郑玄《仪礼注》曰："拥，抱也。"[20]《孟子》曰："予浩然有归志。"[21] 曹植《应诏诗》曰："朝觐莫从。"[22]

邈若坠雨，翩似[23]秋蒂。

潘岳《杨氏七哀诗》曰："潎如叶落树，邈然雨绝天。"[24]《论衡》曰："云散水坠，成为雨矣。"[25] 郭璞《游仙诗》曰："在世无千月，命如秋叶蒂。"[26]

朓实庸流，行能无算。

郑玄《论语注》曰："算，数也。"[27]

属天地休明，山川受纳。

天地，喻帝；山川，喻王。《左氏传》：王孙满曰："德之休明。"[28] 又：伯宗曰："川泽纳污，山薮藏疾。"[29]

褒采一介，抽扬[30]小善。

《尚书》：秦穆公曰："如有一介臣。"[31]《周书阴符》：太公曰："好用小善，不得真贤也。"[32] 蔡邕《玄表赋》曰："庶小善之有益。"[33]

故舍末场圃[34]，奉笔兔园[35]。

《诗》曰："九月筑场圃。"[36]《西京杂记》曰："梁孝王好宫室苑囿之乐，筑兔园也。"[37]

东乱[38]三江，西浮[39]七泽。

言常从子隆也。萧子显《齐书》曰："隋王子隆为东中郎将、会稽太守，后迁西将军、荆州刺史。"三江，越境也。七泽，楚境也。[40]孔安国《尚书传》曰："正绝流曰乱。"[41]《尚书》曰："三江既入，震泽底定。"[42]《楚辞》曰："过夏首而西浮。"[43]《子虚赋》曰："臣闻楚有七泽。"[44]

契阔戎旃，从容讌语。

《毛诗》曰："死生契阔。"[45]《周礼》："九旗，通帛曰旃。"[46]刘向《七言》曰："旃处从容观诗书。"[47]《毛诗》曰："燕笑语兮，是以有誉处兮。"[48]

长裾日曳，后乘载脂。

邹阳上书曰："何王之门不可曳长裾乎？"[49]魏文帝《与吴质书》曰："文学托乘于后车。"[50]《毛诗》曰："载脂载牵，还车言迈。"[51]

荣立府庭[52]，恩加颜色。

曹植《艳歌行》曰："长者赐颜色。"[53]

沐发晞阳，未测涯涘[54]。

《楚辞》曰："朝濯发于汤谷兮，夕晞余身乎九阳。"[55]

抚臆论报，早誓[56]肌骨。

《演连珠》曰："抚臆论心。"[57]陈思王《责躬表》曰："抱衅归藩，刻肌刻骨。"[58]

不悟沧溟未运，波臣自荡。

《庄子》曰："鲲化而为鸟，其名曰鹏。海运，则将徙于南溟。"司马彪曰："转，运也。"〔59〕又曰："庄周谓监河侯曰：周顾视车辙中有鲋鱼焉。曰：'我东海之波臣也。君岂有升斗之水而活我哉？'"〔60〕

渤澥方春，旅翩先谢。

沧溟、渤澥，皆以喻王。波臣、旅翩，皆自喻也。《解嘲》曰："若江湖之鱼，渤澥之鸟。"〔61〕

清切藩房〔62〕，寂寥旧苹。

藩房，王府。旧苹，朓舍也。刘桢《赠徐干诗》曰："拘限清切禁，中情无由宣。"〔63〕《左氏传》曰："苹门圭窬之人，皆陵其上。"〔64〕

轻舟反溯〔65〕，吊影独留。

言舟反而已留也。《洛神赋》曰："浮轻舟而上溯。"〔66〕曹子建《责躬表》曰："形影相吊，五情愧赧。"〔67〕

白云在天，龙门不见。

《穆天子传》：西王母为天子谣曰："白云在天，山陵自出。道路悠远，山川闲之。将子无死，尚能复来。"〔68〕《楚辞》曰："过夏首而西浮，顾龙门而不见。"王逸曰："龙门，楚东门也。"〔69〕

去德滋永，思德滋深。

《庄子》：徐无鬼谓女商曰："子不闻夫越之流人乎？去国数日，见其所知而喜；去国旬月，见所常见于国中而喜；及期年也，见似人者而喜矣；不亦去人滋久者，思人滋深乎？"〔70〕

唯待青江可望，候归艎于春渚；

冀王入朝，而己候于江渚也。杜预《左氏传》注曰："艅艎，舟名也。"〔71〕

朱邸方开，效蓬心于秋实。

《史记》曰："诸侯朝天子，于天子之所立舍，曰邸。"〔72〕诸侯朱户，故曰朱邸。《庄子》：谓惠子："夫子拙于用大，则夫子犹蓬之心也夫！"〔73〕《韩诗外传》：简王曰："夫春树桃李，秋得食其实也。"〔74〕

如其簪履〔75〕或存，袗席无改，

《韩诗外传》曰："少原之野，妇人刈蓍薪而失簪，哭甚哀。"〔76〕《贾子》曰："楚昭王亡其踦履，已行三十步，复还取之。左右曰：'何惜此？'王曰：'吾悲与之俱出不俱反。'自是楚国无相弃者。"〔77〕《韩子》曰："文公至河，命席褥捐之，咎犯闻之曰：'席褥，所卧也，而君弃之，臣不胜其哀。'"〔78〕郑玄《周礼注》曰："袗席，乃单席也。"〔79〕

虽复身填沟壑，犹望妻子知归。

《列女传》：梁高行曰："妾夫不幸早死，先狗马填沟壑。"〔80〕《东观汉记》：张湛谓朱晖曰："愿以妻子托朱生。"〔81〕

揽涕告辞，悲来横集。

《楚辞》曰："思美人兮，揽涕而伫眙。"〔82〕又曰："涕横集而成行。"〔83〕《汉书》：中山靖王曰："不知涕泣之横集。"〔84〕

不任犬马之诚。〔85〕

《史记》：丞相青翟曰："臣不胜犬马心。"〔86〕

〔校释〕

〔1〕〔拜中军记室辞隋王笺〕 六臣本"隋"作"随"。何焯、陈景云皆校"隋"作"随"。《考异》谓袁本注明善作"隋"，所见是也。古钞本亦作"隋"。笺，书启之属。《文心雕龙·书记》云："战国以前，君臣同书。秦汉立仪，始有表奏。王公国内，亦称奏书。……迄至后汉，稍有名品：公府奏记，而郡将奏笺。记之言志，进己志也；笺者表也，表识其情也。"范文澜云："笺训表识，本《说文》。案笺之与记，随事立名，义非大异。……六朝时已不甚分晰矣。"此文载《齐书》卷四十七、《南史》卷十九《谢朓传》（《南史》附《谢裕传》），今用以比校。

〔2〕〔注：萧子显……子隆〕 此节引《谢朓传》文。传云："子隆在荆州，好辞赋，数集僚友。朓以文才，尤被赏爱，流连晤对，不舍日夕。长史王秀之以朓年少相动，密以启闻，世祖敕曰：'侍读虞云，自宜恒应侍接，朓可还都。'（《南史》本传云：朓知之，因事求还。不谓世祖有敕。）朓道中为诗寄西府：'常恐鹰隼击，秋菊委严霜。寄言罗者，寥廓已高翔。'（此《暂使下都夜发新林至京邑赠西府同僚》诗，见本书卷二十六。）"新安王即海陵王昭文。《齐书·海陵王纪》云："郁林即位，为中军将军，领兵置佐，封新安王。"是朓还都在永明十一年（四九三年）七月戊寅（三十日）齐世祖（武帝萧赜）崩前，而郁林王（昭业）即位后朓始拜中军新安王记室也。《南史》本传谓朓草此笺，"时荆州信去，倚待，朓执笔便成，文无点易"。

〔3〕〔故吏……参军〕 《齐书》《南史》无此二十八字。

〔4〕〔愿朝宗〕 《齐书》《南史》"愿"作"思"。

〔5〕〔注：《左氏传》云云〕 见隐公三年。

〔6〕〔注：《尚书》……于海〕 见《禹贡》。

〔7〕〔注：班固……之途〕 《王命论》乃班固父彪（叔皮）之作，"固"乃"彪"字之误，文见本书卷五十二。

〔8〕〔注：王逸……跋也〕 见《七谏·谬谏》注。

〔9〕〔注：《法言》……望也〕 见《学行》。今无李轨此注。

〔10〕〔注：《诗》……柔也〕 引《诗》见《小雅·皇皇者华》。毛、郑于"沃若"皆无训释，下章云："六辔既均。"传："均，调也。"故此以"调柔"为义。《卫风·氓》："其叶沃若。"传："沃若，犹沃沃然。"盖亦柔和之意。

〔11〕〔注：《庄子》……继之〕 见《知北游》。

〔12〕〔注：《楚辞》……自怜〕 皆见《九辩》。

〔13〕〔歧路西东〕 六臣本"歧"作"岐"，《齐书》《南史》同。"西东"，《齐书》《南史》作"东西"。

〔14〕〔欷唈〕 古钞本、六臣本、《齐书》、《南史》"欷"皆作"呜"，六臣本注云："善本作'欷'字。"《齐书》"唈"作"悒"。

〔15〕〔注：《淮南子》……可以北〕 见《说林》。

〔16〕〔注：又……流涕〕 见《览冥》。今本"呜"作"欷"。

〔17〕〔况〕 六臣本注云："五臣本作'恐'。"

〔18〕〔注：言密……情也〕 六臣本无此七字，《考异》谓无此七字为是。

〔19〕〔注：《楚辞》……未沫〕 见《招魂》。

〔20〕〔注：郑玄……抱也〕　见《公食大夫礼》注。

〔21〕〔注：《孟子》……归志〕　见《公孙丑下》。

〔22〕〔注：曹植……莫从〕　见本书卷二十。

〔23〕〔翩似〕　"翩"，《齐书》作"飚"，《南史》作"飘"。

〔24〕〔注：潘岳……绝天〕　此诗今佚。参看《鹦鹉赋》校释。

〔25〕〔注：《论衡》……雨矣〕　见《说日》。

〔26〕〔注：郭璞云云〕　此诗全文今佚。

〔27〕〔注：郑玄云云〕　见《子路》，今何氏《集解》引之。

〔28〕〔注：《左氏传》……休明〕　见宣公三年。

〔29〕〔注：又……藏疾〕　六臣本无此十二字。案此见宣公十五年《左传》。

〔30〕〔抽扬〕　《齐书》《南史》"抽"作"搜"。

〔31〕〔注：《尚书》……介臣〕　见《秦誓》。

〔32〕〔注：《周书阴符》……贤也〕　梁云："今《逸周书》无《阴符篇》，《隋志》有《周书阴符》九卷。"

〔33〕〔注：蔡邕云云〕　《玄表赋》今佚，《全后汉文》卷六十九据此录入。

〔34〕〔故舍耒场圃〕　《齐书》无"故"字；《南史》作"故得舍耒场圃"。

〔35〕〔兔园〕　《齐书》"兔"作"菟"。

〔36〕〔注：《诗》……场圃〕　见《豳风·七月》。

〔37〕〔注：《西京杂记》云云〕　见抱经堂本卷上（丙卷）。何焯依《杂

记》校"苑圃"作"苑囿"。

〔38〕〔东乱〕 《齐书》《南史》"乱"作"泛"。

〔39〕〔西浮〕 六臣本"浮"下注云："五臣本作'游'。"

〔40〕〔注：萧子显……境也〕 此节引《武帝十七王传》。六臣本无"为东"至"境也"二十八字。陈景云校"西将军"作"镇西将军"，增"镇"字。

〔41〕〔注：孔安国……曰乱〕 见《禹贡》传。此义又见《尔雅·释水》。

〔42〕〔注：《尚书》……底定〕 见《禹贡》。

〔43〕〔注：《楚辞》……西浮〕 见《九章·哀郢》。

〔44〕〔注：《子虚赋》云云〕 见本书卷七。

〔45〕〔注：《毛诗》……契阔〕 见《邶风·击鼓》。

〔46〕〔注：《周礼》……曰旆〕 见《春官·司常》。

〔47〕〔注：刘向……诗书〕 此句《全汉文》（卷三十五至三十九）未收，或以为是诗也。

〔48〕〔注：《毛诗》云云〕 见《小雅·蓼萧》。

〔49〕〔注：邹阳……裾乎〕 见本书卷三十九。

〔50〕〔注：魏文帝……后车〕 见本书卷四十二。

〔51〕〔注：《毛诗》云云〕 见《邶风·泉水》。

〔52〕〔府庭〕 《齐书》《南史》"庭"作"廷"。

〔53〕〔注：曹植云云〕 此曹植诗佚文，又见本书卷三十九《诣建平王上书》注引。

〔54〕〔涯涘〕 六臣本"涘"误作"俟"。

〔55〕〔注:《楚辞》……九阳〕 见《远游》。

〔56〕〔早誓〕 六臣本"誓"下注云:"五臣本作'逝'。"

〔57〕〔注:《演连珠》……论心〕 见本书卷五十五。

〔58〕〔注:陈思王云云〕 见本书卷二十。

〔59〕〔注:《庄子》……运也〕 见《逍遥游》。"庄子"至"南溟"二十字,六臣本无之。

〔60〕〔注:又曰云云〕 见《庄子·外物》。

〔61〕〔注:《解嘲》云云〕 见本书卷四十五,此十二字六臣本无之。

〔62〕〔藩房〕 《齐书》"藩"作"蕃"。

〔63〕〔注:刘桢……由宣〕 见本书卷二十三。

〔64〕〔注:《左氏传》云云〕 见襄公十年。

〔65〕〔反溯〕 《齐书》《南史》"溯"作"泝"。

〔66〕〔注:《洛神赋》……上溯〕 见本书卷十九。

〔67〕〔注:曹子建云云〕 见本书卷二十。

〔68〕〔注:《穆天子传》……复来〕 见本书卷三。

〔69〕〔注:《楚辞》云云〕 见《九章·哀郢》。

〔70〕〔注:《庄子》云云〕 见《徐无鬼》。

〔71〕〔注:杜预云云〕 见昭公十七年《左传》注。今本"艅艎"作"余皇"。

〔72〕〔注：《史记》……曰邸〕 案《史记·封禅书》云："古者天子五载一巡狩，用事泰山，诸侯有朝宿地，其令诸侯各治邸泰山下。"又云："方士多言古帝王有都甘泉者，其后天子又朝诸侯甘泉，甘泉作诸侯邸。"此所引疑是《史记》注文。《汉书·文纪》注云："郡国朝宿之舍在京师，率名邸。"又《卢绾传》注云："诸侯王及诸郡朝宿之馆，在京师者，谓之邸。"

〔73〕〔注：《庄子》……也夫〕 见《逍遥游》。《释文》引向（秀）云："蓬者，短不畅，曲士之谓。"

〔74〕〔注：《韩诗外传》云云〕 见卷七。《考异》依今本《外传》校"简王"作"简主"。

〔75〕〔簪履〕 《南史》"履"作"屦"。

〔76〕〔注：《韩诗外传》……甚哀〕 见卷九。袁本依今《外传》改"失簪"为"亡簪"，《考异》以为是。

〔77〕〔注：《贾子》……弃者〕 见《贾子新书·喻诚》。

〔78〕〔注：《韩子》……其哀〕 见《外储说左上》。今本两"褥"皆作"蓐"；"所卧也"作"所以卧也"。

〔79〕〔注：郑玄云云〕 此《天官·玉府》注引郑司农说。《考异》依袁本校"乃"为衍文。

〔80〕〔注：《列女传》……沟壑〕 见《贞顺》。

〔81〕〔注：《东观汉记》云云〕 聚珍本辑入卷十八《朱晖传》，"湛"乃"堪"字之误。事又见范晔《后汉书·朱晖传》。

〔82〕〔注：《楚辞》……亻贻〕 见《九章·思美人》。

〔83〕〔注：又曰……成行〕 见《九叹·忧苦》。

〔84〕〔注：《汉书》云云〕 见《景十三王传》。

〔85〕〔不任犬马之诚〕 古钞本"诚"作"情"，又校改为"诚"。此下尚有"谨奉笺以闻"五字。《齐书》《南史》"不任"以下皆无。

〔86〕〔注：《史记》云云〕 见《三王世家》。据李注，则似以此为庄青翟等奏，实为其奏所引霍去病上疏语。

与广川长岑文瑜书（卷四十二·书） 应休琏

与广川长岑文瑜书一首

广川县时旱，祈雨不得，作书以戏之。[1]

应休琏

璩白：顷者炎旱，日更增甚。沙砾销铄，草木焦卷。

《吕氏春秋》曰："汤时大旱七年，煎沙烂石。"[2]《山海经》曰："十日所落，草木焦卷。"[3]

处凉台而有郁蒸之剩切之烦，浴寒水而有灼烂之惨。宇宙虽广，无阴以憩。《云汉》之诗，何以过此。

《毛诗·云汉》曰："赫赫炎炎，云我无所。"郑玄曰："言无所芘荫而处也。"[4]

土龙矫首于玄寺，泥人鹤立于阙里。

《淮南子》曰："圣人用物，若用朱丝约刍狗，若为土龙以求雨。刍狗待之而求福，土龙待之而得食。"高诱曰："土龙致雨，雨而成谷，故待土龙之神而得谷食。"[5]玄寺，道场也。《风俗通》曰："尚书、御史所止皆曰寺。"[6]故后代道场及祠宇皆取其称焉。《淮南子》曰："西施、毛嫱，犹俱丑也。"高诱曰：

"倛丑，请雨土人也。"〔7〕司马彪《续汉书》：梅福上书曰："仲尼之庙，不出阙里。"〔8〕

修之历旬，静无征效。明劝教之术，非致雨之备也。知恤下人〔9〕，躬自暴露，拜起灵坛，勤亦至矣。

司马彪《续汉书》曰："郡国旱，各扫除社稷，公卿官长，以次行雩礼求雨。"〔10〕

昔夏禹之解阳盱〔11〕，殷汤之祷桑林，

《淮南子》曰："禹为水，以身解于阳盱之河；汤苦旱，以身祷于桑林之祭。"高诱曰："为治水解祷，以身为质。解读解除之解。阳盱之河，盖在秦地。桑山之林，能兴云致雨，故祷之。"〔12〕盱，音纡。

言未发而水旋流，辞未卒而泽滂沛。

《说苑》曰："汤之时大旱七年，使人持三足鼎而祝山川，盖辞未已，而天下大雨也。"〔13〕

今者，云重积〔14〕而复散，雨垂落而复收。得无贤圣殊品，优劣异姿，割发宜及肤，翦爪宜侵肌乎？

《吕氏春秋》曰："昔殷汤克夏，而大旱五年。汤乃身祷于桑林，于是翦其发，酈其手，自以为牺，用祈福于上帝，民乃甚悦，雨乃大至。"〔15〕酈，音郦。〔16〕

周征殷而年丰，卫伐邢而致雨。

《左氏传》："卫人伐邢，于是卫大旱。宁庄曰：'昔周饥，克殷而年丰。今邢方无道，诸侯无伯，天其或者欲使卫讨邢乎？'从之，师兴而雨。"〔17〕

善否之应，甚于影响，未可以为不然也。

《尚书》曰："惠迪吉，从逆凶，惟影响。"[18]

想雅思所未及，谨书起予。

《论语》："子曰：'起予者商也。'"[19]

应璩白。

〔校释〕

〔1〕〔注：广川……戏之〕　许云："题下注广川县云云，五臣注误入，削。"案，广川，今河北枣强县。

〔2〕〔注：《吕氏春秋》……烂石〕　《考异》从袁本校"烂"作"铄"。向宗鲁先生云："此《说苑·君道》文，误作《吕氏春秋》。《吕氏春秋·顺民》作大旱五年，不云七年也。《淮南子·主术》亦云七年，《论衡·感应》兼引两说。"

〔3〕〔注：《山海经》云云〕　案《山海经·海外东经·图赞》云："十日并出，草木焦枯。"李注所引当即此。《海外东经》云："汤谷上有扶桑，十日所浴。"又云："九日居下枝，一日居上枝。"郭璞注云："庄周云：'昔者十日并出，草木焦枯（今《庄子·齐物论》云："昔者十日并出，万物皆照。"）。'"李引似有混乱。

〔4〕〔注：《毛诗·云汉》云云〕　《云汉》在《大雅·荡之什》。

〔5〕〔注：《淮南子》……谷食〕　见《说山》。土龙、土人祈雨事，参见《续汉书·礼仪志》中。

〔6〕〔注：《风俗通》……曰寺〕　此佚文。李注在引《风俗通》前云："玄寺，道场也。"引《风俗通》后又云："故后代道场及祠宇皆取其称焉。"辑《风俗通》佚文者往往取"故后代"云云十三字，皆以为应劭书中语。顾怀三《补辑风俗通佚文》对于此条颇致疑义，云："按道场祠宇，不类仲远（即应劭）语，恐有阑入。"今按顾氏之说是也。李注先释玄寺为道场，次引《风俗通》以说寺，然后有"故后代"以下十三字以结前语。辑《风俗通》佚文者阑入此十三字，当即始于误读李氏之注，本书卷五左太冲《吴都赋》注、卷十潘安仁《西征赋》注、卷二十三刘公干《赠徐干》注、卷二十六潘安仁《在怀县作》注。《后汉书·光武纪》注引《风俗通》皆无"道场""祠宇"之文。后代类书或有此一句，亦皆从李注误钞，非真见应氏书也。

〔7〕〔注：《淮南子》……人也〕　见《精神》。向先生云："今本注'颛头，方相氏。黄金，四目'云云，与此不同。《列子·仲尼》：'若欺魄焉，而不可与接。'注：'欺魄，土人也。'《释文》：'字书作欺㚟。'王念孙校《淮南》改'丑'为'魄'。"

〔8〕〔注：司马彪《续汉书》云云〕　向先生云："'司马彪续'四字衍，此《汉书·梅福传》语也。"

〔9〕〔下人〕　六臣本"人"作"民"，注云："善本作'人'字。"

〔10〕〔注：司马彪……求雨〕　见《礼仪志》。

〔11〕〔阳盱〕　六臣本"盱"作"旴"，注云："旴，善本从日。"

〔12〕〔注：《淮南子》……祷之〕　见《修务》，又见《主术》。今本"桑林之祭"作"桑山之林"。向先生云："《尔雅·释地》：'秦有阳陓。'《淮南

子·地形》：'秦之阳纡。'《吕氏春秋·有始览》：'秦之阳华。'皆与高注可以参验。《职方氏》：'冀州，其薮杨纡。'《说文》同。朱谓禹都安邑，在冀州，所祷自为冀州之河。《左传》襄公十年：'宋公享晋侯于楚丘，请以《桑林》。'注云：'《桑林》，殷天子之乐名。'疏云：'汤乐曰《桑林》，先儒无说，或可祷桑林以得雨，遂以"桑林"名其乐。'案《庄子·养生主》：'合于《桑林》之舞。'司马（彪）注云：'汤乐名。'崔（撰）云：'宋舞乐名。'《吕氏春秋·诚廉》：'武王使保召公就微子开于共头之下，而与之盟曰：世为长侯，守殷常祀，相奉桑林，宜私孟诸。'高注云：'使奉《桑林》之乐。'则安得谓先儒无说也。"

〔13〕〔注：《说苑》云云〕 见《君道》。

〔14〕〔重积〕 六臣本"重"字下注云："五臣作'既'。"

〔15〕〔注：《吕氏春秋》……大至〕 见《顺民》。

〔16〕〔注：廲，音郦〕 梁云："二'廲'字（指上文廲其手及此）皆当作'磿'。"《蜀志·邵正传》注引作"擽其手"。《论衡》又作"丽其手"（《感应》）。俞樾《诸子平议》卷二十二谓字作"磿"，亦通作"历"，《庄子·天地》："罪人交臂历指。"是也。

〔17〕〔注：《左氏传》云云〕 见僖公十九年。俞正燮《癸巳存稿》卷九《求雨说》谓此事不可信。

〔18〕〔注：《尚书》云云〕 见《大禹谟》。

〔19〕〔注：《论语》云云〕 见《八佾》。

与嵇茂齐书（卷四十三·书） 赵景真

与嵇茂齐书
赵景真

《嵇绍集》曰："赵景真与从兄茂齐书，时人误谓吕仲悌与先君书，故具列本末：赵至，字景真，代郡人，州辟辽东从事。从兄太子舍人蕃，字茂齐，与至同年相亲。至始诣辽东时，作此书与茂齐。"[1]干宝《晋纪》以为吕安与嵇康书。[2]二说不同，故题云景真，而书曰安。[3]

安白[4]：昔李叟入秦，及关而叹；梁生适越，登岳[5]长谣。

《列子》曰："杨朱南之沛，老聃西游于秦，邀于郊，至梁而过老子。老子中道仰天叹曰：'始以汝为可教，今不可教也。'杨朱曰：'请闻其过。'老子曰：'睢睢而盱盱，而谁与居。'"[6]范晔《后汉书》："梁鸿，字伯鸾，扶风人也。东出关，过京师，作《五噫之歌》曰：'陟彼北邙兮，噫！顾瞻帝京兮，噫！宫室崔嵬兮，噫！人之劬劳兮，噫！辽辽未央兮，噫！'肃宗闻而非之，求鸿不得。居齐鲁之间，又去适吴。"[7]然老子之叹，不为入秦；梁鸿长谣，不由适越。且复以至郊为及关，升邙为登岳，斯盖取意而略文也。[8]

夫以嘉遯〔9〕之举，犹怀恋恨，况乎不得已者哉?

《周易》曰："嘉遯，贞吉。"〔10〕

惟别之后，离群独游〔11〕。背荣宴〔12〕，辞伦好，经迥路，涉沙漠〔13〕。鸣鸡〔14〕戒旦，则飘尔晨征；

《燕礼》曰："燕，小臣戒盥者。"郑玄曰："警戒告语焉。"〔15〕陈琳《武军赋》曰："启明戒旦，长庚告昏。"〔16〕

日薄西山，则马首靡托。

《汉书》：扬雄《反骚》曰："恐日薄于西山。"〔17〕《左氏传》：荀偃曰："唯余马首是瞻。"〔18〕

寻历曲阻，则沉思纡结；乘高〔19〕远眺，则山川悠隔〔20〕。或乃回飙狂厉，白日寝光。蹊踞〔21〕交错，陵隰相望。徘徊〔22〕九皋之内，慷慨重阜之巅〔23〕。

《毛诗》曰："鹤鸣九皋。"〔24〕

进无所依〔25〕，退无所据。涉泽求蹊，披榛觅路。啸咏沟渠，良不可度。斯亦行路之艰难，然非吾心之所惧也。至若兰茝〔26〕倾顿，桂林移植〔27〕；根萌未树，牙浅弦急〔28〕；常恐〔29〕风波潜骇，危机密发。斯所以〔30〕怵惕于长衢〔31〕，按辔而叹息也〔32〕。

喻身之危也。根萌未树，故恐风波潜骇；牙浅弦急，故惧危机密发也。本或有"于长衢"之下云"按辔而叹息"者，非也。

又北土之性，难以托根。投人夜光，鲜不按剑。

邹阳上书曰："夜光之璧，以暗投人于道，众人莫不按剑也。"〔33〕

今将植橘柚〔34〕于玄朔，蒂华藕〔35〕于修陵，

曹植《橘赋》曰："背江洲之气暖，处玄朔之肃清。"〔36〕《淮南子》曰："夫以其所修，而游不用之乡，若树荷山上，畜火井中也。"〔37〕

表龙章于裸壤，奏韶舞〔38〕于聋俗，固难以取贵矣！

龙，衮、龙之服也。章，章甫之冠也。裸壤，文身也。〔39〕《庄子》曰："宋人资章甫适诸越，越人断发文身，无所用之。"又：肩吾曰："聋者无以与乎钟鼓之声。"〔40〕

夫物不我贵，则莫之与；莫之与，则伤之者至矣。

《周易》曰："无交而求，则人不与也。莫之与，则伤之者至矣。"〔41〕

飘飘远游之士，托身无人之乡。揔辔遐路，则有前言之艰〔42〕；悬鞍陋宇，则有后虑之戒。

前言之艰，谓经迥路，涉沙漠以下也；后虑之戒，谓北土之性，难以托根以下也。

朝霞启晖，则身疲于遄征〔43〕；

蔡琰诗曰："遄征日遐迈。"〔44〕

太阳戢曜，则情劬于夕惕。

《正历》曰："日，太阳也。"〔45〕《周易》曰："夕惕若厉。"〔46〕

肆目平隰，则辽廓而无睹；极听修原，则淹寂而无闻。吁其悲矣！心伤悴矣！然后乃知〔47〕步骤之士，不足为贵

也！若乃[48]顾影[49]中原，愤气云踊[50]。哀物悼世，激情风烈[51]。龙睇[52]大野，虎啸[53]六合。猛气[54]纷纭，雄心四据。

阮元瑜《为曹公与孙权书》曰："大丈夫雄心，能无愤发。"[55]

思蹑云梯，横奋八极。披艰扫秽，荡海夷岳[56]。

范晔《后汉书》：田邑与冯衍书曰："欲摇太山，荡北海。"[57]

蹴昆仑使西倒，蹋太山令东覆。平涤九区，恢维[58]宇宙。斯亦吾之[59]鄙愿也。

刘騊駼《郡太守箴》曰："大汉遵因，化洽九区。"[60]

时不我与，垂翼远逝。

《周易》曰："明夷于飞，垂其翼。君子于行，三日不食，有攸往。"[61]

锋钜[62]靡加，翅翮[63]摧屈。自非知命，谁能[64]不愤悒[65]者哉？

《周易》曰："乐天知命，故不忧。"[66]

吾子植根[67]芳苑，擢秀清流。布叶[68]华崖，飞藻云肆。俯据潜龙之渊[69]，仰荫栖凤[70]之林。荣曜眩其前，艳色饵其后。良俦[71]交其左，声名驰其右。翱翔伦党之间，弄姿帷房之里。从容顾盼[72]，绰有余裕。俯仰吟啸，自以为得志矣。岂能与吾同[73]大丈夫之忧乐者哉！去矣嵇生，永离[74]隔矣！茕茕[75]飘寄，临沙漠矣！悠悠三千，路难涉矣！携手之期，邈无日矣！思心弥结，谁云释矣！无金玉尔音，而有遐心。

《毛诗》曰："无金玉尔音，而有遐心。"〔76〕

身虽胡越，意存断金。

《淮南子》曰："自其异者视之，肝胆胡越也。"〔77〕《周易》曰："二人同心，其利断金。"〔78〕

各敬尔仪，敦履璞沈。

《毛诗》曰："各敬尔仪。"〔79〕

繁华流荡，君子弗钦。临书恨然〔80〕，知复何云。

〔校释〕

〔1〕〔注：《嵇绍集》……与茂齐〕　《隋志》著录"《晋侍中嵇绍集》二卷，录一卷"。《旧唐志》无录。此所引即绍《赵至叙》，详见《世说新语·言语》注。今《晋书·文苑·赵至传》云："（张）嗣宗卒，（至）乃向辽西而占户焉。初，至与康兄子蕃友善。及将远适，乃与蕃书叙离，并陈其志。"是唐人修《晋书》，仍以《绍集》为据也。此书全文载《晋书·文苑传》，今用以比校。

〔2〕〔注：干宝……嵇康书〕　本书卷十六《思旧赋》注引干宝《晋纪》云："吕巽淫庶弟安妻，而告安谤己。太祖徙安远郡。安遗（嵇）康书'李叟入关'云云。太祖恶之，追收下狱。康理之，俱死。"《绍集》所云"时人误谓吕仲悌与先君书"者，即指此说。其实康与安之死，乃为司马昭、钟会诸人所忌，而当日狱词，

竟傅致赵书，所谓"莫须有"之事也。说详俞正燮《癸巳存稿》卷七《书〈文选·幽愤诗〉后》。

〔3〕〔注：二说云云〕　此李善解释《文选》题赵至名而书首又云"安白"之意，存此歧说，盖昭明之慎也。五臣（李周翰）信《晋纪》之说，而称康子绍为安子绍，疏陋可笑。顾有人反从五臣而非李善，梁氏《旁证》已驳斥之矣。

〔4〕〔安白〕　此二字《晋书》无。

〔5〕〔岳〕　《晋书》作"嶽"。

〔6〕〔注：《列子》……与居〕　见《黄帝》。今本"过老子"作"遇老子"。"睢睢"上有"而"字，陈校据增。

〔7〕〔注：范晔……适吴〕　见《逸民传》。今本"邙"作"芒"，"顾瞻"作"顾览"。

〔8〕〔注：然云云〕　然即然则，此李注释义之例。顾炎武云："梁鸿适吴，云适越者，吴为越所灭。"（梁引）

〔9〕〔嘉遯〕　古钞本、六臣本"遯"皆作"遁"，《晋书》同。《笺证》谓依《周易》作"遯"为是。

〔10〕〔注：《周易》云云〕　见《遯·九五》。

〔11〕〔独游〕　六臣本"游"下注云："五臣本作'逝'字。"《晋书》亦作"逝"。

〔12〕〔荣宴〕　《晋书》"宴"作"讌"。

〔13〕〔涉沙漠〕　《晋书》"涉"作"造"。

〔14〕〔鸣鸡〕 六臣本注云："五臣作'鸡鸣'。"

〔15〕〔注：《燕礼》……语焉〕 案《仪礼·燕礼》："燕礼，小臣戒与者。"郑注："小臣相君燕饮之法。与者，谓留群臣也。君以燕礼劳使臣。若臣有功，故与群臣乐之。小臣则警戒告语焉。饮酒以合会为欢也。"此注文有脱误，"盟"当作"与"。

〔16〕〔注：陈琳云云〕 六臣本"武军赋"作"武库车赋"。《考异》依袁本校作"武库赋"。许云："当作'《武军赋》'。赋云：'赫赫哉，烈烈矣，于此武军。当天符之佐运，承斗刚而曜震。'以'军''震'二字为韵。他处引此，或又作'《武库赋》'，或作'《武车赋》'，皆非。《哀永逝文》注引作'《武军赋》'。"

〔17〕〔注：《汉书》……西山〕 见《汉书·扬雄传》。

〔18〕〔注：《左氏传》云云〕 见襄公十四年。

〔19〕〔乘高〕 《晋书》"乘"作"登"。

〔20〕〔悠隔〕 《晋书》"悠"作"攸"。

〔21〕〔踦踞〕 古钞本作"徙倚"，《晋书》同。六臣本作"崎岖"。

〔22〕〔徘徊〕 古钞本作"俳佪"。

〔23〕〔巅〕 古钞本作"颠"。

〔24〕〔注：《毛诗》云云〕 见《小雅·鹤鸣》。

〔25〕〔所依〕 《晋书》"依"作"由"。

〔26〕〔兰茝〕 古钞本"茝"作"芷"。

〔27〕〔移植〕 《晋书》"植"作"殖"。

〔28〕〔牙浅弦急〕 《晋书》"牙"上有"而"字，"弦"指弓弩。《广雅·释器》："机谓之牙。"《释名·释兵》："弩，怒也，有势怒也。其柄曰臂，似人臂也。钩弦曰牙，似齿牙也。牙外曰郭，为牙之规郭也。下曰县刀，其形然也。合名之曰机，如机之巧也。亦言如门户之枢机，开阖有节也。"

〔29〕〔常恐〕 《晋书》"常"作"每"。

〔30〕〔斯所以〕 《晋书》"斯"作"此"。

〔31〕〔长衢〕 古钞本"衢"下有"也"字，《晋书》同。

〔32〕〔按辔而叹息也〕 古钞本"也"上有"者"字，六臣本同。《晋书》无此六字。陈景云谓据注则"按辔而叹息"五字为衍文。许说同陈。《考异》以为此尤刻误增。张云："详按上下文，此段皆用韵，'息'字正与上数韵叶。此五字似不当从删。"

〔33〕〔注：邹阳云云〕 见本书卷三十九。

〔34〕〔植橘柚〕 《晋书》"植"作"殖"。

〔35〕〔蒂华藕〕 《晋书》"蒂"作"荣"。

〔36〕〔注：曹植……肃清〕 又见《艺文类聚》卷八十六、《初学记》卷二十八、《太平御览》卷九百六十六，《曹集铨评》收此赋入卷三。

〔37〕〔注：《淮南子》云云〕 见《说山》。今本"若"上有"譬"字，无"夫""也"二字。

〔38〕〔韶舞〕 六臣本"舞"字下注云："五臣本作'武'字。"《晋书》

亦作"武"。

〔39〕〔注：裸壤文身也〕　案："裸壤"当指文身之地，李注语稍欠确切。

〔40〕〔注：《庄子》云云〕　两引《庄子》皆见《逍遥游》。

〔41〕〔注：《周易》云云〕　见《系辞下》。

〔42〕〔前言之艰〕　《晋书》"艰"作"难"。

〔43〕〔身疲于遄征〕　《晋书》"于"作"而"。

〔44〕〔注：蔡琰云云〕　见《后汉书·列女传》。

〔45〕〔注：《正历》……阳也〕　《隋书·经籍志》子部历数类著录："《正历》四卷，晋太常刘智撰。"

〔46〕〔注：《周易》云云〕　见《乾·九三》。

〔47〕〔乃知〕　《晋书》无"乃"字。

〔48〕〔若乃〕　《晋书》无此二字。

〔49〕〔顾影〕　古钞本"影"作"景"，《晋书》同。六臣本注云："五臣本作'景'字。"

〔50〕〔云踊〕　古钞本"踊"作"涌"。

〔51〕〔风烈〕　古钞本"烈"作"厉"，《晋书》同。案："厉""烈"古通，"厉山氏"或作"烈山氏"（《礼记·祭法》注）。此"风厉"与"云踊"相对。《广雅·释诂》"踊""厉"并训为"上"，是其义也。

〔52〕〔龙睇〕　《晋书》"睇"作"啸"。

〔53〕〔虎啸〕　《晋书》作"兽睇"。

〔54〕〔猛气〕　古钞本"气"作"志"，《晋书》同。

〔55〕〔注：阮元瑜云云〕　见本书卷四十二。

〔56〕〔夷岳〕　《晋书》"岳"作"嶽"。

〔57〕〔注：范晔云云〕　见《冯衍传》。

〔58〕〔恢维〕　六臣本"维"字下注云："五臣本作'廓'。"

〔59〕〔吾之〕　六臣本"吾"字下注云："五臣本有'人'字。"

〔60〕〔注：刘骏骁云云〕　又见本书卷十四《赭白马赋》注、卷二十《皇太子讌玄圃宣猷堂有令赋诗》注引，"遵因"作"遵周"。《全后汉文》辑入卷三十三。

〔61〕〔注：《周易》云云〕　见《明夷·初九》。

〔62〕〔锋钜〕　《晋书》"钜"作"距"。何焯云："距，鸡距也。"

〔63〕〔翅翮〕　古钞本"翅"作"六"。六臣本注云："五臣作'六'字。"

〔64〕〔谁能〕　《晋书》"谁"作"孰"。

〔65〕〔愤悒〕　古钞本"悒"作"邑"，《晋书》作"挹"。"邑"与"悒"同；"挹"乃字误。

〔66〕〔注：《周易》云云〕　见《系辞上》。

〔67〕〔植根〕　《晋书》"植"作"殖"。

〔68〕〔布叶〕　《晋书》"布"作"晞"。

〔69〕〔潜龙之渊〕　《晋书》"渊"作"渚"。

〔70〕〔栖凤〕 古钞本"栖"作"游"，《晋书》同。六臣本注云："五臣作'游'。"

〔71〕〔良俦〕 《晋书》"俦"作"畴"。

〔72〕〔顾眄〕 尤刻原本"眄"作"盼"，此当依《晋书》作"眄"。

〔73〕〔吾同〕 《晋书》"吾"下有"曹"字。

〔74〕〔永离〕 《晋书》"永"作"远"。

〔75〕〔莞莞〕 六臣本注云："五臣本作'茕茕'字。"《晋书》亦作"茕茕"。

〔76〕〔注：《毛诗》云云〕 见《小雅·白驹》。

〔77〕〔注：《淮南子》……越也〕 见《俶真》。

〔78〕〔注：《周易》云云〕 见《系辞上》。

〔79〕〔注：《毛诗》云云〕 见《小雅·小宛》。

〔80〕〔临书恨然〕 《晋书》作"临纸意结"。

豪士赋序（卷四十六·序）　陆士衡

豪士赋序〔1〕

陆士衡

臧荣绪《晋书》曰："机恶齐王冏矜功自伐，受爵不让，及齐亡，作《豪士赋》。"〔2〕《吕氏春秋》曰："老聃、孔子、墨翟、关尹子、列子、陈骈、杨朱、孙膑、王寥、儿良，此十人者，皆天下之豪士也。"〔3〕然机犹假美号以名赋也。

夫立德之基有常，而建功之路不一。

《左氏传》：穆叔曰："太上有立德，其次有立功。"〔4〕

何则？循心〔5〕以为量者存乎我，

言立德必循于心，故存乎我。

因物以成务者系乎彼〔6〕。

言建功必因于物，故系乎彼。

存夫我者，隆杀止乎其域；系乎物〔7〕者，丰约唯所遭遇。

言德有常量〔8〕，至域便止；功无常则，因遇乃成。域，谓身也。

落叶俟微风〔9〕以陨，而风之力盖寡；

《汉书》：王恢谓韩安国曰："夫草木遭霜者，不可以遇风。"〔10〕

孟尝遭雍门而泣〔11〕，而琴之感〔12〕以末。

《桓子新论》曰："雍门周以琴见孟尝君。孟尝君曰：'先生鼓琴，亦能令文悲乎？'对曰：'臣窃为足下有所悲。千秋万岁后，坟墓生荆棘，游童牧竖，踯躅其足，而歌其上曰：孟尝君之尊贵，亦犹若是乎？'于是孟尝喟然太息，涕承睫而未下。雍门周引琴而鼓之，徐动宫徵，挥角羽，初终而成曲，孟尝君遂歔欷而就之。"〔13〕是琴之感以末也。

何者〔14〕？欲陨之叶，无所假烈风；将坠之泣，不足繁哀响〔15〕也。是故苟时启于天，理尽于民〔16〕，

时既启之天，理又尽于人事，言立功易也。

庸夫可以济圣贤之功，斗筲可以定烈士之业。

《说苑》曰："管仲，庸夫也，桓公得之以为仲父。"〔17〕《论语》："子贡曰：'今之从政者何如？'子曰：'噫！斗筲之人，何足算也！'"〔18〕

故曰〔19〕：才不半古，而功已倍之。盖得之于时势也〔20〕。

《孟子》曰："当今之时，万乘之国行仁政，民之悦之，犹解倒悬也。故事半古之人，功必倍之，唯此时为然。"〔21〕

历观古今〔22〕，徼一时之功，而居伊周之位者，有矣。

《孟子》曰："彼一时，此一时。"〔23〕

夫我之自我，智士犹婴其累；物之相物，昆虫皆有

此情。

《孟子》曰："尔为尔，我为我。"[24]《文子》曰："譬吾处于天下，亦为一物也。然则我亦物也，而物亦物也，物之与我也，有何以相物也。"[25]《礼记》曰："昆虫未蛰。"郑玄曰："昆，明也。明虫者，阳而生，阴而藏。"[26]

夫以自我之量，而挟非常之勋。神器晖其顾盻[27]，万物随其俯仰。

《老子》曰："天下神器，不可为也，为者败之。"[28]

心玩居常之安，耳饱从谀之说。

《史记》：汲黯曰："上置公卿，宁令从谀承意，陷主于不义乎？"[29]

岂识乎功在身外，任出才表者哉[30]？且好荣恶辱，有生之所大期[31]；

《孙卿子》曰："好荣恶辱，好利恶害，是君子小人之所同。"[32]

忌盈害上，鬼神犹且不免。

《周易》曰："鬼神害盈而福谦。"[33]《左氏传》：狼瞫曰："《周志》有之，勇则害上，不登于明堂。"[34]

人主操其常柄，天下服其大节。

《韩子》曰："操生杀之柄，此人主之势也。"[35]《左氏传》：仲尼曰："唯器与名，不可以假人，君之所司也，政之大节也。"[36]

故曰：天可仇乎？

《左氏传》曰："楚子入于云中，郧公辛之弟怀将杀王，辛曰：'君讨臣，谁

敢仇之？君命，天也，若死天命，将谁仇乎？'"〔37〕

而时有袨服〔38〕荷戟，立于〔39〕庙门之下；援旗誓众，
奋于阡陌之上。

《汉书》曰："宣帝祠孝昭庙，先驱旄头剑挺堕地，首垂泥土中，刃响乘舆
车，马惊。于是召梁丘贺筮之：有兵谋，不吉。上还，使有司侍祠。时霍氏外孙代郡
太守任宣，坐谋反诛。宣子章为公车丞，亡在渭城界中，夜袨服入庙，居郎间，执戟立
庙门，待上至，欲为逆。发觉，伏诛。"〔40〕苏林曰："袨服，黑服也。"〔41〕《过秦
论》曰："陈涉蹑足行伍之间，而俯起阡陌之中，斩木为兵，揭竿为旗。"〔42〕援，于
元切。

况乎代主〔43〕制命，自下财物〔44〕者哉〔45〕！

后以财成，而臣为之，故云自下。《尸子》曰："天生万物，圣人财之。"〔46〕

广树恩不足以敌怨，勤兴利不足以补害。故曰：代大匠
斫者，必伤其手〔47〕。

《老子》曰："夫代大匠斫，希有不伤其手。"〔48〕

且夫政由宁氏，忠臣所为〔49〕慷慨；祭则寡人，人主所
不久堪。

《左氏传》曰："卫献公使与宁喜言曰：'苟反国，政由宁氏，祭则寡
人。'"〔50〕

是以君奭鞅鞅〔51〕于亮，不悦公旦之举；高平师师，侧
目博陆之势。

《尚书序》曰："召公为保，周公为师，相成王为左右，召公不悦。"[52]
《汉书》："景帝目送周亚夫曰：'此之鞅鞅，非少主臣也。'"[53]又曰："魏相，字弱翁，迁御史。四岁，代韦贤为丞相。封高平侯。"[54]班固述魏相曰："高平师师，惟辟作威。图黜凶害，天子是毗。"[55]韦昭曰："师师，相尊法也。"[56]《汉书》曰："列侯宗室见郅都侧目。"[57]又曰："霍光为博陆侯。"[58]

而成王不遗嫌吝于怀，宣帝若负芒刺于背，非其然者与[59]？

《尚书》曰："武王既丧，管叔及群弟流言于国曰：公将不利于孺子。"孔安国曰："成王信流言而疑周公。"[60]《汉书》曰："宣帝始立，谒见高庙，大将军霍光从参乘，上内严惮之，若有芒刺在背。"[61]

嗟乎！光于四表，德莫富焉；王曰叔父，亲莫昵[62]焉；

《尚书》曰："光被四表。"[63]《毛诗》曰："王曰叔父。"毛苌曰："叔父，谓周公也。"[64]

登帝大位[65]，功莫厚焉；守节没齿，忠莫至焉。

《汉书》："昭帝崩，霍光上奏曰：'太宗亡嗣，孝武皇帝曾孙病已，可以嗣孝昭皇帝。'太后诏可。"[66]《尚书》：伊尹曰："天位艰哉！"[67]李陵《与苏武书》曰："薄赏子以守节。"[68]《论语》："或问管仲，曰：'夺伯氏骈邑三百，饭疏食，没齿无怨言。'"[69]

而倾侧颠沛，仅而自全。则伊生抱明允以婴戮，文子怀忠敬而齿剑，固其所也。

《尚书》曰："太甲既立，不明，伊尹放诸桐。"〔70〕《左氏传》曰："高阳氏有才子，明允笃诚。"〔71〕《纪年》："太甲潜出自桐，杀伊尹。"〔72〕《吴越春秋》曰："文种者，本楚南郢人也，姓文，字少禽。"〔73〕《礼记》：孔子曰："儒有怀忠信以待举。"〔74〕《史记》曰："勾践平吴，人或谗大夫种且作乱。越王乃赐种剑曰：'子教寡人伐吴七术，寡人用其三而败吴。其四在子，子为我从先王试之。'种遂自杀。"〔75〕枚叔《上书谏吴王》曰："腐肉之齿利剑也。"〔76〕

因斯以言，夫以笃圣穆亲，如彼之懿；

谓周公也。

大德至忠，如此之盛。

谓霍光也。

尚不能取信于人主之怀，止谤于众多之口。

邹阳《于狱上书》曰："不夺乎众多之口。"〔77〕

过此以往，恶乌睹其可？安危之理，断可识矣。又况乎饕土高大名以冒道家之忌，运短才而易圣哲所难者哉！

《谷梁传》曰："君不尸小事，臣不专大名。"〔78〕《老子》曰："富贵而骄，自遗其咎。"〔79〕《庄子》曰："功成者隳，名成者亏。孰能去功与名，而还与众人。"〔80〕

身危由于势过，而不知去势以求安；祸积起于宠盛，而不知辞宠以招福。见百姓之谋己，则申宫警守〔81〕，以崇不畜之威；

《左氏传》曰："公待于坏隤，申宫警备，设守而后行。"杜预曰："申整宫备也。"〔82〕

惧万民〔83〕之不服，则严刑峻制，以贾_古伤心之怨。

《新序》曰："商鞅为严刑峻法，易古三代之制。"〔84〕杜预《左氏传注》曰："贾，卖也。"〔85〕《尚书》曰："民罔不尽伤心。〔86〕

然后威穷乎震主，而怨行乎上下。

《汉书》：蒯通说韩信曰："臣闻勇略震主者身危，功盖天下者不赏。"〔87〕

众心日陊_{亶氏}〔88〕，危机将发。而方〔89〕偃仰瞪_{直孕}盱〔90〕，谓足以夸世。

《毛诗》曰："或栖迟偃仰。"〔91〕《鲁灵光殿赋》曰："齐首目以瞪盱。"〔92〕《埤苍》曰："瞪，直视也。"〔93〕

笑古人之未工，亡己事〔94〕之已拙；知曩勋之可矜，暗成败〔95〕之有会。是以事穷运尽，必于颠仆_{音赴}；风起尘合，而祸至常酷也〔96〕。

《答宾戏》曰："彼皆蹑风尘之会，履颠沛之势。"项岱曰："彼，谓李斯辈也。风发于天，以谕君上；尘从下起，以谕斯等。"〔97〕

圣人忌功名之过己，恶宠禄之逾量，盖为此也。夫恶欲之大端，贤愚所共有。

《礼记》曰："饮食男女，人之大欲存焉；死亡贫苦，人之大恶存焉。故恶欲

者，心之大端也。"〔98〕

而游子殉高位〔99〕于生前，志士思垂名于身后。受生之分，唯此而已〔100〕。夫盖世之业，名莫大焉〔101〕；

《汉书》曰："项羽歌曰：力拔山兮气盖世。"〔102〕

震主之势，位莫盛焉；〔103〕

震主，已见上文。

率意无违，欲莫顺焉。借使伊人颇览天道。知尽不可益，盈难久持。

《周易》曰："天道亏盈而益谦。"〔104〕《毛诗序》曰："太平之君子，能持盈守成。"〔105〕

超然自引，高揖而退。

司马迁《报任少卿书》曰："宁得自引深藏岩穴耶？"〔106〕

则巍巍之盛，仰邈前贤；洋洋之风，俯冠〔107〕来籍。而大欲不乏〔108〕于身，至乐无愆乎旧。节弥效而德弥广，身逾逸而名逾劭〔109〕。

《尔雅注》曰："劭，美也。"〔110〕

此之不为，彼之〔111〕必昧。然后河海之迹，埋为穷流；一篑之衅〔112〕，积成山岳〔113〕。

《论语》曰："譬如为山，未成一篑，止，吾止也。"〔114〕

名编凶顽之条，身猷〔115〕荼毒之痛，岂不谬哉？

《毛诗》曰："人之贪乱，宁为荼毒。"〔116〕

故聊赋焉〔117〕，庶使百世少有寤云〔118〕。

〔校释〕

〔1〕〔豪士赋序〕　此文载《晋书》卷五十四《陆机传》，今用以比校。

〔2〕〔注：臧荣绪……《豪士赋》〕　梁从李周翰注，谓赋作在齐王冏败前，云："按，《晋书·陆机传》云：'冏既矜功自伐，受爵不让，机恶之，作《豪士赋》以刺焉。冏不之悟，而竟以败。'是作此赋时，齐犹未亡也。篇末'借使伊人颇览天道'云云，语意显然。臧荣绪所云，殊误。"案：《艺文类聚》卷二十四载有《豪士赋》（似非全文），其末云："挤为山以自陨，叹祸至于何及。"序文亦言："此之不为，彼之必昧。然后河海之迹，埋为穷流；一篑之蚌，积成山岳。名编凶顽之条，身猒荼毒之痛。"似败亡以后，始有此类语言，恐从臧《书》所说为是也。齐王冏之败在太安元年（三〇二年）十二月（参看《通鉴》卷八十四）。李兆洛评此文云："此士龙所谓'清新相接'者也，神理亦何减邹枚！"（《骈体文抄》卷二十一）

〔3〕〔注：《吕氏春秋》……豪士也〕　见《不二》。

〔4〕〔注：《左氏传》云云〕　见襄公二十四年。

〔5〕〔循心〕　古钞本"循"作"修"，《晋书》同。六臣本注云："五臣本作'修'。"

〔6〕〔系乎彼〕　《晋书》"系"作"係"。

〔7〕〔系乎物〕 《晋书》作"系乎彼"。

〔8〕〔注：常量〕 尤氏原本"常"作"情"，六臣本作"恒"。"情"乃"恒"字误，此作"常"，乃胡刻妄改。

〔9〕〔微风〕 《晋书》"风"作"飙"。六臣本注云："五臣本作'飙'。"

〔10〕〔注：《汉书》云云〕 见《韩安国传》。今本"遇风"作"风过"。

〔11〕〔而泣〕 《晋书》"而"作"以"。

〔12〕〔而琴之感〕 六臣本无"而"字。

〔13〕〔注：《桓子新论》……就之〕 此《新论·琴道》文，参看《恨赋》校释。

〔14〕〔何者〕 《晋书》"者"作"哉"。

〔15〕〔繁哀响〕 《晋书》"繁"作"烦"。何、陈校皆改此作"烦"。《考异》谓"繁""烦"义近，或善自与《晋书》有异。

〔16〕〔于民〕 《晋书》"民"作"人"。

〔17〕〔注：《说苑》……仲父〕 见《尊贤》，此节引。

〔18〕〔注：《论语》云云〕 见《子路》。《集解》引郑玄云："筥，竹器，容斗二升。"《说文·竹部》有"䉛""箅"二字。"䉛"下云："饭筥也，受五升。秦谓筥曰䉛。""箅"下云："一曰饭器，容五升。"所说皆与郑异。

〔19〕〔故曰〕 古钞本此上有"言遇时也"四字。六臣本亦有，注云："善本无'言遇时也'一句。"

〔20〕〔时势也〕 《晋书》"势"作"世"。六臣本"也"字下注云："五臣本无'也'字。"

〔21〕〔注：《孟子》云云〕 见《公孙丑上》。

〔22〕〔古今〕 《晋书》作"今古"。

〔23〕〔注：《孟子》云云〕 见《公孙丑下》。

〔24〕〔注：《孟子》……为我〕 见《公孙丑上》，又见《万章下》。

〔25〕〔注：《文子》……物也〕 见《九守》。今本云："吾处天下，亦为一物。而物亦物也，物之与物，何以相物。"其文较此引为省。

〔26〕〔注：《礼记》云云〕 见《王制》。

〔27〕〔顾盻〕 尤氏原本"盻"作"眄"，与六臣本同，乃"盼"之俗字，此胡刻改。

〔28〕〔注：《老子》云云〕 见二十九章。

〔29〕〔注：《史记》云云〕 见《汲郑列传》，《汉书·汲黯传》同。许云：《汉书·衡山王传》："'日夜纵臾王谋反事。'纵，子勇反。臾，读曰勇。《史记》云：'日夜从容王谋反事。'《正义》：'上子勇反，下读曰勇，谓劝奖也。'此'从谀'与'纵臾'同。"

〔30〕〔者哉〕 六臣本"者"字下注云："五臣本无'者'字。"

〔31〕〔所大期〕 《晋书》无"所"字。

〔32〕〔注：《孙卿子》云云〕 见《荣辱》。

〔33〕〔注：《周易》……福谦〕 见《谦·彖》。

〔34〕〔注：《左氏传》云云〕 见文公二年。

〔35〕〔注：《韩子》……势也〕 见《定法》。今本"生杀"作"杀生"；"势"字作"所执"二字。

〔36〕〔注：《左氏传》……大节也〕 见成公二年。

〔37〕〔注：《左氏传》……仇乎〕 见定公四年。今本无"乎"字。

〔38〕〔袨服〕 古钞本"袨"作"耘"，疑误。按此字实当作"玄"，详下注。

〔39〕〔立于〕 《晋书》"于"作"乎"。六臣本作"乎"，注云："善本作'于'字。"

〔40〕〔注：《汉书》……伏诛〕 见《儒林·梁丘贺传》。今本"泥"下无"土"字，"响"作"乡"，"袨"作"玄"。此文"响"乃误字，何、陈校依《汉书》作"乡"。颜注："乡读曰向。"又注："《霍光传》云：'任宣，霍光之婿。'此云外孙，误也。"

〔41〕〔注：苏林……黑服也〕 颜氏未引苏林说，而正文"袨"作"玄"，注云："郎著皂衣，故章玄服以厕也。"朱云："今《说文》无'袨'字，惟大徐本'衫玄服也'，小徐本作'袨服也'。引邹阳上书：'武力鼎士，袨服丛台之下。'此处'袨服'下言'荷戟'，亦武士之服，并邹阳之书皆为'玄服'。《玉篇》：'袨，黑衣也。'与苏林说合，其字竟当作'玄'。"

〔42〕〔注：《过秦论》……为旗〕 见本书卷五十一。

〔43〕〔代主〕 《晋书》"代"作"世"，乃后人误以"代"为避唐讳而

误改。

〔44〕〔财物〕　六臣本"财"作"裁"，《晋书》同。梁谓五臣作"裁"，吕向注可证。

〔45〕〔者哉〕　《晋书》"哉"作"乎"。

〔46〕〔注：《尸子》云云〕　汪继培辑本据《群书治要》录入卷上《分》篇。"天"下有"地"字，"财"作"裁"。注谓《治要》引《六韬》《新语·基道》《管子·心术下》，皆有此语。《荀子·非十二子篇》云："一天下，财万物。"杨倞注："财与裁同。"

〔47〕〔其手〕　《晋书》无"其"字。

〔48〕〔注：《老子》云云〕　见七十四章。今本"斫"下有"者"字，"手"下有"矣"字。

〔49〕〔所为〕　《晋书》"为"作"以"。

〔50〕〔注：《左氏传》云云〕　见襄公二十六年。

〔51〕〔鞅鞅〕　古钞本作"怏怏"。六臣本注云："五臣本注云：'怏'字。"说详下注。

〔52〕〔注：《尚书序》……不悦〕　见《君奭》。君奭，即召公。伪孔传："尊之曰君，奭，名。"

〔53〕〔注：《汉书》……臣也〕　见《周勃传》。今本"此"下无"之"字。《笺证》："《汉书》作'鞅鞅'。《高帝纪》：'心常鞅鞅。'《韩信传》：'居常鞅鞅。'《方言》：'鞅，恕也。'郭注：'鞅，犹怏也。'《说文》：

'怏，不服怼也。'作'怏'为正字。"

〔54〕〔注：又曰……高平侯〕 见《魏相传》。陈云："'御史'下脱'大夫'二字。"

〔55〕〔注：班固……是毗〕 见《汉书·叙传》。朱云："《魏相传》：'霍光先以事下相廷尉狱，久系。后相为御史大夫，因许伯奏封事，言霍氏骄奢放纵，宜损夺其权，破散阴谋。又白去副封。霍氏杀许后之谋，始得上闻。乃罢其三侯，令就第。霍氏怨相，谋矫太后诏，先斩相，然后废天子，事发觉，伏诛。'文所云侧目，及注所引班语，谓此。"

〔56〕〔注：韦昭……法也〕 今颜注引邓展云："相师法也。"

〔57〕〔注：《汉书》……侧目〕 见《酷吏传》。

〔58〕〔注：又曰云云〕 见《霍光传》。

〔59〕〔者与〕 六臣本注云："五臣本无'者'字。"《晋书》"与"作"欤"。

〔60〕〔注：《尚书》……周公〕 见《金縢》。

〔61〕〔注：《汉书》云云〕 见《霍光传》。今本无"霍"字，"参乘"作"骖乘"。

〔62〕〔眤〕 古钞本作"暱"。六臣本注云："五臣本作'暱'字。"

〔63〕〔注：《尚书》……四表〕 见《尧典》。

〔64〕〔注：《毛诗》云云〕 见《鲁颂·閟宫》。

〔65〕〔大位〕 古钞本、六臣本及《晋书》"大"皆作"天"。《考异》谓

作"天"为是。

〔66〕〔注：《汉书》……诏可〕　见《霍光传》。

〔67〕〔注：《尚书》……艰哉〕　见《太甲下》。

〔68〕〔注：李陵……守节〕　见本书卷四十一。

〔69〕〔注：《论语》云云〕　见《宪问》。

〔70〕〔注：《尚书》……诸桐〕　梁云："书下当有序字。"案：此见《太甲序》。

〔71〕〔注：《左氏传》……笃诚〕　见文公十八年。

〔72〕〔注：《纪年》……伊尹〕　见《竹书纪年》太甲七年。

〔73〕〔注：《吴越春秋》……少禽〕　今本无此文。

〔74〕〔注：《礼记》……待举〕　见《儒行》。

〔75〕〔注：《史记》……自杀〕　见《越世家》。

〔76〕〔注：枚叔云云〕　见本书卷三十九。

〔77〕〔注：邹阳云云〕　见本书卷三十九。

〔78〕〔注：《谷梁传》……大名〕　见襄公十九年。

〔79〕〔注：《老子》……其咎〕　见九章。

〔80〕〔注：《庄子》云云〕　见《山木》。

〔81〕〔警守〕　《晋书》"警"作"御"。

〔82〕〔注：《左氏传》云云〕　见成公十六年。今本杜注"整"作"勒"。

〔83〕〔万民〕　《晋书》"民"作"方"。

〔84〕〔注：《新序》……之制〕　见《善谋》。今本"制"下有"度"字。

〔85〕〔注：杜预……卖也〕　六臣本"卖"作"买"。今检此注桓公十年、成公二年两见，皆作"买"字。

〔86〕〔注：《尚书》云云〕　见《酒诰》。

〔87〕〔注：《汉书》云云〕　见《蒯通传》。

〔88〕〔陊〕　陊下注"亘氏"，尤氏原本"亘"作"直"，六臣本同。"亘"乃胡刻误字。梁谓《广韵》以"陊"入纸韵，直氏切，正其音也。

〔89〕〔方〕　六臣本注云："五臣本无'方'字。"

〔90〕〔瞪眄〕　尤氏原本"眄"作"盻"，乃"眄"字俗写，胡刻误改，注文同。《晋书》此字作"盱"。

〔91〕〔注：《毛诗》……偃仰〕　见《小雅·北山》。

〔92〕〔注：《鲁灵光殿赋》……瞪眄〕　见本书卷十一。

〔93〕〔注：《埤苍》云云〕　《埤苍》三卷，魏张揖撰，《隋志》及两《唐志》皆著录（《旧唐志》误"揖"为"挹"），《玉函山房辑佚书》及陈鳣皆有辑本。

〔94〕〔亡己事〕　六臣本"亡"作"忘"，注云："善本作'亡'字。"《晋书》亦作"忘"。《考异》谓"亡"是误字。

〔95〕〔暗成败〕　《晋书》"暗"作"闇"。

〔96〕〔酷也〕　六臣本注云："五臣本无'也'字。"

〔97〕〔注：《答宾戏》云云〕　见本书卷四十五。

〔98〕〔注：《礼记》云云〕　见《礼运》。

〔99〕〔殉高位〕　六臣本"殉"作"徇"，注云："善本作'殉'字。"

〔100〕〔而已〕　古钞本"已"下有"矣"字。

〔101〕〔名莫大焉〕　《晋书》"大"作"盛"。

〔102〕〔注：《汉书》云云〕　见《项籍传》。

〔103〕〔震主……盛焉〕　《晋书》无此八字。梁谓彼是误脱。

〔104〕〔注：《周易》……益谦〕　见《谦·彖》。

〔105〕〔注：《毛诗序》云云〕　见《大雅·凫鹥》。

〔106〕〔注：司马迁云云〕　见本书卷四十一。

〔107〕〔俯冠〕　《晋书》"冠"作"观"，梁谓是误字。

〔108〕〔不乏〕　《晋书》"乏"作"止"。

〔109〕〔身逾逸而名逾劭〕　六臣本"逾"作"愈"，注云："善本作'逾'字。"

〔110〕〔注：《尔雅注》云云〕　今《尔雅》郭璞注及《释文》皆无此文。梁谓袁本作"《小雅》曰"，是也。所引乃《小尔雅·广诂》文。

〔111〕〔彼之〕　《晋书》"彼"字上有"而"字。

〔112〕〔衅〕　尤氏原本作"釁"，《晋书》同。六臣亦本作"釁"，注云："善本作'衅'字。"胡刻盖依六臣本注改。

〔113〕〔山岳〕　《晋书》"岳"作"嶽"。

〔114〕〔注：《论语》云云〕　见《子罕》。

〔115〕〔猒〕 古钞本作"饜"，《晋书》作"厌"。

〔116〕〔注：《毛诗》云云〕 见《大雅·桑柔》。

〔117〕〔故聊赋焉〕 《晋书》"聊"下有"为"字。

〔118〕〔寤云〕 古钞本"云"下有"尔"字。

广绝交论（卷五十五·论） 刘孝标

广绝交论[1]

刘璠《梁典》曰："刘峻见任昉诸子西华兄弟等，流离不能自振，生平旧交，莫有收恤。西华冬月着葛布帔练裙，路逢峻，峻泫然矜之。乃广朱公叔《绝交论》。到溉见其论，抵几于地，终身恨之。"[2]

刘孝标

客问主人曰：朱公叔《绝交论》，为是乎？为非乎？

此假言也。为是为非，疑而问之也。范晔《后汉书》曰："朱穆，字公叔。为侍御史，感俗浇薄，慕尚敦笃，著《绝交论》以矫之。稍迁至尚书。卒，赠益州刺史。"[3]

主人曰：客奚此之问？

奚，何也，何故有此问也。未详其意，故审覆之也。

客曰：夫草虫鸣则阜螽跃，雕虎[4]啸而清风起。

欲明交道不可绝，故陈四事以喻之。《毛诗》曰："喓喓草虫，趯趯阜螽。"郑玄曰："草虫鸣，则阜螽跳跃而从之，异类相应也。"[5]雕虎，已见《思玄赋》。[6]《淮南子》曰："虎啸而谷风至，龙举而景云属。"许慎曰："虎，阴中

阳兽，与风同类也。"〔7〕

故细缊〔8〕相感，雾涌云蒸；嘤鸣相召，星流电激〔9〕。

元气相感，雾涌云蒸以相应；鸟鸣相召，星流电激以相从：言感应之远也。《周易》曰："天地细缊，万物化醇。"〔10〕《淮南子》曰："山云蒸而柱础润。"〔11〕《毛诗》曰："伐木丁丁，鸟鸣嘤嘤。"郑玄云："其鸣之志，似于友道然。"〔12〕曹植《辩问》曰："游说之士，星流电耀。"〔13〕《答宾戏》曰："游说之徒，风扬电激。"〔14〕

是以王阳登则贡公喜，罕生逝而国子悲。

此明良朋也。良朋之道，情同休戚。故贡禹喜王阳之登朝，子产悲子皮之永逝也。《汉书》曰："王吉与贡禹为友，世称：王阳在位，贡禹弹冠。言其趣舍同也。"〔15〕罕生，子皮。国子，子产也。《左氏传》曰："子产闻子皮卒，哭且曰：'吾以无为为善，唯夫子知我也。'"〔16〕

且心同琴瑟，言郁郁于兰茝齿；道叶〔17〕胶漆，志婉娈于埙篪。

心和琴瑟，则言香兰茝；道合胶漆，则志顺埙篪：言和顺之甚也〔18〕。《毛诗》曰："妻子好合，如鼓瑟琴。"〔19〕曹子建《王仲宣诔》曰："好和琴瑟。"〔20〕郁郁，香也。《上林赋》曰："芳芳沤郁，酷烈淑郁。"〔21〕《楚辞》曰："兰茝幽而独芳。"〔22〕《周易》曰："同心之言，其臭如兰。"〔23〕范晔《后汉书》曰："陈重，字景公。雷义，字仲预。重少与义友，乡里为之语曰：'胶漆自谓坚，不如雷与陈。'"〔24〕班固《汉书》赞曰："婉娈董公。"〔25〕埙篪，已见《鹦鹉赋》。〔26〕

圣贤以此镂金版而镌盘盂，书玉牒〔27〕而刻钟鼎。

圣贤以良朋之道，故著简策而传之。太公《金匮》曰："屈一人之下，申万人之上。武王曰：'请著金版。'"〔28〕《墨子》曰："琢之盘盂，铭于钟鼎，传于后世。"〔29〕玉牒，已见上。〔30〕

若乃〔31〕匠人〔32〕辍成风之妙巧，伯子〔33〕息流波之雅引，

此言良朋之难遇也。《庄子》曰："庄子送葬，过惠子之墓，谓从者曰：郢人垩墁其鼻端若蝇翼，使匠石斫之，匠石运斤成风，听而斫之，尽垩而鼻不伤，郢人立不失容。宋元君闻之，召匠石曰：'尝试为寡人为之。'匠石曰：'臣则尝能斫之，虽然，臣质死久矣。'自夫子之死也，吾无以为质矣，吾无与言也。"〔34〕伯牙及雅引，已见上文。〔35〕

范张款款于下泉，尹班陶陶于永夕。

范晔《后汉书》曰："范式，字巨卿，少与张劭为友。劭字元伯。元伯卒，式忽梦见元伯，呼曰：'巨卿，吾以某日死，当以某时葬，永归黄泉。子未我忘，岂能相及？'式恍然觉悟，便服朋友之服，数其葬日，驰往赴之。既至圹，将窆，而柩不进。其母抚之曰：'元伯，岂有望邪？'遂停柩。移时，乃见素车白马号哭而来。其母望之，必范巨卿。既至，叩丧言曰：'行矣元伯，死生各异，永从此辞。'式执引，柩乃前。式遂留冢次，修坟种树，然后乃去。"〔36〕司马迁书曰："试欲效其款款之愚。"〔37〕王仲宣《七哀诗》曰："悟彼下泉人。"〔38〕《东观汉记》曰："尹敏与班彪相厚，每相与谈，常晏暮不食，昼即至冥，夜彻旦。彪曰：'相与久语，为

俗人所怪，然钟子期死，伯牙破琴，曷为陶陶哉？'"〔39〕

骆驿纵横，烟霏雨散。巧历所不知，心计莫能测。

骆驿纵横，不绝也。烟霏雨散，众多也。《鲁灵光殿赋》曰："纵横骆驿，各有所趣。"〔40〕陆机《列仙赋》曰："腾烟雾之霏霏。"〔41〕《剧秦美新》曰："雾集雨散。"〔42〕《庄子》曰："巧历不能得，而况凡乎？"〔43〕《汉书》曰："桑弘羊，雒阳贾人子，以心计，年十三，侍中。"〔44〕

而朱益州汨彝叙，粤谟训〔45〕，捶直切，绝交游，比黔首〔46〕以鹰鹯，媲人灵于豺虎。蒙有猜焉，请辨〔47〕其惑。

言朋友之义，备在典谟。公叔乱常道而绝之，故以为疑也。《尚书》曰："彝伦攸叙。"〔48〕又曰："圣有谟训。"〔49〕《家语》：孔子曰："祁奚对平公云：'羊舌大夫信而好直其切也。'"王肃曰："言其切直也。"〔50〕《尔雅》曰："丁丁，嘤嘤，相切直也。"〔51〕《列子》曰："公孙穆屏亲昵，绝交游。"〔52〕司马迁书曰："交游莫救视。"〔53〕鹰鹯豺虎，贪残而无亲也。黔首，已见《过秦论》。〔54〕《左氏传》：太史克曰："见无礼于其君者，诛之如鹰鹯之逐鸟雀。"〔55〕《尔雅》曰："媲，妃也。"〔56〕《尚书》曰："惟人万物之灵。"〔57〕杜夷《幽求子》曰："不仁之人，心怀豺虎。"〔58〕《长杨赋》曰："蒙切惑焉。"〔59〕《论语》：子张曰："敢问崇德辨惑。"〔60〕

主人听_鱼谨然而笑〔61〕曰：客所谓抚弦徽音，未达燥湿变响；张罗沮泽，不睹鸿雁云飞〔62〕。

言朋友之道，随时盛衰，醇则志叶断金，醨则昌言交绝。今以绝交为惑，是未达随时之义。犹抚弦者未知变响，张罗者不睹云飞。谬之甚也。《上林赋》曰："亡是公听然而笑。"[63]郑玄《礼记注》曰："抚，以手按之也。"[64]许慎《淮南子注》曰："鼓琴循弦，谓之徽也。"[65]《韩诗外传》曰："赵遣使于楚，临去，赵王谓之曰：'必如吾言辞。'时赵王方鼓琴，使者因跪曰：'大王鼓琴，未有如今日之悲也。请记其处，后将法焉。'王曰：'不可。夫时有燥湿，弦有缓急，徽柱推移，不可记也。'使者曰：'臣愚，请借此以譬之。何者？楚之去赵二千余里，变改万端，亦犹弦不可记也。'"[66]《难蜀父老》曰："鹪鹏已翔乎寥廓之宇，而罗者犹视乎薮泽，悲夫！"[67]沮泽，已见《蜀都赋》。[68]《吴都赋》曰："云飞水宿。"[69]

盖圣人握金镜，阐风烈，龙骧蠖屈，从道污隆。

言圣人怀明道而阐风教，如龙蠖之骧屈，盖从道之污隆也。《春秋孔录法》曰："有人卯金刀，握天镜。"[70]《雒书》曰："秦失金镜。"郑玄曰："金镜，喻明道也。"[71]《春秋考异邮》曰："后虽殊世，风烈犹合于持方。"宋均曰："持方，受命者名也。"[72]班固《汉书·韩彭述》曰："云起龙骧，化为侯王[73]。"蠖屈，已见潘正叔《赠王元况诗》。[74]《礼记》："子思曰：道隆则从而隆，道污则从而污。"郑玄曰："污，犹杀也。"[75]

日月联璧，赞覃覃之弘致；云飞电薄[76]，显棣华之微旨[77]。若五音之变化，济九成之妙曲。此朱生得玄珠于赤水[78]，谟神睿而为言。

日月联璧，谓太平也。云飞电薄，谓衰乱也。王者设教，从道污隆，太平则明亹亹微妙之弘致，道衰则显棣华权道之微旨。然则随时之义，理非一途也。若五音之变化，乃济九成之妙曲。今朱公叔绝交，是得矫时之义，此犹得玄珠于赤水，谟神睿而为言，谓穷妙理之极也。《易坤灵图》曰："至德之萌，日月若联璧。"[79]《周易》曰："定天下之吉凶，成天下之亹亹者，莫善于蓍龟。"王弼曰："亹亹，微妙之意也。"[80]郑玄《周礼注》曰："致，至也。"[81]《汉书》：高祖歌曰："大风起兮云飞扬。"[82]《淮南子》曰："阴阳相薄为雷，激而为电。"[83]《论语》曰："棠棣之华，偏其反而。"何晏曰："逸诗也。棠棣之华，反而后合，赋此诗，以言权反而后至于大顺也。"[84]《长笛赋》曰："五音代转。"[85]《尚书》曰："箫韶九成，凤皇来仪。"[86]《庄子》曰："黄帝游于赤水之北，遗其玄珠，乃使象罔求而得之。"司马彪曰："赤水，水假名。玄珠，喻道也。"[87]孔安国《尚书传》曰："谟，谋也。睿，圣也。"[88]

至夫组织仁义，琢磨道德。欢其愉乐，恤其陵夷。

此言良友每事相成，道德资以琢磨，仁义因之组织。居忧共戚，处乐同欢。仲长统《昌言》曰："道德仁义，天性也。织之以成其物，练之以成其情。"[89]《礼记》曰："如切如瑳，道学也。如琢如磨，自修也。"[90]《白虎通》曰："朋友之交，乐则思之，患则死之。"[91]陵夷，已见《五等论》。[92]

寄通灵台之下，遗迹江湖之上。风雨急而不辍其音，霜雪零而不渝其色。斯贤达之素交，历万古而一遇。

良朋款诚，终始若一，故寄通神于心府之下，遗迹相忘于江湖之上也。《庄子》曰："万恶不可内于灵台。"司马彪曰："心为神灵之台也。"[93]李陵书曰：

"人之相知，贵相知心。"〔94〕《庄子》曰："鱼相忘于江湖，人相忘于道术。"郭象曰："各自足，故相忘也。"〔95〕今引江湖，唯取相忘之义也。不辍其音，已见《辨命论》。〔96〕《庄子》曰："天寒既至，霜雪既降，吾是以知松柏之茂也。"〔97〕素，雅素也。万古一遇，难逢之甚也。

逮叔世民讹，狙诈飙起。溪谷不能逾其险，鬼神无以究其变。竞毛羽之轻，趋锥刀〔98〕之末。

上明良朋，此明损友也。《左氏传》：叔向曰："三辟之兴，皆叔世也。"〔99〕《毛诗》曰："民之讹言。"郑玄曰："讹，伪也。"〔100〕《汉书》曰："狙诈之兵。"《音义》曰："狙，伺人之间隙也。"〔101〕《答宾戏》曰："游说之徒，风飚电激，并起而救之。"〔102〕《庄子》："孔子曰：凡人之心，险于山川，难知于天。"〔103〕董仲舒《士不遇赋》曰："生不丁三代之盛隆兮，丁三季之末俗。鬼神不能正人事之变戾，圣贤亦不能开愚夫之违惑。"〔104〕《葛龚集》曰："龚以毛羽之身，戴丘山之施。"〔105〕《左氏传》：叔向曰："锥刀之末，将尽争之。"〔106〕

于是素交尽，利交兴。天上蚩蚩，鸟惊雷骇。

《毛诗》曰："氓之蚩蚩。"〔107〕《广雅》曰："蚩，乱也。"〔108〕崔寔《正论》曰："秦时赭衣塞路，百姓鸟惊无所归。"〔109〕《淮南子》曰："月行日动，电奔雷骇也。"〔110〕

然则〔111〕利交同源，派流则异。较角言其略，有五术焉：

《广雅》曰："较，明也。"〔112〕《韩诗》曰："报我不术。"薛君曰：

"术，法也。"〔113〕

若其宠钧董石，权压梁窦。

董贤、石显，已见《西京赋》。〔114〕权，犹势也。范晔《后汉书》曰："梁冀，字伯卓。为大将军，专擅威柄，凶恣日积。"〔115〕窦宪，已见范晔《宦者论》。〔116〕

雕刻百工，炉捶朱靡**万物。吐漱兴云雨，呼噏下霜露。九域耸其风尘，四海叠其熏灼。**

雕刻炉捶，喻造物也。〔117〕覆载天地，刻雕众形而不为巧。〔118〕《尚书》曰："百工惟时。"〔119〕《庄子》曰："黄帝之忘其智，皆在炉捶之间。"〔120〕《声类》曰："炉，火所居也。"〔121〕李颐《庄子音义》曰："捶，排口铁以灼火也。"〔122〕范晔《后汉书》曰："举动回山海，呼吸变霜露。"〔123〕九域，已见潘元茂《九锡文》。〔124〕《尔雅》曰："耸，惧也。"〔125〕夏侯湛《东方朔画赞》曰："彷佛风尘，用垂颂声。"〔126〕毛苌《诗传》曰："叠，惧也。"〔127〕《西征赋》曰："当恭显之任势也，曛灼四方，震耀都鄙。"〔128〕

靡不望影星奔，藉响川骛。鸡人始唱，鹤盖成阴；高门且开，流水接轸。

蔡伯喈《郭林宗碑》曰："于时绅佩之士，望形表而影附，聆嘉声而响和者，犹百川之归巨海，鳞介之宗龟龙也。"〔129〕《周礼》曰："鸡人，凡国事为期，则告之时。"郑玄曰："象鸡知时也。"〔130〕刘桢《鲁都赋》曰："盖如飞鹤，马似游鱼。"〔131〕高门，已见《辨命论》。〔132〕范晔《后汉书》：明德马后曰："前过濯龙门上，见外家问起居者，车如流水马如龙也。"〔133〕

皆愿摩顶至踵，隳胆[134]抽肠。约同要离焚妻子，誓殉荆卿湛沈七族[135]。是曰势交，其流一也。

《孟子》曰："墨子兼爱，摩顶放踵。"赵岐曰："放、至也。"[136]邹阳上书曰："见情素，隳肝胆。"[137]李颙诗曰："焦肺枯肝，抽肠裂膈。"[138]邹阳上书曰："荆轲沈七族，要离焚妻子，岂足为大王道哉。"[139]

富埒[140]陶白，赀巨程罗。山擅铜陵，家藏金穴。出平原而联骑，居里闬而鸣钟。

陶朱公，已见《过秦论》；程郑，已见《蜀都赋》。[141]《汉书》曰："白圭，周人也，乐观时变。天下言治生者祖白圭。"又曰："成都罗褒，赀至巨万。"[142]又曰："邓通，蜀郡人也。文帝赐通蜀严道铜山，得铸钱，邓氏钱布天下。"[143]扬雄《蜀都赋》曰："西有盐泉铁冶，橘林铜陵。"[144]范晔《后汉书》曰："光武帝郭皇后弟况，为大鸿胪，数赏赐金钱，京师号况家为金穴。"[145]连骑鸣钟，已见《西京赋》。[146]应劭《汉书注》曰："里门曰闬。"[147]

则有穷巷之宾，绳枢之士[148]。冀宵烛之末光，邀润屋之微泽。鱼贯凫跃[149]，飒沓鳞萃。分雁鹜之稻粱，沾玉斝之余沥。

《汉书》曰："陈平家贫，负郭穷巷，以席为门。"[150]《过秦论》曰："陈涉瓮牖绳枢之子。"[151]《战国策》曰："甘茂去秦，且之齐，出关，遇苏子曰：'君闻夫江上之处女乎？夫江上之处女，有家贫而无烛者，处女相与语，欲去之。家贫无烛者将去矣，谓处女曰：妾以无烛之故，常先扫室布席。何爱余明之照四壁者？

处女以为然，留之。今臣弃逐于秦，出关，愿为足下扫室布席，幸无我逐也。"〔152〕贾逵《国语注》曰："邀，求也。"〔153〕《礼记》曰："富润屋，德润身。"〔154〕贯鱼，已见鲍照《出自蓟北门行》。〔155〕潘岳《哀辞》曰："望归瞥见，凫藻踊跃。"〔156〕张衡《羽猎赋》曰："轻车飒沓。"〔157〕《西京赋》曰："鸟集鳞萃。"〔158〕《鲁连子》曰："君雁鹜有余粟。"〔159〕《韩诗外传》：田饶谓鲁哀公曰："黄鹄止君园池，啄君稻粱。"〔160〕《说文》曰："斝，玉爵也。"〔161〕《史记》：淳于髡曰："亲有严客，持酒于前，时赐余沥。"〔162〕

衔恩遇，进款诚。援青松以示心，指白水而旌信。是曰贿交，其流二也。

陆士龙《为顾彦先赠妇诗》曰："衔恩非望始。"〔163〕遇，谓以恩相接也。〔164〕秦嘉《妇诗》曰："何用叙我心，惟思致款诚。"〔165〕《礼记》曰："其在人也，如松柏之有心。"〔166〕周松《执友论》曰："推诚岁寒，功标松竹。"〔167〕《左氏传》：晋公子曰："所不与舅氏同心者，有如白水。"〔168〕

陆大夫宴喜〔169〕西都，郭有道人伦东国。公卿贵其籍甚，搢绅〔170〕羡其登仙。

《汉书》曰："高祖拜陆贾为太中大夫，陈平以钱五百万遗贾，为食饮费。贾以此游公卿间，名声籍甚。"〔171〕《音义》曰："狼籍甚盛也。"〔172〕《西征赋》曰："陆贾之优游宴喜。"〔173〕范晔《后汉书》曰："郭泰，字林宗，博通坟籍，善谈论。游洛阳。后归乡，诸儒送之，与李膺同舟而济，众宾望之，以为神仙。举有道不应。林宗虽善人伦，不为危言核论。"〔174〕东国，洛阳也。

加以頔^{羌锦}颐蹙頞，涕唾流沫。骋黄马之剧谈，纵碧鸡之雄辩〔175〕。

《解嘲》曰："蔡泽頔颐折頞，涕唾流沫，西揖强秦之相，而夺其位，时也。"〔176〕《庄子》曰："惠施，其言黄马骊牛三，辩者以此与惠施相应，终身无穷。"司马彪曰："牛马以二为三，兼与别也。曰马曰牛，形之三也。曰黄曰骊，色之三也。曰黄马，曰骊牛，形与色之三也。"〔177〕《蜀都赋》曰："剧谈戏论，扼腕抵掌。"〔178〕冯衍《与邓禹书》曰："衍以为写神输意，则聊城之说、碧鸡之辩，不足难也。"〔179〕王褒《碧鸡颂》曰："持节使者，敬移金精神马，飘飘碧鸡，归来归来，汉德无疆。黄龙见兮白虎仁，归来归来，可以为伦。归来翔兮，何事南荒也。"〔180〕

叙温郁〔181〕则寒谷成暄，论严苦则春丛零叶。飞沈出其顾指，荣辱定其一言。

毛苌《诗传》曰："燠，暖也。"〔182〕郁与燠古字通也。寒谷，已见颜延年《秋胡诗》。〔183〕王逸《楚辞注》曰："严，壮也。"〔184〕风霜壮谓之严。《说文》曰："苦，犹急也。"〔185〕张升《反论》曰："嘘枯则冬荣，吹生则夏落。"〔186〕荀爽《与李膺书》曰："任其飞沈，与时抑扬。"〔187〕《庄子》曰："手挠顾指，四方之民，莫不俱至。"〔188〕《周易》曰："枢机之发，荣辱之主。"〔189〕

于是有弱冠王孙，绮纨公子，道不挂于通人，声未遒于云阁。攀其鳞翼，丐其余论。附骐^{子朗骥}之旄端〔190〕，轶归鸿〔191〕于碣石。是曰谈交，其流三也。

弱冠，已见《辩亡论》。〔192〕《汉书》：漂母谓韩信曰："吾哀王孙而进食。"〔193〕又曰："班伯与王许子弟为群，在于绮襦纨袴之间。"〔194〕《论衡》曰："夫能该一经者为儒生，博览古今者为通人。"〔195〕应劭《汉书注》曰："遒，好也。"〔196〕应场《释宾》曰："子犹不能腾云阁，攀天衢。"〔197〕扬子《法言》曰："攀龙鳞，附凤翼。"〔198〕《子虚赋》曰："愿闻先生之余论。"〔199〕《说文》曰："驵，壮马也。"〔200〕《张敞集》曰："苍蝇之飞，不过十步。托骥之尾，乃腾千里之路。"〔201〕何休《公羊传注》曰："轶，过也。"〔202〕《淮南子》曰："冯迟、大丙之御也，过归鸿于碣石也。"〔203〕

阳舒阴惨，生民〔204〕大情；忧合欢离，品物恒性。

《西京赋》曰："人在阳时则舒，在阴时则惨。"〔205〕《庄子》曰："藏天下于天下，而不得所遁，是恒物之大情也。相煦以沫，忧合也。相忘江湖，欢离也。"〔206〕《周易》曰："品物咸亨。"〔207〕

故鱼以泉涸而煦沫〔208〕，鸟因将死而鸣哀〔209〕。

《庄子》曰："泉涸，鱼相与处于陆，相煦以湿，相濡以沫。"〔210〕《论语》：曾子曰："鸟之将死，其鸣也哀。"〔211〕

同病相怜，缀河上之悲曲；恐惧置怀，昭《谷风》之盛典。

《吴越春秋》曰："伯嚭来奔于吴，子胥请以为大夫。吴大夫被离承宴问子胥曰：'何见而信伯嚭乎？'子胥曰：'吾之怨与嚭同。'子闻河上之歌者乎：同病相怜，同忧相救；惊翔之鸟，相随而集；濑下之水，回复俱流。谁不爱其所近，悲其所思者乎？"〔212〕《诗·谷风》曰："将恐将惧，置予于怀。"〔213〕

斯则断金由于湫隘，刎颈起于苦盖。

《周易》曰："二人同心，其利断金。"〔214〕《左氏传》曰："景公欲更晏子之宅，曰：'子之宅湫隘嚣尘。'"〔215〕《汉书》曰："张耳陈余，相与为刎颈之交。"〔216〕《左氏传》：范宣子数戎子驹支曰："乃祖吾离，被苫盖。"〔217〕

是以伍员濯溉于宰嚭浦儿，张王抚翼于陈相。是曰穷交，其流四也。

言宰嚭由伍员濯溉而荣显，嚭既贵而潜员；陈余因张耳抚翼而奋飞，余既尊而袭耳：故曰穷交也。《毛诗》曰："可以濯溉。"〔218〕《说文》曰："濯，浣也。"〔219〕毛苌《诗》曰："溉，灌也。"〔220〕在于贫贱，类乎泥滓，縻之好爵，同于濯溉。《史记》曰："伍子胥者，楚人，名员。楚王诛员父奢，子胥往吴。阖庐既立，得志，以子胥为行人。楚又诛大臣伯州犁，州犁之孙亡奔吴。亦以嚭为大夫。"〔221〕《吴越春秋》曰："帛否来奔于吴，王阖庐问伍子胥：'帛否何如人也？'伍子胥对：'帛否者，楚州犁孙，楚平王诛州犁，否因惧出奔，闻臣在吴而来。'吴王因子胥请帛否以为大夫，与之谋于国事。"〔222〕《史记》曰："阖庐死，夫差既立，以伯嚭为太宰。吴败越于会稽，大夫种厚币遗吴太宰请和，将许之。子胥谏，不听。太宰既与子胥有隙，因谗子胥。王乃使赐子胥属镂之剑，乃自刎。"〔223〕《左氏传》曰："哀公会吴橐睪，吴子使太宰嚭请寻盟。"〔224〕然本或作伯喜，或作帛否，或作太宰嚭，字虽不同，其人一也。〔225〕班固《汉书》述曰："张陈之交，好如父子，携手遁秦，抚翼俱起。"〔226〕

驰骛之俗〔227〕，浇薄之伦〔228〕，无不操权衡，秉纤纩。衡所以揣其轻重，纩所以属其鼻息。若衡不能举，纩不

能飞，虽颜冉龙翰凤雏，曾史兰薰雪白，

《阮子政论》曰："交游之党，为驰骛之所废。"〔229〕《淮南子》曰："浇天下之淳。"许慎曰："浇，薄也。"〔230〕《汉书》曰："衡，平也。权，重也。衡所以任权，而钧物平轻重也。"〔231〕郑众《考工注》曰："称锤曰权。"〔232〕郑玄《尚书注》曰："称上曰衡。"〔233〕《尚书》曰："厥篚织纩。"〔234〕《说文》曰："纩，量也。"〔235〕《仪礼》曰："属纩以候气。"〔236〕《运命论》曰："颜冉大贤。"〔237〕《魏志》：崔琰曰："邴原张范，所谓龙翰凤翼。"〔238〕习凿齿《襄阳记》曰："旧目诸葛孔明为卧龙，庞士元为凤雏。"〔239〕曾，曾参；史，史鱼也。《庄子》曰："削曾史之行，钳杨墨之口。"〔240〕《魏都赋》曰："信陵之名兰芬也。"〔241〕葛龚《荐郑彦文》曰："雪白冰折，皦然曜世也。"〔242〕

舒向金玉渊海，卿云黼黻河汉，

言舒向之辞，同于渊海也。《论衡》曰："儒世之金玉。"〔243〕又曰："刘子骏汉朝之智囊，笔墨之渊海。"〔244〕言卿云之文，类于河汉也。《论衡》曰："绣之未刺，锦之未织，恒丝庸帛，何以异哉？加五彩之巧，施针缕之饰，文章玄耀，黼黻华虫，学士有文章，犹丝帛之有五色之巧也。"〔245〕又曰："汉诸儒作书者，以司马长卿、扬子云，河汉也，其余泾渭也。"〔246〕

视若游尘，遇同土梗。莫肯费其半菽，罕有落其一毛。

游尘、土梗，喻轻贱也。左太冲《咏史诗》曰："视之若埃尘。"〔247〕嵇含《司马谏》曰："命危朝露，身轻游尘。"〔248〕《庄子》：魏文侯曰："吾所学者，真土梗耳。"司马彪曰："梗，土之榛梗也。"〔249〕《汉书》：项羽曰："岁饥人

贫，卒食半菽。"〔250〕《孟子》曰："杨氏为我，拔一毛而利天下，不为也。"〔251〕

若衡重锱铢，纩微蔽飘撇^{灭匹}，虽共工之搜慝，驩兜之掩义，南荆之跋扈，东陵之巨猾，

锱铢，已见任彦升《弹曹景宗文》。〔252〕侯瑾《筝赋》曰："微风影擎，泠气轻浮。"〔253〕《左氏传》：季孙行父曰："少昊氏有子，靖潜庸回，伏谗搜慝。"杜预曰："谓共工也。搜，隐；慝，恶也。"〔254〕《左氏传》：季孙行父曰："帝鸿氏有子，掩义隐贼，好行凶德。"杜预曰："谓驩兜也。"〔255〕南荆，谓楚也。《演连珠》曰："南荆有寡和之歌。"〔256〕《韩子》：庄周子谓楚庄王曰："庄蹻为盗于境内，吏不能禁。"〔257〕《西京赋》曰："睢盱跋扈。"〔258〕东陵，盗跖也，已见任昉《王俭集序》。〔259〕《东京赋》曰："巨猾间釁。"〔260〕蹻，其略切。

皆为蒲匋逶迤〔261〕，折枝舐痔。金膏翠羽将其意，脂韦便辟^{亦婢}导其诚。

《说文》曰："逶迤，邪行去也。"〔262〕《史记》曰："苏秦笑谓嫂：'何前踞而后恭？'嫂逶迤蒲服而谢曰：'见季子位高金多也。'"〔263〕《孟子》曰："为长者折枝，语人曰：吾不能。是不为也，非不能也。"赵岐曰："折枝，案摩，折手节，解罢枝也。"〔264〕《庄子》：谓宋人曹商曰："秦王有病，召医。破痈溃痤者得车一乘，舐痔者得车五乘。子岂疗其痔邪？"〔265〕金膏，已见《江赋》。〔266〕《汉书》曰："繇王闽侯，亦遗江都王建犀甲翠羽。"〔267〕《毛诗序》曰："又实币帛，以将其厚意。"郑玄曰："将，助也。"〔268〕《楚辞》曰："如脂如韦。"王逸曰："柔弱曲也。"〔269〕《论语》：孔子曰："损者三友，友便僻，损矣。"〔270〕

故轮盖所游，必非夷惠之室；苞苴所入，实行张霍之家。谋而后动，毫芒[271]寡忒。是曰量交，其流五也。

《礼记》曰："苞苴、箪笥，问人者。"郑玄曰："苞苴，裹鱼肉者也，或以苇，或以茅。"[272]张，张安世；霍，霍光也。[273]《答宾戏》曰："锐思毫芒之内。"[274]

凡斯五交，义同贾鬻。故桓谭譬之于阛阓，林回喻之于甘醴。

杜预《左氏传注》曰："贾，买也。"[275]郑众《周礼注》曰："鬻，卖也。"[276]谭集及《新论》并无以市喻交之文。《战国策》："谭拾子谓孟尝君曰：'得无怨齐士大夫乎？'孟尝君曰：'然。'谭拾子曰：'富贵则就之，贫贱则去之。请以市喻。市朝则满，夕则虚。非朝爱市，而夕憎之也，求存故往，亡故去。愿君勿怨。'"然此以市喻交，疑"拾"误为"桓"，遂居"谭"上耳。[277]《庄子》：林回曰："君子之交淡若水，小人之交甘如醴。"司马彪曰："林回，人姓名也。"[278]

夫寒暑递进，盛衰相袭。或前荣而后悴，或始富而终贫，或初存而末亡，或古约而今泰。循环翻覆，迅若波澜。

《周易》曰："寒往则暑来，暑往则寒来。"[279]盛衰，已见《琴赋》。[280]《说文》曰："袭，因也。"[281]《说苑》：雍门周对孟尝君曰："臣之能令悲者，先贵而后贱，古富而今贫。"[282]《笙赋》曰："有始泰终约，前荣后悴。"[283]《尚书大传》曰："三王之统，若循连环，周则复始，穷则反本。"[284]陆机《乐府

诗》曰："休咎相乘蹑，翻覆若波澜。"〔285〕

此则殉利〔286〕之情未尝异，变化之道不得一。由是观之，张陈所以凶终，萧朱所以隙末。断焉可知矣〔287〕。

言贪利情同，谲诈殊道也。范晔《后汉书》：王丹曰："交道之难，未易言也。张陈凶其终，萧朱隙其末，故知全之者鲜矣。"〔288〕《汉书》："萧育，字次君。朱博，字子元。育少与博为友，故长安语曰：'萧朱结绶，王贡弹冠。'言相荐达也。后育为九卿，博先至丞相，与博有隙也。"〔289〕

而翟公方规规然勒门以箴客，何所见之晚乎？

《庄子》曰："规规然自失也。"〔290〕《汉书》曰："下邽翟公为廷尉，宾客亦复填门。及废，门外可设爵罗。后复为廷尉，宾客欲往，翟公大署其门曰：'一死一生，乃知交情；一贫一富，乃知交态；一贵一贱，交情乃见。'"〔291〕《谷梁传》曰："至城下然后知，何知之晚也。"〔292〕

因此〔293〕五交，是生三衅：

杜预《左氏传注》曰："衅，瑕隙也。"〔294〕

败德殄义，禽兽相若。一衅也。

《尚书》曰："侮慢自贤，反道败德。"〔295〕《史记》：卫平曰："天有五色，以辩白黑，人民莫知辨也，与禽兽相若也。"〔296〕

难固易携，仇讼所聚。二衅也。

杜预《左氏传注》曰："携，离也。"〔297〕

名陷饕餮，贞介所羞。三衅也。

饕餮，已见上。〔298〕《汉书》赞曰："势利之交，古人羞之。"〔299〕

古人知三衅之为梗，惧五交之速尤。

毛苌《诗传》曰："梗，病也。"〔300〕又曰："速，召也。"〔301〕

故王丹威子以楱楚，朱穆昌言而示绝。有旨哉〔302〕！有旨哉！

有梁之初，淳风已丧。俗多驰竞，人尚浮华。故叙叔世之交情，刺当时之轻薄。朱生示绝，良会其宜。重言之者，叹美之至。范晔《后汉书》曰："王丹，字仲回。其子有同门生丧亲，家在中山，白丹欲奔慰。丹怒而挞之，令寄缣以祠焉。"〔303〕《礼记》曰："夏楚二物，收其威也。"郑玄曰："夏，榎也；楚，荆也。"〔304〕夏与楱古今字也。昌言，已见王元长《策秀才文》。〔305〕《孙绰子》曰："庄多寄言，浑沌得宗，罔象得珠，旨哉言乎？"〔306〕

近世有乐安任昉，海内髦杰。早绾银黄，夙昭民誉。

《汉书》："上以书敕责杨仆曰：'怀银黄，垂三组，夸乡里。'"〔307〕《左氏传》曰："晋悼公即位，六官之长，皆民誉也。"〔308〕

遒文丽藻，方驾曹王。英跱〔309〕俊迈，联横〔310〕许郭。类田文之爱客，同郑庄之好贤。

《孙绰集序》曰："绰文藻遒丽。"〔311〕方驾，已见《西京赋》。〔312〕曹王，子建、仲宣也。《魏志》曰："崔琰谓司马朗：'子之弟刚断英跱。'"〔313〕裴松之案："跱，或作特，窃谓英特为是。"〔314〕《辩亡论》曰："武将连衡。"〔315〕范晔《后汉书》曰："许劭少峻名节，好人伦，多所赏识。故天下言拔士者，咸称许郭。"〔316〕《史记》曰:"孟尝君名文,姓田氏。在薛招致诸侯宾客,食客数千人。"〔317〕《汉书》曰:"郑当时,字庄。为大司农,每朝,候上问说,未尝不言天下长者。"〔318〕班固述曰:"庄之推贤,于兹为德。"〔319〕

见一善则盱衡扼腕〔320〕,遇一才则扬眉抵掌。雌黄出其唇吻,朱紫由其月旦。

《孟子》曰:"舜闻一善言,见一善行,若决江河,沛然莫之能御。"〔321〕盱衡,已见《魏都赋》。〔322〕扼腕,已见《蜀都赋》。〔323〕《大戴礼》曰:"孔子愀然扬眉。"〔324〕《战国策》曰:"苏秦说赵王,抵掌而言。"〔325〕孙盛《晋阳秋》曰:"王衍,字夷甫,能言,于意有不安者,辄更易之,时号'口中雌黄'。"〔326〕《东观汉记》曰:"汝南太守宗资等,任用善士,朱紫区别。"〔327〕范晔《后汉书》曰:"许子将与从兄靖,俱有高名,好共核论乡党人物,月旦辄更品题,故汝南俗有月旦评焉。"〔328〕

于是冠盖辐凑,衣裳云合;辎辫击轊为岁,坐客恒满。蹈其阃阈,若升阙里之堂;入其隩隅,谓登龙门之坂。

西都宾曰:"冠盖如云。"〔329〕《汉书》曰:"郡国辐凑,浮食者多。"〔330〕《解嘲》曰:"天下之士,雷动云合。"〔331〕范晔《后汉书》曰:"袁绍宾客所归,辎辫比毂,填接街陌。"〔332〕《说文》曰:"辫,车前衣;车后为辎。"〔333〕《史记》:"苏秦曰:临菑之途,车毂相击。"〔334〕《说文》曰:"轊,车轴端。"〔335〕范晔《后汉书》:孔融曰:"座上客恒满。"〔336〕郑玄《礼记注》曰:"阃、阈,皆门限也。"〔337〕阙里,孔子所居也。升堂入隩,已见孔融《荐祢衡表》。范晔《后汉

书》曰："李膺，字元礼，独持风裁，士有被其容接者，名为登龙门。"〔338〕

至于顾眄增其倍价，剪拂使其长鸣。绲组〔339〕云台者摩肩，趋走丹墀者叠迹。

《战国策》：苏代说淳于髡曰："客有谓伯乐曰：臣有骏马欲卖之，比三旦而立于市，人莫与言。愿子还而视之，去而顾之。臣请献一朝之费。伯乐乃旋视之，去而顾之，一旦而马价十倍。"〔340〕又："汗明说春申君曰：'夫骥服盐车，上太行中坂，迁延负辕，不能上。伯乐遭之，下车，攀而哭之，骥于是迎而鸣者，何也？彼见伯乐之知己。今仆居鄙俗之日久矣，君独无渊拔仆也。'"〔341〕渊拔、剪拂，音义同也。〔342〕长鸣，已见刘琨《答卢谌诗》。〔343〕云台，已见《辩命论》。〔344〕《史记》：苏秦说齐王曰："临菑之途，人肩相摩。"〔345〕《汉典职仪》曰："以丹漆地，故称丹墀。"〔346〕《吴都赋》曰："跃马叠迹。"〔347〕

莫不缔恩狎，结绸缪。想惠庄〔348〕之清尘，庶羊左之徽烈。

《过秦论》曰："合从缔交。"〔349〕《礼记》曰："贤者狎而敬之。"郑玄曰："狎，习也，近也。"〔350〕李陵诗曰："独有盈觞酒，与子结绸缪。"〔351〕《淮南子》曰："惠施死而庄子寝说，言世莫可为语也。"〔352〕《楚辞》曰："日闻赤松之清尘。"〔353〕《烈士传》曰："阳角哀、左伯桃为死友，闻楚王贤，往寻之，道遇雨雪，计不俱全，乃并衣粮与角哀，入树中死。"〔354〕应璩《与王将军书》曰："雀鼠虽愚，犹知徽烈。"〔355〕

及瞑目东粤，归骸洛浦。缌帐犹悬，门罕渍酒之彦；坟未宿草，野绝动轮之宾。

东粤，谓新安，昉死所也。洛浦，谓归葬扬州也。《庄子》曰："夫差暝目东粤。"[356]《楚辞》曰："归骸旧邦莫谁语。"[357]魏武遗令曰："于台堂上，施六尺床，缫帐。"[358]谢承《后汉书》曰："徐稚，字孺子，前后州郡选举，诸公所辟，虽不就，有死丧，负笈赴吊。常于家预炙鸡一只，一两绵渍酒，日中曝干，以裹鸡。径到所赴冢隧外，以水渍之，使有酒气。升米饭，白茅藉，以鸡置前。酹酒毕，留谒即去，不见丧主。"[359]《礼记》曰："朋友之墓，有宿草而不哭焉。"[360]动轮，范式也，已见上文。[361]

藐尔诸孤，朝不谋夕。流离大海之南，寄命嶂疠[362]之地。

诸孤，昉子也。刘璠《梁典》曰："昉有子东里、西华、南客、北叟，并无术学，坠其家业。"[363]《左氏传》：晋献公曰："以是藐诸孤。"[364]又：赵孟曰："朝不谋夕，何可长也。"[365]李陵《与苏武书》曰："流离辛苦，几死朔北之野。"[366]范晔《后汉书》：朱勃上书曰："士人饥困，寄命漏刻。"[367]《蒋子万机论》曰："许文休东渡江，乃在嶂气之南。"[368]《梁典》不言昉子远之交桂。今言大海之南者，盖言流离之甚也。[369]

自昔把臂之英，金兰之友，曾无羊舌下泣之仁，宁慕郈成分宅之德。

此谓到洽兄弟也。刘孝标《与诸弟书》曰："任既假以吹嘘，各登清贯。任云亡未几，子侄漂流沟渠，洽等视之攸然，不相存赡。平原刘峻疾其苟且，乃广朱公叔

《绝交论》焉。"〔370〕《东观汉记》曰:"朱晖同县张堪,有名德,每与相见,常接以友道。晖以堪宿成名德,未敢安也。堪至把晖臂曰:'欲以妻子托朱生。'堪后物故,南阳饿,晖闻堪妻子贫穷,乃自往候视。见其困厄,分所有以赈给之,岁送谷五十斛,帛五匹,以为常。"〔371〕羊舌氏,叔向也。《春秋外传》曰:"叔向见司马侯之子,抚而泣之曰:'自此父之死也,吾蔑与比事君也。昔者,此其父始之,我终之,我始之,夫子终之。'"〔372〕《孔丛子》曰:"邵成子自鲁聘晋,过于卫,右宰穀臣止而觞之,陈乐而不作,酬毕而送以璧,成子不辞。其仆曰:'不辞,何也?'成子曰:'夫止而觞我,亲我也。陈乐不作,告我哀也。送我以璧,托我也。由此观之,卫其乱矣。'行三十里而闻卫乱作,右宰穀臣死之。成子于是迎其妻子,还其璧,隔宅而居之。"〔373〕

呜呼! 世路险巇许宜,一至于此! 太行孟门,岂云崭绝!

卢谌诗曰:"山居是所乐,世路非我欲。"〔374〕《楚辞》曰:"何周道之平易兮,然芜秽而险巇。"王逸曰:"险巇,犹颠危也。"〔375〕孟门、太行,二山名也。〔376〕《史记》曰:"殷纣之国,左孟门,右太行也。"〔377〕

是以耿介之士,疾其若斯。裂裳裹足,弃之长骛。独立高山之顶,欢与麋鹿同群,皦皦然绝其雾浊,诚耻之也! 诚畏之也!

耿介之士,峻自谓也。《韩子》曰:"耿介之士寡,而商贾之人多。"〔378〕《墨子》曰:"公输欲以楚攻宋,墨子闻之,自鲁往,裂裳裹足,十日至郢。"〔379〕

曹植《应诏诗》曰:"弭节长骛。"〔380〕郭象《庄子注》曰:"亢然独立高山之顶。"〔381〕《楚辞》曰:"高山崔巍兮水汤汤,死日将至兮与麋鹿同坑。"〔382〕《论语》:"子曰:鸟兽不可与同群。"孔安国曰:"隐居山林,是同群也。"〔383〕范晔《后汉书》曰:"皦皦者易污。"〔384〕《楚辞》曰:"吸精气而吐雾浊兮。"〔385〕《说文》曰:"雾亦氛字。"〔386〕

〔校释〕

〔1〕〔《广绝交论》〕 此文又载《梁书》卷十四、《南史》卷五十九《任昉传》,今用以比校。

〔2〕〔注:刘璠云云〕 刘璠《梁典》三十卷,已详《恨赋》校释。"葛布帔练裙",六臣本无"布"字,此似衍文。案:《梁典》所载刘峻作《广绝交论》事,《梁书》《南史·任昉传》亦及之,而《南史》尤详。《梁书》云:"初,昉立于士大夫间,多所汲引。有善己者,则厚其声名。及卒,诸子皆幼,人罕赡恤之。平原刘孝标为著论。"《南史》云:"(昉)有子东里、西华、南容、北叟,并无术业,坠其家声。兄弟流离,不能自振。生平交友,莫有收恤。西华冬月著葛帔练裙。道逢平原刘孝标,泫然矜之,谓曰:我当为卿作计。乃著《广绝交论》以讥其旧友。……到溉见其论,抵之于地,终身恨之。"《梁典》《南史》所言到溉事,文中注引刘孝绰(注误作标,详下校释)《与诸弟书》亦及之。《梁书·到溉传》云:"溉少孤贫,与弟洽俱聪敏有才学,早为任昉所知,由是声名益广。"是到溉确为任昉所汲引者也。《中说·王道》:"子见刘孝标《广绝交论》,曰:'惜乎,誉任公

而毁之也。任公于是乎不可谓知人矣。'"然此文之所慨叹者,在于"世路险巇",但以为"誉任公",殊非主旨。王通不过假此题以品论人物耳。李兆洛《骈体文钞》卷二十评此文云:"以刻酷摅其愤慨,真足以状难状之情。《送穷》《乞巧》,皆其支流也。"

〔3〕〔注:范晔云云〕 案:《后汉书》朱穆事附在其祖父《朱晖传》中。此所引系节文。"慕",六臣本作"莫",《考异》云:"作莫是也。"《朱晖传》载穆事云:"同郡赵康叔盛者,隐于武当山,清静不仕,以经传教授。穆时年五十,乃奉书称弟子。及康殁,丧之如师。其尊德重道,为当时所服。常感时浇薄,慕尚敦笃,乃作《崇厚论》。……又著《绝交论》,亦矫时之作。"李贤注引《穆集》载《绝交论》之大略,又引《与刘伯宗绝交书》及《诗》,云:"盖因此而著论也。"

〔4〕〔雕虎〕 《南史》"雕"作"彫"。

〔5〕〔注:《毛诗》……应也〕 见《召南·草虫》。

〔6〕〔注:雕虎……《思玄赋》〕 《思玄赋》注引《尸子》:"余左执太行獶,而右搏雕虎。"又见《西京赋》《蜀都赋》《七命》《橄豫州文》等注引。汪辑《尸子》入卷下。

〔7〕〔注:《淮南子》云云〕 见《天文》;许注又见《御览》九二九及《事类赋·风》引。

〔8〕〔细缊〕 《南史》作"氛氲"。

〔9〕〔电激〕 《梁书》"激"作"击"。

〔10〕〔注:《周易》……化醇〕 见《系辞下》。《说文·壸部》:"壼,壼

蠱也。从凶，从壶，壶不得渫也。《易》曰：天地蠱蠱。"段注："今《周易》作'絪缊'，他书作'烟煴'、'氤氲'。蔡邕注《典引》曰：'烟烟煴煴，阴阳和一，相扶貌也。'张载注《鲁灵光殿赋》曰：'烟煴，天地之蒸气也。'《思玄赋》旧注曰：'烟煴，和貌。'许据《孟氏易》作'蠱蠱'，乃其本字，他皆俗字也。许释之曰'不得渫也'者，谓元气浑然，吉凶未分，故其字从吉凶，在壶中，会意。"

〔11〕〔注：《淮南子》……础润〕 见《说林》。

〔12〕〔注：《毛诗》……道然〕 见《小雅·伐木》。

〔13〕〔注：曹植……电耀〕 此文仅存散句，已收入《曹集铨评》所附《曹集逸文》。

〔14〕〔注：《答宾戏》云云〕 见本书卷四十五。

〔15〕〔注：《汉书》……同也〕 见《王贡两龚鲍传》，今本"贡禹弹冠"作"贡公弹冠"，"趣舍"作"取舍"。此注为正文"王阳"训释，引《汉书》不当节去"王吉字子阳"一句。

〔16〕〔注：《左氏传》云云〕 见昭公十三年。今本"吾以"作"吾已"，"善"下有"矣"字。罕虎字子皮，见襄公三十年《传》注。子皮为公子喜之孙，喜字子罕，故以王父字为罕氏。子产为公子发之子，未得氏，故称公孙侨。公子发字子国，故子产之子国参（见哀公五年《传》），亦以王父字为氏。此云国子，盖从子族也。

〔17〕〔道叶〕 六臣本"叶"下注云："五臣本作'协'字。"

〔18〕〔注：言和顺之甚也〕 六臣本"言"上有"盖兰茝垧篪"五字。

〔19〕〔注：《毛诗》……瑟琴〕　见《小雅·常棣》。

〔20〕〔注：曹子建……琴瑟〕　见本书卷五十六。

〔21〕〔注：《上林赋》……淑郁〕　见本书卷八。六臣本"芳芳"作"芳香"，《考异》以为是。梁云："本书《上林赋》作'芬芳'，《史记》作'芬香'，'芳芳'固误，'芳香'亦非。"

〔22〕〔注：《楚辞》……独芳〕　见《九章·悲回风》。

〔23〕〔注：《周易》……如兰〕　见《系辞上》。

〔24〕〔注：范晔……与陈〕　见《独行传》。

〔25〕〔注：班固……董公〕　见《汉书·叙传》。陈景云校"赞"作"述"。

〔26〕〔注：坱圠云云〕　《鹦鹉赋》注引《诗·小雅·何人斯》，详彼赋校释。

〔27〕〔玉牒〕　古钞本"牒"作"谍"，六臣本同，而下注"牒"字。

〔28〕〔注：太公……金版〕　此《金匮》佚文，《全上古三代文》收入卷七。

〔29〕〔注：《墨子》……后世〕　此并用《兼爱下》《天志中》《鲁问》三篇文。

〔30〕〔注：玉牒……见上〕　六臣本引《东观汉记》："封禅其玉牒文秘。"此文聚珍本辑入卷五《郊祀志》。又引《说文》："牒，记也。"今本《片部》云："牒，札也。"（《言部》："谍，军中反间。"亦无"记也"之文。）

〔31〕〔若乃〕 《梁书》无"乃"字。

〔32〕〔匠人〕 《南史》"人"作"石"。

〔33〕〔伯子〕 《梁书》《南史》"子"作"牙"。

〔34〕〔注：《庄子》……言也〕 见《徐无鬼》。

〔35〕〔注：伯牙云云〕 六臣本引《吕氏春秋》："伯牙鼓琴，意在泰山。钟子期曰：'善哉，巍巍若泰山。'俄而志在流水。子期曰：'善哉，汤汤乎若流波。'子期死，伯牙破琴绝弦，终身不复鼓琴，以为世无赏音者。"案：此引《本味》，其事又见《列子·汤问》、《淮南子·修务》、《韩诗外传》卷九、《说苑·尊贤》。

〔36〕〔注：范晔……乃去〕 见《独行传》。

〔37〕〔注：司马迁……之愚〕 《报任少卿书》，见本书卷四十一。陈校"试"为"诚"字之误。

〔38〕〔注：王仲宣……泉人〕 见本书卷二十三。

〔39〕〔注：《东观汉记》云云〕 聚珍本辑入卷十六《尹敏传》内。今范晔《后汉书·儒林·尹敏传》亦略记此事。

〔40〕〔注：《鲁灵光殿赋》……所趣〕 见本书卷十一。

〔41〕〔注：陆机……霏霏〕 陆机《列仙赋》载在《艺文类聚》卷七十八，乃节文，无此句。《全晋文》卷九十七收入此语。

〔42〕〔注：《剧秦美新》……雨散〕 见本书卷四十八。

〔43〕〔注：《庄子》……凡乎〕 见《齐物论》。今本"凡"上有"其"字。

〔44〕〔注：《汉书》云云〕 见《食货志》。

〔45〕〔粤谟训〕　《梁书》"粤"作"越"。张铣云："'粤'当为'越'。"《笺证》："'粤'与'越'古字通，此以'粤'为之，则义训为逾，言逾越谟训也。"

〔46〕〔比黔首〕　《梁书》《南史》"比"作"视"。

〔47〕〔请辨〕　古钞本"辨"作"辩"，《南史》同。

〔48〕〔注：《尚书》……攸叙〕　见《洪范》。

〔49〕〔注：又曰……谟训〕　见《胤征》。

〔50〕〔注：《家语》……直也〕　此《弟子行》节文。

〔51〕〔注：《尔雅》……直也〕　见《释训》。

〔52〕〔注：《列子》……交游〕　见《杨朱》。

〔53〕〔注：司马迁……救视〕　《报任少卿书》，见本书卷四十一。

〔54〕〔注：黔首……《过秦论》〕　六臣本引李斯曰："秦更名曰黔首。"案："秦更名曰黔首"乃《史记·秦始皇本纪》文。《过秦论》注引《史记》：李斯曰"请废博士官"云云，下释"黔首"，称"又曰"，乃蒙上《史记》为文，六臣本编者不明李注体例，在此直钞"李斯曰"云云，实为可笑。凡李注云已见某某，编六臣本者皆重复钞出其文（说已见《鹦鹉赋》校释），错缪百出，此其一例也。

〔55〕〔注：《左氏传》……鸟雀〕　见文公十八年。

〔56〕〔注：《尔雅》……妃也〕　今《尔雅·释诂》云："妃，媲也。"二字互例。《说文·女部》："媲，妃也。"

〔57〕〔注：《尚书》……之灵〕　见《秦誓上》。

〔58〕〔注：杜夷……豹虎〕　《隋志》道家著录"《杜氏幽求新书》二十卷，杜夷撰"。两《唐志》皆著录《幽求子》三十卷。其书已亡，遗文见《玉函山房辑佚书》。杜夷字行齐，见《晋书·儒林传》。

〔59〕〔注：《长杨赋》……惑焉〕　见本书卷九。

〔60〕〔注：《论语》云云〕　见《颜渊》。

〔61〕〔听然而笑〕　《梁书》"听"作"忻"，无"而笑"二字。案：《说文·口部》："听，笑貌。"注引《上林赋》正作"听"，李本如此。

〔62〕〔鸿雁云飞〕　《梁书》"鸿"作"鹄"，"云"作"高"。

〔63〕〔注：《上林赋》……而笑〕　见本书卷八。

〔64〕〔注：郑玄……按之也〕　见《丧大记》。

〔65〕〔注：许慎……徽也〕　见《主术》注。

〔66〕〔注：《韩诗外传》……记也〕　见卷七。今本作"鼓瑟"，《群书治要》卷八引亦作"瑟"。此所引字亦与今本多异。

〔67〕〔注：《难蜀父老》……悲夫〕　见本书卷四十四。

〔68〕〔注：沮泽……《蜀都赋》〕　《蜀都赋》注："《异物志》云：沮，有菜蒲也。巴东有泽水。《孟子》注言泽生草曰菹。沮与菹同，子豫切。"六臣本重录此注。

〔69〕〔注：《吴都赋》云云〕　见本书卷五。

〔70〕〔注：《春秋孔录法》……天镜〕　《孔录法》不见于《后汉书·樊英传》注所载《春秋纬》中，《经义考》卷二六六曾著录，《古微书》及《玉函山房辑

佚书》皆收之。

〔71〕〔注：《雒书》……明道也〕 《隋志》序谓《河图》九篇，《洛书》六篇，出自前汉。《经义考》卷二六四著录《洛书灵准听》，即有郑玄注。

〔72〕〔注：《春秋考异邮》……名也〕 《考异邮》为《后汉书·樊英传》注所列《春秋纬》之一，《隋志》云："梁有《春秋纬》三十卷。宋均注。"

〔73〕〔注：班固……侯王〕 见本书卷五十。

〔74〕〔注：蠖屈云云〕 六臣本重引《周易·系辞下》："尺蠖之屈，以求伸也。"郭璞《方言注》卷十一："尺蠖又呼为步屈也。于缚切。"

〔75〕〔注：《礼记》云云〕 见《檀弓上》。

〔76〕〔电薄〕 六臣本"电"下注云："五臣本作'雷'。"

〔77〕〔微旨〕 古钞本"旨"作"音"，误。

〔78〕〔赤水〕 "赤"，古钞本误作"亦"。

〔79〕〔注：《易坤灵图》……联璧〕 《坤灵图》是《后汉书·樊英传》注所列《易纬》之一，《隋志》云："《易纬》八卷，郑玄注，梁有九卷。"

〔80〕〔注：《周易》……意也〕 见《系辞下》。向先生云："《系辞》无王注，此所引误。"案：玄应《一切经音义》卷九引刘瓛《易注》云："亹亹，犹微微也。"

〔81〕〔注：郑玄……至也〕 此见《仪礼·聘礼》及《礼记·中庸》注，而《周礼》注无之。

〔82〕〔注：《汉书》……飞扬〕 见《高纪》。

〔83〕〔注：《淮南子》……为电〕 见《天文》。今本"为电"作"为霆"。

〔84〕〔注：《论语》……大顺也〕 见《子罕》。《笺证》："孝标亦主此说，与《集解》同。此云微旨，即所谓权也。"

〔85〕〔注：《长笛赋》……代转〕 见本书卷十八。

〔86〕〔注：《尚书》……来仪〕 见《益稷》。

〔87〕〔注：《庄子》……道也〕 见《天地》。《释文》："玄珠，司马云：道真也。"未引赤水之注。

〔88〕〔注：孔安国……圣也〕 "谟，谋"，见《大禹谟》《皋陶谟》传；"睿，圣"，今本无之。《洪范》："思曰睿。"《释文》引马（融）云："通也。"《周书·谥法》及《广雅·释言》并云："睿，圣也。"

〔89〕〔注：仲长统……其情〕 又见《意林》卷五、《太平御览》卷四〇三，《全后汉文》卷八十九辑入《昌言》下。严可均云："'练'，当作'炼'。"

〔90〕〔注：《礼记》……自修也〕 见《大学》。

〔91〕〔注：《白虎通》……死之〕 今本《三纲六纪篇》无此文，《初学记》十八引《白虎通》云："朋友之道有四：近则正之，远则称之，乐则思之，患则死之。"

〔92〕〔注：陵夷云云〕 六臣本重引《汉书·张释之传》云："秦陵夷至于二世，天下土崩。"

〔93〕〔注：《庄子》……台也〕　见《庚桑楚》。《释文》未引司马彪注，而《御览》三七六引之，"神灵"作"神圣"。

〔94〕〔注：李陵……知心〕　《答苏子卿书》，见本书卷四十一。

〔95〕〔注：《庄子》……忘也〕　见《大宗师》。

〔96〕〔注：不辍……《辨命论》〕　六臣本引《辨命论》载《诗·齐风·鸡鸣》："风雨如晦，鸡鸣不已。"又及郑笺。

〔97〕〔注：《庄子》……茂也〕　见《让王》。

〔98〕〔趋锥刀〕　古钞本"趋"作"趣"。

〔99〕〔注：《左氏传》……世也〕　见昭公六年。孔疏引服虔云："政衰为叔世。叔世逾于季世，季世不能作辟也。"向先生云："僖公二十四年《左传》：'周公吊二叔之不咸。'杜注以二叔为夏殷之叔世（马融说同，郑众、贾逵以为管、蔡）。"

〔100〕〔注：《毛诗》……伪也〕　见《小雅·沔水》。

〔101〕〔注：《汉书》……隙也〕　见《诸侯王表》。今颜注引应劭云："狙，伺也。因间向隙出兵也。"

〔102〕〔注：《答宾戏》……救之〕　见本书卷四十五。

〔103〕〔注：《庄子》……于天〕　见《列御寇》。

〔104〕〔注：董仲舒……违惑〕　见《古文苑》卷三（章注本），此节引。

〔105〕〔注：《葛龚集》……之施〕　《隋志》："《后汉黄门郎葛龚集》六卷，梁五卷，一本七卷。"案：龚字元甫，见《后汉书·文苑传》。李贤注云：

"龚善为文奏，或有请龚奏以干人者，龚为作之。其人写之，忘自载其名，因并写龚名以进之。故时人为之语曰：‘作奏虽工，宜去葛龚。’事见《笑林》。"《全后汉文》卷五十六辑此入《与梁相张府君笺》。

〔106〕〔注：《左氏传》云云〕　见昭公六年。

〔107〕〔注：《毛诗》……虻虻〕　见《卫风·氓》。

〔108〕〔注：《广雅》……乱也〕　今《广雅·释诂》："虻，轻也。"

〔109〕〔注：崔寔……所归〕　案：崔寔《政论》五卷，《隋志》在子部法家著录，《旧唐志》同（《新唐志》作六卷）。此所引又见《御览》卷三六七，《全后汉文》卷四十六辑入。

〔110〕〔注：《淮南子》云云〕　见《览冥》，此节引。今本"雷骇"作"鬼腾"。向先生云："‘腾’，《御览》七四六及八九六皆作‘骇’，此作‘腾’，乃后人妄改。《广雅·释言》：‘骇，起也。’"

〔111〕〔然则〕　六臣本"则"下注云："五臣本无‘则’字。"《梁书》《南史》皆无"则"字。《考异》谓"则"字不当有。

〔112〕〔注：《广雅》……明也〕　见《释诂》。

〔113〕〔注：《韩诗》云云〕　今《毛诗》在《邶风·日月》。《隋志》著录《韩诗》二十二卷，云："薛氏章句。"《后汉书·儒林传》："薛汉，字公子，淮阳人也。世习《韩诗》。"惠栋《补注》谓"唐人所引《韩诗》，其称薛君者，汉也"。

〔114〕〔注：董贤……《西京赋》〕　六臣本重引《汉书·佞幸·石显、董

贤传》。

〔115〕〔注：范晔……日积〕　见《梁冀传》。

〔116〕〔注：窦宪云云〕　六臣本重引《后汉书·和帝纪》。

〔117〕〔注：雕刻……物也〕　六臣本无此八字。

〔118〕〔注：覆载……为巧〕　向先生云："'覆载'上当补'《庄子》曰'三字，见《大宗师》及《天道》。"

〔119〕〔注：《尚书》……惟时〕　见《皋陶谟》。

〔120〕〔注：《庄子》……之间〕　见《大宗师》。

〔121〕〔注：《声类》……居也〕　《声类》十卷，李登撰，已详《从斤竹涧越岭溪行》校释。

〔122〕〔注：李颐……火也〕　"颐"当作"颐"，《庄子》有李颐《集解》三十卷，三十篇，见《经典释文·叙录》。今《大宗师》篇《释文》引李云："锤，鸥头颐口句铁，以吹火也。"

〔123〕〔注：范晔……霜露〕　此《宦者传序》文，又见本书卷五十。

〔124〕〔注：九域……《九锡文》〕　六臣本重引"《韩诗》曰：'方命厥后，奄有九域。'薛君曰：'九域，九州也。'"（今《毛诗·商颂·玄鸟》"九域"作"九有"。）

〔125〕〔注：《尔雅》……惧也〕　今《尔雅·释诂》"耸"作"竦"。向先生云："《说文》：'愯，惧也。'引《春秋传》曰：'驷氏愯。'今昭公十九年传作耸。"

〔126〕〔注：夏侯……颂声〕 见本书卷四十七。

〔127〕〔注：毛苌……惧也〕 见《周颂·时迈》。向先生云："叠盖蓍、慑之借字。"

〔128〕〔注：《西征赋》云云〕 见本书卷十。

〔129〕〔注：蔡伯喈……龙也〕 见本书卷五十八。

〔130〕〔注：《周礼》……时也〕 见《春官·鸡人》。

〔131〕〔注：刘桢……游鱼〕 《鲁都赋》全文已佚，此二句又见《艺文类聚》卷六十一；《北堂书钞》卷一三五；《初学记》三，又四，又十五；《太平御览》三八一，又七〇二，又七一八。严可均辑其佚文入《全后汉文》卷六十五。

〔132〕〔注：高门……《辨命论》〕 六臣本重引本书卷五《吴都赋》："高门鼎贵。"《汉书·于定国传》："少高大门，令容驷马高盖车也。"

〔133〕〔注：范晔……龙也〕 见《皇后纪》。今本"龙"上有"游"字。

〔134〕〔隳胆〕 六臣本"隳"字下注云："五臣作'堕'字。"

〔135〕〔七族〕 六臣本注云："五臣本作'宗族'字。"

〔136〕〔注：《孟子》……至也〕 见《尽心上》。今赵注云："摩突其顶，下至于踵。"无"放至也"三字。焦循《正义》云："突秃声转，突即秃。"陈澧谓"摩"犹"糜"，谓糜烂也（《东塾读书记》卷十二）。

〔137〕〔注：邹阳……肝胆〕 见本书卷三十九。

〔138〕〔注：李颙……裂膈〕 《隋志》："《晋李颙集》十卷，录一卷。"两《唐志》同（无录）。颙，李充之子，见《晋书·文苑·李充传》。

〔139〕〔注：邹阳云云〕　见本书卷三十九。

〔140〕〔富埒〕　六臣本"埒"下注云："五臣本作'将'字。"

〔141〕〔注：陶朱……《蜀都赋》〕　六臣本重引《史记》《汉书·货殖传》所载范蠡及卓王孙、程郑事。

〔142〕〔注：《汉书》……巨万〕　两引皆见《货殖传》。

〔143〕〔注：又曰……天下〕　见《佞幸传》。

〔144〕〔注：扬雄……铜陵〕　见《古文苑》卷四（章樵注本）。

〔145〕〔注：范晔……金穴〕　见《皇后纪》。

〔146〕〔注：连骑……《西京赋》〕　六臣本重引《汉书·食货志》："浊氏以卖脯而连骑，张里以马医而击钟。"

〔147〕〔注：应劭云云〕　本书卷五十《述韩彭英卢吴传赞》注引同。

〔148〕〔之士〕　六臣本"士"下注云："五臣本作'子'字。"

〔149〕〔凫跃〕　《梁书》"跃"作"踊"。

〔150〕〔注：《汉书》……为门〕　见《陈平传》。

〔151〕〔注：《过秦论》……之子〕　见本书卷五十一。

〔152〕〔注：《战国策》……逐也〕　见《秦策》二。《列女传·辩通》以为齐女徐吾事。

〔153〕〔注：贾逵……求也〕　汪远孙《国语三君注辑存》辑入《周语》"其以徼乱也"句下，云："邀，俗徼字。"

〔154〕〔注：《礼记》……润身〕　见《大学》。

〔155〕〔注：贯鱼云云〕　六臣本重引《周易·剥·六五》："贯以宫人宠，无不利。"王弼注："骈头相次，似贯鱼也。"

〔156〕〔注：潘岳……踊跃〕　此《哀辞》严可均辑潘岳文（《全晋文》卷九十至九十三）未收。向先生云："《天问》注说武王事云：'前歌后舞，凫藻欢呼。'即此所本。《周礼·夏官·大司马》注引《书》曰：'前师乃鼓鼙噪。'乃今文《秦誓》之文（又见《大传》）。《长笛赋》：'拊噪踊跃。''凫藻'与'鼙噪'同。《后汉书·刘陶传》：'武旅有凫藻之士。'《杜诗传》：'士卒凫藻。'皆在潘前。"案：本书卷二十一《秋胡诗》："凫藻驰目成。"注引班彪《冀州赋》曰："感凫藻以进乐兮。"亦在潘前。

〔157〕〔注：张衡……飒杳〕　张衡《羽猎赋》，《全后汉文》辑入卷五十四。"飒杳"，《艺文类聚》卷六十六、《初学记》卷二十二引皆作"飙厉"。

〔158〕〔注：《西京赋》……鳞萃〕　见本书卷二。

〔159〕〔注：《鲁连子》……余粟〕　《鲁连子》，《汉志》著录十四篇，在儒家。《隋志》《旧唐志》皆五卷，《新唐志》一卷。严可均辑其佚文在《全上古三代文》卷八。《艺文类聚》卷九十一、《太平御览》卷九一九引此文皆作"鹅鸭有余食"。

〔160〕〔注：《韩诗外传》……稻梁〕　见卷二。

〔161〕〔注：《说文》……爵也〕　见《斗部》。

〔162〕〔注：《史记》云云〕　见《滑稽列传》。

〔163〕〔注：陆士龙……望始〕　见本书卷二十五。

〔164〕〔注：遇……接也〕　向先生校"遇"上增"恩"字。

〔165〕〔注：秦嘉……款诚〕　见《玉台新咏》卷一，此三首中之第三首。《考异》校"妇"字上增"赠"字。六臣本"惟思"作"遗思"，《考异》以作"遗"为是。

〔166〕〔注：《礼记》……有心〕　见《礼器》。

〔167〕〔注：周松……松竹〕　案此周祗《执友箴》文，见《艺文类聚》卷二十一（《初学记》卷十八、《太平御览》卷四〇九亦节引）。"松"乃"祗"字之误；"论"乃"箴"字之误。《隋志》："《晋国子博士周祗集》十一卷，梁二十卷，录一卷。"《旧唐志》作十卷。《全晋文》编周祗文在卷一四二，严可均云："祗字颖文，陈郡人，义熙中为国子博士（此据《宋书·刘敬宣传》）。"又云："《艺文类聚》以为宋人，今从《隋唐志》列于晋。"

〔168〕〔注：《左氏传》云云〕　见僖公二十四年。

〔169〕〔宴喜〕　古钞本"宴"作"讌"，六臣本"宴"下注云："五臣本作'讌'字。"

〔170〕〔搢绅〕　古钞本"搢"作"缙"。

〔171〕〔注：《汉书》……籍甚〕　见《陆贾传》。

〔172〕〔注：《音义》……盛也〕　《史记·陆贾传》《集解》引《汉书音义》同，今颜注引作孟康说。

〔173〕〔注：《西征赋》……宴喜〕　见本书卷十。

〔174〕〔注：范晔……核论〕　见《郭太传》。

〔175〕〔雄辩〕 古钞本"辩"作"辨"。

〔176〕〔注：《解嘲》……时也〕 见本书卷四十五。

〔177〕〔注：《庄子》……三也〕 见《天下》。《释文》亦引司马彪注。此注"曰牛"下脱"曰牛马"三字；"曰骊"下脱"曰骊黄"三字；"曰骊牛"下脱"曰黄马骊牛"五字；皆当依《释文》校补。

〔178〕〔注：《蜀都赋》……抵掌〕 见本书卷四。

〔179〕〔注：冯衍……难也〕 此书只存此数句，《全后汉文》卷二十据此辑入。

〔180〕〔注：王褒……荒也〕 又见《后汉书·西南夷传》《水经·淹水注》，《全汉文》卷四十二据此及彼二处以辑入。梁引金甡云："按碧鸡与黄马同出《公孙龙子》（《公孙龙子·通变》："黄其马也，其与类乎；碧其鸡也，其与暴乎。"），冯衍所云，殆即指此。《碧鸡颂》与谈辩无涉。"

〔181〕〔温郁〕 古钞本"郁"作"燠"，《梁书》同；六臣本"郁"下注云："五臣本作'燠'字。"

〔182〕〔注：毛苌……暖也〕 见《秦风·无衣》传。

〔183〕〔注：寒谷……《秋胡诗》〕 六臣本重引刘向《别录》云："邹衍在燕，有谷寒而不生五谷，邹子吹律，而温谷生黍也。"

〔184〕〔注：王逸……壮也〕 见《九歌·国殇》注。

〔185〕〔注：《说文》……急也〕 六臣本无"犹"字。向先生云："《集韵》引《说文》：'苦，大苦苓也；一曰急也。'今本脱'一曰急也'，故与此注

不合。"

〔186〕〔注：张升……夏落〕　六臣本"论"下有"语"字。梁谓"语"字衍，张升《反论》，本书引屡见。案：此文本书卷六《魏都赋》注引作张升《及论》；本书四十三《与山巨源绝交书》注亦引张升《反论》。张升字彦真，事在《后汉书·文苑传》。《隋志》："梁有《外黄令张升集》二卷，录一卷，亡。"两《唐志》并著录《张升集》二卷。严可均辑其所著入《全后汉文》卷八十二，定此文题作《友论》，云："一作《反论》，一作《反论语》，皆误。"

〔187〕〔注：荀爽……抑扬〕　见《后汉书·李膺传》。

〔188〕〔注：《庄子》……俱至〕　见《天地》。

〔189〕〔注：《周易》云云〕　见《系辞上》。

〔190〕〔旄端〕　古钞本"旄"作"髦"。

〔191〕〔归鸿〕　古钞本"归"作"飯"。

〔192〕〔注：弱冠……《辩亡论》〕　六臣本重引《礼记·曲礼上》："人生二十曰弱，冠。"

〔193〕〔注：《汉书》……进食〕　见《韩信传》。

〔194〕〔注：又曰……之间〕　见《叙传》。

〔195〕〔注：《论衡》……通人〕　见《超奇》。今本"该"作"说"。

〔196〕〔注：应劭……好也〕　本书卷四十五《答宾戏》注引同。

〔197〕〔注：应场……天衢〕　《释宾》零句，本书卷三十五《七命》注、卷四十七《三国名臣序赞》注及此皆引，严可均辑入《全后汉文》卷四十二。

〔198〕〔注：扬子……凤翼〕 见《渊骞》。

〔199〕〔注：《子虚赋》……余论〕 见本书卷七。

〔200〕〔注：《说文》……马也〕 今《说文·马部》"牡马"作"牡马"。《校议》云："《六书故》引唐本作'奘马也'。《大部》：'奘，驵大也。''壮'即'奘'之省。"

〔201〕〔注：《张敞集》……之路〕 《隋志》："梁有《汉左冯翊张敞集》一卷，录一卷，亡。"两《唐志》皆有《张敞集》二卷。此文又见《艺文类聚》卷九十七引张敞《书》，严可均辑入《全汉文》卷三十，而未检及此注。"托骥之尾"，六臣本作"托骥之庬"，《类聚》作"自托骐骥之发"。

〔202〕〔注：何休……过也〕 案宣公十二年《公羊传》："令之还师而佚晋寇。"何休注："佚，犹过。"所引当即此，"轶""佚"古通用。

〔203〕〔注：《淮南子》云云〕 见《览冥》。今本"冯迟"作"钳且"，"鸿"作"雁"，六臣本亦作"雁"。高注谓钳且、大丙二人，太乙之御；一说，古得道之人。向先生云："钳且疑'钦负'之讹。《庄子·大宗师》云：'堪坏得之以袭昆仑。'《释文》：'司马云：堪坏，神名，人面兽形。《淮南》作钦负（今《淮南·齐俗》亦作钳且）。'案《山海经·西山经》作'钦䲹'。'堪''钦'，'坏''负''䲹'皆声转。"

〔204〕〔生民〕 古钞本"民"下有"之"字。若非衍文，则下文"品物"下亦当有"之"字。

〔205〕〔注：《西京赋》……则惨〕 见本书卷二。

〔206〕〔注：《庄子》……离也〕 见《大宗师》。

〔207〕〔注：《周易》云云〕 见《坤·文言》。

〔208〕〔煦沫〕 六臣本"煦"字下注云："五臣作'煦'。"

〔209〕〔鸣哀〕 六臣本注云："五臣作'哀鸣'。"

〔210〕〔注：《庄子》……以沫〕 见《大宗师》，又《天运》。

〔211〕〔注：《论语》云云〕 六臣本无此十三字。案：此文见《泰伯》。

〔212〕〔注：《吴越春秋》……者乎〕 见《阖闾内传》。六臣本"嚭"皆作"噽"，此本下文亦作"噽"。今本《吴越春秋》作"白喜"。此人名写法甚多，《史记·伍子胥列传》作"伯嚭"，《吕氏春秋·重言》作"嚭"，《论衡·逢遇》作"帛喜"，参阅梁玉绳《人表考》卷九。

〔213〕〔注：《诗·谷风》云云〕 见《小雅·谷风》。此十二字六臣本无。

〔214〕〔注：《周易》……断金〕 见《系辞上》。

〔215〕〔注：《左氏传》……嚣尘〕 见昭公三年。

〔216〕〔注：《汉书》……之交〕 见《张耳陈余传》。

〔217〕〔注：《左氏传》云云〕 见襄公十四年。杜注："盖，苫之别名。"孔疏："《释器》：'白盖谓之苫。'孙炎曰：'白盖，茅苫也。'被苫盖，言无布帛可衣，唯衣草也。"

〔218〕〔注：《毛诗》……灌溉〕 见《大雅·洞酌》。

〔219〕〔注：《说文》……浣也〕 见《水部》。

〔220〕〔注：毛苌……灌也〕 何焯、陈景云校"诗"下增"传"字。今

《洞酌》传"灌"作"清"。

〔221〕〔注：《史记》……大夫〕　见《伍子胥列传》。

〔222〕〔注：《吴越春秋》……国事〕　见《阖闾内传》。朱谓上文引《吴越春秋》作"伯嚭"，此又作"帛否"，两注互异，而今本《吴越春秋》实作"白喜"，皆此人名写法之歧异。案：此已详上注。

〔223〕〔注：《史记》……自刭〕　见《伍子胥列传》。

〔224〕〔注：《左氏传》……寻盟〕　见哀公十二年。

〔225〕〔注：然本……一也〕　已详上引《人表考》。

〔226〕〔注：班固云云〕　见《叙传》。

〔227〕〔之俗〕　六臣本"俗"字下注云："五臣本作'伦'字。"

〔228〕〔之伦〕　六臣本"伦"字下注云："五臣本作'俗'字。"

〔229〕〔注：《阮子政论》……所废〕　《隋志》："梁有《阮子正论》五卷，魏清河太守阮武撰，亡。"（在子部法家著录；两《唐志》亦有五卷，《新唐志》书名作《政论》，作者误阮咸。）案：武字文业，见《魏志·杜恕传》注及《世说新语·赏誉》注引《杜笃新书》。《全三国文》卷四十四辑《正论》六条，此文亦收入。

〔230〕〔注：《淮南子》……薄也〕　见《齐俗》。今高注同。

〔231〕〔注：《汉书》……重也〕　见《律历志上》。

〔232〕〔注：郑众……曰权〕　今《考工记》无此注。《广雅·释器》："锤谓之权。"《礼记·月令》注："称锤曰权。"《吕氏春秋·仲春纪》《淮南

子·时则》注并同。

〔233〕〔注：郑玄……曰衡〕 本书卷五十二《六代论》注引同。

〔234〕〔注：《尚书》……织纩〕 见《禹贡》。何焯、陈景云校"织"改"纩"。

〔235〕〔注：《说文》……量也〕 见《手部》。

〔236〕〔注：《仪礼》……候气〕 见《既夕礼》。今本"以候气"作"以俟气绝"。何焯、陈景云校此谓当从今本订正。

〔237〕〔注：《运命论》……大贤〕 见本书卷五十三。

〔238〕〔注：《魏志》……凤翼〕 见《邴原传》。

〔239〕〔注：习凿齿……凤雏〕 《隋志》："《襄阳耆旧记》五卷，习凿齿撰。"两《唐志》皆作《襄阳耆旧传》。其书宋时犹存，《郡斋读书志·史部·传记类》（衢州本卷九）著录，云："前载襄阳人物，中载其山川城邑，后载其牧守。《隋·经籍志》曰《耆旧记》，《唐·艺文志》曰《耆旧传》。其书纪录丛脞，非传体也，名当从《经籍志》云。"《三国志》注、《水经注》、《后汉书》注引用，多省称《襄阳记》，说见章宗源《隋经籍志考证》卷十三。

〔240〕〔注：《庄子》……之口〕 见《胠箧》。

〔241〕〔注：《魏都赋》……芬也〕 见本书卷六。何焯、陈景云校"兰"上增"若"字。

〔242〕〔注：葛龚云云〕 此零句，《全后汉文》卷五十六收入。

〔243〕〔注：《论衡》……金玉〕 见《超奇》。"儒"字上当依今本增一

"鸿"字。

〔244〕〔注：又曰……渊海〕 见《乱龙》。

〔245〕〔注：《论衡》……巧也〕 见《量知》。

〔246〕〔注：又曰云云〕 见《案书》。今本无"诸儒"二字，"以"字作"多"，属上读。

〔247〕〔注：左太冲……埃尘〕 见本书卷二十一。六臣本"埃尘"误倒作"尘埃"。

〔248〕〔注：嵇含……游尘〕 《隋志》："梁有《广州刺史嵇含集》十卷，录一卷，亡。"《旧唐志》十卷，无录。含字君道，附《晋书·忠义·嵇绍传》。此零句，《全晋文》卷六十五收入。

〔249〕〔注：《庄子》……梗也〕 见《田子方》。《释文》："司马云：土梗，土人也。"与此所引异。

〔250〕〔注：《汉书》……半菽〕 见《项籍传》。颜注引孟康云："半，五斗器名也。"《史记·项羽本纪》作"芋菽"，《集解》引徐广云："芋，亦作半。半，五升器也。"《索隐》引王劭云："容半升。"段玉裁谓孟康语"升"误"斗"，王劭语"斗"误"升"（《说文·米部》"料"字下注）。

〔251〕〔注：《孟子》云云〕 见《尽心上》。

〔252〕〔注：锱铢……《弹曹景宗文》〕 六臣本重引郑玄《礼记·儒行》注："八两为锱。"又《汉书·律历志》："二十四铢为两。"

〔253〕〔注：侯瑾……轻浮〕 《隋志》："梁有《侯瑾集》二卷，亡。"

两《唐志》仍有二卷。瑾字子瑜，见《后汉书·文苑传》。《筝赋》见《艺文类聚》卷四十四，"影擎"作"漂裔"。

〔254〕〔注：《左氏传》……恶也〕　见文公十八年。今本"昊"作"皞"，"有子"作"有不才子"，"伏"作"服"。

〔255〕〔注：《左氏传》……兜也〕　见文公十八年。今本"有子"作"有不才子"。

〔256〕〔注：《演连珠》……之歌〕　见本书卷五十五。

〔257〕〔注：《韩子》……能禁〕　见《喻老》。

〔258〕〔注：《西京赋》……跂扈〕　见本书卷二。

〔259〕〔注：东陵……《王俭集序》〕　六臣本重引《庄子·骈拇》："伯夷死名于首阳之下，盗跖死利于东陵之上。"司马彪注："东陵，陵名，今属济南也。"

〔260〕〔注：《东京赋》云云〕　见本书卷三。

〔261〕〔逶迤〕　《梁书》作"委蛇"。

〔262〕〔注：《说文》……去也〕　见《辵部》。今本作"逶迤，邪去之貌"。

〔263〕〔注：《史记》……多也〕　见《苏秦列传》。

〔264〕〔注：《孟子》……枝也〕　见《梁惠王上》。《笺证》："按摩为贱者之行，记书多与舐痔并言。"

〔265〕〔注：《庄子》……痔邪〕　见《列御寇》。

〔266〕〔注：金膏……《江赋》〕　六臣本重引《穆天子传》卷一："河伯

曰：示汝黄金之膏。"郭璞曰："金膏，其精汋也。"

〔267〕〔注：《汉书》……翠羽〕　见《景十三王传》。

〔268〕〔注：《毛诗序》……助也〕　见《小雅·鹿鸣》。

〔269〕〔注：《楚辞》……曲也〕　见《卜居》。

〔270〕〔注：《论语》云云〕　见《季氏》。

〔271〕〔毫芒〕　《梁书》作"芒豪"。

〔272〕〔注：《礼记》……以茅〕　见《曲礼上》。

〔273〕〔注：张……光也〕　六臣本无此八字。

〔274〕〔注：《答宾戏》云云〕　见本书卷四十五。

〔275〕〔注：杜预……买也〕　见桓公十年，又成公二年注。

〔276〕〔注：郑众……卖也〕　见《夏官·巫马》注引，今本"鬻"作"粥"，通假字。

〔277〕〔注：谭集……上耳〕　此校"桓谭"为"谭拾"，论证极精。所引《战国策》见《齐策》。

〔278〕〔注：《庄子》……名也〕　见《山木》。《释文》："林回，司马云：殷之逃民之姓名。"与此注所引不同。"君子"云云又见《礼记·表记》。

〔279〕〔注：《周易》……寒来〕　见《系辞下》。

〔280〕〔注：盛衰……《琴赋》〕　案本书卷十八《琴赋》："以为物有盛衰而此无变。"注引《文子》曰："夫物盛则衰。"乃《文子·九守》篇文。六臣本重引此注，误"《文子》"为"《文中子》"。

〔281〕〔注：《说文》……因也〕　许云："今《说文》无此语。"许嘉德云："《说文》字当是《小雅》之讹，《小尔雅·广诂》曰：'袭，因也。'"

〔282〕〔注：《说苑》……今贫〕　见《善说》。

〔283〕〔注：《笙赋》……后悴〕　见本书卷十八。

〔284〕〔注：《尚书大传》……反本〕　又见《太平御览》卷二十九，陈辑本入《略说》。

〔285〕〔注：陆机云云〕　此乐府《君子行》句，见本书卷二十八。

〔286〕〔殉利〕　六臣本"殉"字下注云："五臣本作'徇'字。"

〔287〕〔知矣〕　六臣本"矣"字下注云："五臣本作'也'字。"

〔288〕〔注：范晔……鲜矣〕　见《王丹传》。

〔289〕〔注：《汉书》云云〕　见《萧望之传》附子育事。

〔290〕〔注：《庄子》……失也〕　见《秋水》。《释文》："规规，惊视自失之貌。"

〔291〕〔注：《汉书》……乃见〕　见《郑当时传》。

〔292〕〔注：《谷梁传》云云〕　见文公十四年。

〔293〕〔因此〕　六臣本"因"上有"然"字。

〔294〕〔注：杜预云云〕　见桓公八年传注。

〔295〕〔注：《尚书》……败德〕　见《大禹谟》。

〔296〕〔注：《史记》云云〕　见褚少孙补《龟策列传》。

〔297〕〔注：杜预云云〕　见僖公七年，又二十八年传。

〔298〕〔注：饕餮……见上〕　六臣本重引文公十八年《左传》："缙云氏有不才子贪于饮食，冒于货贿，天下之人，以比三凶，谓之饕餮。"（杜注："贪财为饕，贪食为餮。"）

〔299〕〔注：《汉书》云云〕　见《张耳传》。

〔300〕〔注：毛苌……病也〕　见《大雅·桑柔》。

〔301〕〔注：又曰云云〕　见《召南·行露》。

〔302〕〔有旨哉〕　《梁书》不重出，少三字。

〔303〕〔注：范晔……祠焉〕　见《王丹传》。

〔304〕〔注：《礼记》……荆也〕　见《学记》。

〔305〕〔注：昌言……《策秀才文》〕　六臣本重引《尚书·皋陶谟》："禹拜昌言。"孔安国传："昌，当也。"

〔306〕〔注：《孙绰子》云云〕　《隋志》："《孙子》十二卷，孙绰撰。"在子部道家类著录。两《唐志》同。《全晋文》卷六十一、六十二辑录孙绰著述，附有《孙子》佚文。此所引又见本书卷五十《谢灵运传论》注。

〔307〕〔注：《汉书》……乡里〕　见《酷吏传》。

〔308〕〔注：《左氏传》云云〕　见成公十八年。

〔309〕〔英跱〕　六臣本"跱"下注云："五臣本作'特'。"案：《梁书》亦作"特"。

〔310〕〔联横〕　古钞本"横"作"衡"。《笺证》："依注，则正文当作'连衡'。"

〔311〕〔注：《孙绰集序》……道丽〕　《隋志》："《晋卫尉卿孙绰集》十五卷，梁二十五卷。"两《唐志》亦十五卷。绰附《晋书·孙楚传》，其集序不知谁作。

〔312〕〔注：方驾……《西京赋》〕　六臣本重引郑玄《仪礼·乡射礼》注："方，犹并也。"（原文脱"犹"字）

〔313〕〔注：《魏志》……英跱〕　见《崔琰传》。

〔314〕〔注：裴松之……为是〕　此《魏志·崔琰传》注文。

〔315〕〔注：《辩亡论》……连衡〕　见本书卷五十三。

〔316〕〔注：范晔……许郭〕　见《许劭传》。郭，谓郭泰。

〔317〕〔注：《史记》……千人〕　见《孟尝君传》。

〔318〕〔注：《汉书》……长者〕　见《郑当时传》。

〔319〕〔注：班固云云〕　见《叙传》。六臣本"述"字作"赞"，"庄之推贤于兹为德"八字作"郑当时之推贤也"七字。《考异》："此引本传赞，尤校改甚非。"

〔320〕〔扼腕〕　古钞本作"搤捥"。"搤"与"扼"古通用。"捥"当是连上文偏旁而误，仍宜作"腕"。

〔321〕〔注：《孟子》……能御〕　见《尽心上》。

〔322〕〔注：盱衡……《魏都赋》〕　六臣本重引《汉书·王莽传》："公盱衡厉色，振扬武怒。"《音义》（今颜注引孟康）："眉上曰衡，谓举眉扬目也。"《字林》："盱，张目也。"

〔323〕〔注：扼腕……《蜀都赋》〕　六臣本重引《张仪传》："天下之士，莫不扼腕。"

〔324〕〔注：《大戴礼》……扬眉〕　见《主言》。今本"眉"作"麇"，古通假字。

〔325〕〔注：《战国策》……而言〕　见《赵策》。

〔326〕〔注：孙盛……雌黄〕　汤球《晋阳秋辑本》采入卷二惠帝元康七年"是时王衍尚清谈"条下。

〔327〕〔注：《东观汉记》……区别〕　聚珍本辑入卷二十一。

〔328〕〔注：范晔云云〕　见《许劭传》。

〔329〕〔注：西都……如云〕　见本书卷一《西都赋》。

〔330〕〔注：《汉书》……者多〕　见《地理志》。

〔331〕〔注：《解嘲》……云合〕　见本书卷四十五。

〔332〕〔注：范晔……街陌〕　见《袁绍传》。

〔333〕〔注：《说文》……为辐〕　见《车部》。参看前《天监三年策秀才文》校释。

〔334〕〔注：《史记》……相击〕　见《苏秦传》。

〔335〕〔注：《说文》……轴端〕　《考异》校"辐"作"轊"。见《车部》。

〔336〕〔注：范晔……恒满〕　见《孔融传》。

〔337〕〔注：郑玄……限也〕　此文当有误。《仪礼·士冠礼》："闑西阈

外。"注："阈，阃也。"《礼记·曲礼上》"不践阈"注、《玉藻》"不履阈"注并云："阈，门限也。"此十二字及下"阙里"至"范晔后"二十二字，六臣本皆无，唯有一"又"字。案：下所引乃《后汉书》文，"又"字蒙上"后汉书"，则"汉书"二字亦不当有。

〔338〕〔注：范晔……龙门〕 见《党锢·李膺传》。

〔339〕〔影组〕 刘良注："影，亦飘字也。组，绶也。"

〔340〕〔注：《战国策》……十倍〕 见《齐策》。

〔341〕〔注：又……仆也〕 见《楚策》。六臣本"迎而鸣"作"仰而鸣"，《考异》谓作"仰"字为是。

〔342〕〔注：湔拔……同也〕 许云："《说文》：'湔，手浣之也。'子仙切。'祓，除恶祭。'敷勿切。"是许意"拔"为"祓"之借字。

〔343〕〔注：长鸣……《答卢谌诗》〕 见本书卷二十五。

〔344〕〔注：云台……《辩命论》〕 六臣本重引《东观汉记》："诏贾逵入讲南宫云台，使出《左氏》大义。"（此《东观汉记》，聚珍本辑入卷十八。）

〔345〕〔注：《史记》……相摩〕 见《苏秦传》。

〔346〕〔注：《汉典职仪》……丹墀〕 《隋志》："《汉官典职仪式选用》二卷，汉卫尉蔡质撰。"《新唐志》："蔡质《汉官典仪》一卷。"质字子文，蔡邕叔父，见《后汉书·蔡邕传》及李贤注，又《晋书·蔡豹传》。孙星衍《平津馆丛书》有辑本。此文又见《西京赋》注、《魏都赋》注、《广韵·六脂》及《太平御览》卷一八五。

〔347〕〔注：《吴都赋》云云〕　见本书卷五。

〔348〕〔惠庄〕　六臣本注云："五臣作'庄惠'。"

〔349〕〔注：《过秦论》……缔交〕　见本书卷五十一。

〔350〕〔注：《礼记》……近也〕　见《曲礼上》。

〔351〕〔注：李陵……绸缪〕　李陵《与苏武诗》，见本书卷二十九。

〔352〕〔注：《淮南子》……语也〕　见《修务》。

〔353〕〔注：《楚辞》……清尘〕　见《远游》。

〔354〕〔注：《烈士传》……中死〕　《考异》依袁本校"烈"作"列"。案：《隋志》史部杂传类著录："《列士传》二卷，刘向撰。"《新唐志》同。盖托名刘向之作。此事又见《后汉书·申屠刚传》注引，"阳"作"羊"。

〔355〕〔注：应璩云云〕　案：此又见本书卷三十八《为范始兴求立太宰碑表》注引。《全三国文》辑入卷三十。

〔356〕〔注：《庄子》……东粤〕　此《庄子》佚文。

〔357〕〔注：《楚辞》……谁语〕　见《九叹·怨思》。

〔358〕〔注：魏武……缌帐〕　见本书卷六十《吊魏武帝文》。

〔359〕〔注：谢承……丧主〕　今范晔《后汉书·徐稚传》注及《世说新语·德行》注、《御览》卷五六一皆引谢书此文。汪文台《七家后汉书》辑入谢承书卷三。

〔360〕〔注：《礼记》……哭焉〕　见《檀弓上》。

〔361〕〔注：已见上文〕　六臣本作"事见前此篇注"。

〔362〕〔嶂疠〕　"嶂"，古钞本、六臣本作"鄣"，《梁书》作"瘴"。《考异》谓善当作"嶂"，五臣作"鄣"。

〔363〕〔注：刘璠……家业〕　参看上文校释。

〔364〕〔注：《左氏传》……诸孤〕　见僖公九年。

〔365〕〔注：又……长也〕　见昭公元年。

〔366〕〔注：李陵……之野〕　见本书卷四十一。

〔367〕〔注：范晔……漏刻〕　见《马援传》。

〔368〕〔注：《蒋子万机论》……之南〕　《隋志》子部杂家类著录："《蒋子万机论》八卷，蒋济撰。"《旧唐志》同，《新唐志》作十卷。严可均辑其佚文入《全三国文》卷三十三。许文休，许靖，《蜀志》有传。

〔369〕〔注：《梁典》云云〕　汪云："此纪实事，岂有虚指地名之理，必是实有其事而无可考耳。"

〔370〕〔注：刘孝标……《绝交论》焉〕　《考异》："'标'当作'绰'，各本皆误。本传云：'孝绰诸弟时随藩皆在荆雍，乃书与论共洽不平者十事，其辞皆鄙到氏'云云，此所引即其一事也。孝绰彭城人，故下称孝标云'平原刘峻'。不知者妄改，绝无可通。今特订正。"文中"攸"字，《考异》从袁本、茶陵本校作"悠"。

〔371〕〔注：《东观汉记》……为常〕　聚珍本辑入卷十八《朱晖传》。文中"南阳饿"，朱、梁校作"南阳饥"。

〔372〕〔注：《春秋外传》……终之〕　见《国语·晋语》。

〔373〕〔注：《孔丛子》云云〕　见《陈士义》。今本"酬毕而送以璧"作"送以宝璧"，无"酬毕而"三字。此事本之《吕氏春秋·观表》。

〔374〕〔注：卢谌诗……我欲〕　此卢谌佚诗，不在本书所选谌诗五首中。

〔375〕〔注：《楚辞》……危也〕　见《七谏·怨世》。

〔376〕〔注：孟门……名也〕　梁云："《吕氏春秋·上德篇》云：孔子闻之曰：'通乎德之情，则孟门、太行不为险矣。'"

〔377〕〔注：《史记》云云〕　见《吴起传》。

〔378〕〔注：《韩》……人多〕　见《五蠹》。今本"商贾"作"高价"。

〔379〕〔注：《墨子》……至郢〕　见《公输》。此事又见《吕氏春秋·爱类》、《淮南子·修务》及《战国策·宋策》。

〔380〕〔注：曹植……长骛〕　见本书卷二十。

〔381〕〔注：郭象……之顶〕　见《逍遥游》注。

〔382〕〔注：《楚辞》……同坑〕　见《七谏·初放》。

〔383〕〔注：《论语》……群也〕　见《微子》。今本《集解》引孔注"山"上有"于"字，"是"下有"与鸟兽"三字。

〔384〕〔注：范晔……易污〕　见《黄琼传》。

〔385〕〔注：《楚辞》……浊兮〕　见《九叹·逢纷》。今本"精气"作"精粹"，"雾浊"作"氛浊"。

〔386〕〔注：《说文》云云〕　见《气部》。梁云："今《说文》'氛'，重文'雰'。"

马汧督诔并序（卷五十七·诔） 潘安仁

马汧督诔[1]一首并序

臧荣绪《晋书》曰："汧督马敦，立功孤城，为州司所枉，死于图圄。岳诔之。"[2]

潘安仁

惟元康七年秋九月十五日，晋故督守[3]关中侯扶风马君卒。鸣呼哀哉！初，雍部之内属羌反未弭，而编户之氏又肆逆焉。

傅畅《晋诸公赞》曰："惠帝元康五年，武库火，北地卢水胡、兰羌因此为乱，推齐万年为主。"[4]杜预《左氏传注》曰："弭，息也。"[5]《汉书》：吕后曰："诸将与帝为编户民。"[6]

虽王旅致讨，终于殄灭；

《毛诗》曰："王旅啴啴。"[7]

而蜂虿有毒，骤失小利。

《左氏传》：臧文仲曰："君无谓邾小，蜂虿有毒，况国乎？"[8]

俾百姓流亡，频于涂炭。

《毛诗》曰："人卒流亡。"〔9〕《尚书》曰："有夏昏德，民坠涂炭。"〔10〕

建威丧元于好畤〔11〕，州伯宵遁乎大溪。

王隐《晋书》曰："解系为雍州刺史。"又曰："朝廷以周处忠烈，欲遣讨氐，乃拜为建威将军。"又曰："周处、解系与贼战于六陌，军败，周处死之。"〔12〕《孟子》曰："勇士不忘丧其元。"〔13〕《左氏传》曰："秦师夜遁。"〔14〕

若夫偏师裨将之殒首覆军〔15〕者，盖以十数。

《左氏传》：韩子曰："嬴以偏师陷，子罪大矣。"〔16〕《汉书》曰："大将军霍去病裨将封侯者九人。"〔17〕《汉书》：谷永上书曰："齐客陨首公门，以报恩施。"〔18〕《史记》：齐使人说越曰："韩之攻楚，覆其军，杀其将。"〔19〕

剖符专城纡青拖墨〔20〕之司，奔走失其守者，相望于境。

《东观汉记》：韦彪上议曰："二千石皆以选出京师，剖符典千里。"〔21〕《古乐府·日出东南隅》曰："三十侍中郎，四十专城居。"〔22〕《解嘲》曰："纡青拖紫，朱丹其毂。"〔23〕《汉书》曰："比六百石以上，铜印墨绶。"〔24〕云剖符专城，则青墨是也。墨或为紫，非。

秦陇之借，巩更为魁。

巩，姓也。更，名也。《汉书》曰："羌煎巩降。"〔25〕《东观汉记》曰："羌什长巩便。"〔26〕然更盖其种也。〔27〕《尚书》曰："歼厥渠魁。"〔28〕

既已袭汧，而馆其县。

《左氏传》曰："凡师轻曰袭。"杜预曰："掩其不备。"〔29〕

子以眇尔之身，介乎重围之里。率寡弱之众，据十雉之城。

十雉，言小也。[30]

群氏[31]如猬毛而起，四面雨射城中。城中凿穴而处，负户而汲。

《汉书》："贾谊曰：高帝功臣反者，如猬毛而起。"[32]《东观汉记》曰："上入昆阳，二公环昆阳城，积弩射城，矢如雨下，城中负户而汲。"[33]

木石将尽，樵苏乏竭，乌莑[34]罄绝。

《汉书》：李左车曰："樵苏后爨，师不宿饱。"晋灼曰："樵，取薪也。苏，取草也。"[35]《毛诗》曰："询于乌莑。"毛苌曰："乌莑，薪采者也。"[36]

于是乎发梁栋而用之，罚[37]的以铁锁机关，既纵礌[38]而又升焉。

言以铁锁系木为机关。既纵之以礌敌，而又收上焉。《汉书》曰："匈奴乘隅，下礌石。"[39]又曰："高城深堑，具蔺石。"如淳曰："蔺石，城上礌石也。"[40]杜笃《论都赋》曰："一卒举礌，千夫沈滞。"[41]然礌与礧并同，[42]力对切。

爨陈焦之麦，柿孚废梠吕废桷角之松。

《说文》曰："柿，削柿也。梠，楣也。桷，榱也。"[43]

用能薪刍[44]不匮，人畜取给。青烟傍起，历马[45]长鸣。

《古诗》曰："朱火然其中，青烟扬其间。"[46]司马彪《庄子》注曰：

"皂，历也。"〔47〕

凶丑骇而疑惧，乃阙㩌_掘地而攻。子命穴浚堑，置壶〔48〕
镭_雷瓶甄_武以侦㶾_令之。

《墨子》曰："若城外穿地来攻者，宜于城内掘井以薄城，幕甄，内井，使聪
耳者伏㶾而听，审知穴处，凿内迎之。"〔49〕《东观汉记》曰："使先登侦之，言虏
欲去。"〔50〕然侦，廉视也。《方言》曰："甄，㶾也。"〔51〕

将穿〔52〕响作，内焚〔53〕穬_{古猛}火薰之〔54〕，潜氏歼焉。

崔寔《四人月令》曰："四月可籴穬。"注曰："大麦之无皮毛者曰穬。"〔55〕
潜氏，谓潜攻之氏也。

久之，安西之救至，竟免虎口之厄〔56〕。

王隐《晋书》曰："齐万年帅羌胡围泾阳，遣安西将军夏侯骏西讨氏羌。"〔57〕
《庄子》：孔子曰："丘几不免虎口哉。"〔58〕

全数百万石之积，文契书于幕府〔59〕。

《汉书音义》曰："卫青征匈奴，大克获，帝就拜大将军于幕中府，因曰幕
府。"〔60〕

圣朝畴咨〔61〕，进以显秩，殊以幢盖之制。

幢盖，将军刺史之仪也。《兵书》曰："军主长服赤幢。"〔62〕《东观汉记》
曰："段颎为并州刺史，曲盖朱旗。"〔63〕

而州之有司〔64〕，乃以私隶数口，谷十斛〔65〕，考讯〔66〕
吏兵，以榜楚之辞连之。

《礼记》曰："夏楚二物，以收其威。"郑玄曰："夏，榎也。楚，荆也。夏与槚古今字通也。"〔67〕

大将军屡抗其疏，

干宝《晋纪》曰："梁王肜为征西大将军。"〔68〕

曰：敦固守孤城，独当群寇。

《管子》曰："民无耻，不可以固守。"〔69〕

以少御众，载离寒暑。

《庄子》曰："晋之善战者牛丑，以寡击众。"〔70〕

临危奋节，保谷全城。而雍州从事，忌敦勋效，极推〔71〕小疵。

《周易》曰："悔吝者，言乎其小疵也。"〔72〕

非所以褒奖元功。宜解敦禁劾何戴假授。

言请解禁劾，而假授之以官也。《说文》曰："劾，法有罪也。"〔73〕

诏书遽许，而子固已下狱发愤而卒也。朝廷闻而伤之。策书曰："皇帝咨故督守关中侯马敦，忠勇果毅，率厉〔74〕有方。固守孤城，危逼〔75〕获济。宠秩未加，不幸丧亡。朕用悼焉！今追赠牙门将军印绶，祠以少牢。"

王隐《晋书》："赠马敦诏曰：'今追赠牙门将军印绶，祠以少牢。'"〔76〕

魂而有灵，嘉兹宠荣。

范晔《后汉书》曰："和帝追谥梁竦诏曰：'魂而有灵，嘉斯宠荣。'"〔77〕

然絜士之闻秽，其庸致思乎？

言絜士之闻己秽，其庸致思以求生乎？《家语》曰："孔子登于丰山而叹曰：
'于斯致思，无不至矣。'"〔78〕

若乃下吏之肆其噤害，则皆妒之徒也。

《楚辞》曰："口噤闭而不言。"〔79〕然则口不言，心害之，为噤害也。《广
雅》曰："妒，害也。"〔80〕

嗟乎！妒之欺善，抑亦贸首之仇也。

言嫉妒之徒，欺此善士，抑亦同彼贸首之仇也。《战国策》："甘茂谓楚王
曰：'魏氏听甘茂与樗里疾，贸首之仇也。'"〔81〕

语曰：或戒其子，慎无为善。言固可以若是，悲夫！

《淮南子》曰："人有嫁其子而教之曰：'尔行矣，慎无为善。'曰：'不为
善，将为不善邪？'应之曰：'善且犹弗为，况不善乎？'此全其天器者也。"高诱
曰："器，犹性也。"〔82〕

昔乘丘之战，县玄贲父甫御鲁庄公，马惊，败绩。贲父
曰："他日〔83〕未尝败绩，而今败绩，是无勇也。"遂死之。
圉人浴马，有流矢在白肉。公曰："非其罪也。"乃诔之。

《礼记》曰："鲁庄公及宋人战于乘丘，县贲父御，马惊，败绩，公坠。县贲父
曰：'他日不败绩，而今败绩，是无勇也。'遂死之。圉人浴马，有流矢在白肉。公
曰：'非其罪也。'遂诔之。士之有诔，自此始也。"郑玄曰："白肉，股里。"〔84〕

汉明帝时，有司马叔持者，白日于都市手剑父仇，视死

如归。亦命史臣班固而为之诔[85]。

《公羊传》曰："仇牧闻宋万杀君，手剑而叱之。"何休曰："手剑，持拔剑也。"[86]《吕氏春秋》："管子曰：'三军之士，视死如归。'"[87]

然则忠孝义烈之流，慷慨非命而死者[88]，缀辞之士，未之或遗也[89]。

班固《汉书》赞曰："自孔子后，缀文之士众矣。"[90]

天子既已策而赠之，微臣托乎旧史之末[91]，敢阙其文哉？乃作诔曰：知人未易，人未易知。[92]

《史记》曰："侯嬴曰：'人固未易知，知人亦未易。'"[93]

嗟兹马生，位末名卑。西戎猾夏，乃奋其奇。

《尚书》曰："蛮夷猾夏。"孔安国曰："猾，乱也。"[94]

保此汧城，救我边危。彼边奚危？城小粟富[95]。子以眇身，而裁其守。兵无加卫，墉不增筑。嫠嫠群狄，豺虎竞逐。

《左氏传》：富辰谏王曰："狄固贪嫠，王又启之。"[96]《说文》曰："杜林说：'卜者党相诈验为嫠。'"[97]力南切。《汉书·张耳陈余述》曰："据国争权，还为豺虎。"[98]又曰："魏其武安之属，竞逐于京师。"[99]

巩更恣睢，潜跱官寺。

《吕氏春秋》曰："在上无道，倨傲荒恶，恣睢自用也。"[100]《楚辞》曰："意恣睢以指摘。"[101]《史记》：李斯曰："独行恣睢之心。"[102]《汉书》：

“任横攻官寺。”[103]《东观汉记》曰：“象林蛮夷攻燔官寺。”[104]

齐万[105]虓呼交阚呼槛，震惊台司。

《毛诗》曰：“进厥虎臣，阚如虓虎。”[106]又曰：“震惊徐方。”[107]《春秋汉含孳》曰：“三公在天法三台。”[108]

声势沸腾，种落煽扇炽。

谢承《后汉书》曰：“匈奴诣张奂降，声势猛烈。”[109]《毛诗》曰：“百川沸腾。”[110]《风俗通》曰：“诸羌种落炽盛，大为边害。”[111]

旌旗电舒，戈矛林植。彤珠[112]星流，飞矢雨集。

彤珠星流，谓冶铁以灌敌。《司马兵法》曰：“火攻有五，斯为一焉。”[113]《汉书》曰：“炉中铁销，散如流星。”[114]矢如雨，见上文。[115]

惴惴士女，号天以泣。

《尔雅》曰：“惴惴，惧也。”[116]《尚书》曰：“号泣于旻天。”[117]

爨麦而炊，负户以汲。累卵之危，倒悬之急。

《说苑》曰：“晋灵公造九层台，孙息闻之，求见。曰：‘臣能累十二博棋，加九鸡子其上。’公曰：‘子作之。’孙息以棋子置下，加九鸡子其上。公曰：‘危哉！’”[118]《孟子》曰：“当今之时，万乘之国行仁政，人悦之，犹解倒悬。”[119]

马生爰发，在险弥亮。

《毛诗》曰：“赋政于外，四方爰发。”[120]

精冠[121]白日，猛烈秋霜。

《战国策》：康雎曰：“聂政之刺韩傀也，白虹贯日。”[122]《申鉴》曰：

"人主怒如秋霜。"〔123〕

棱威可厉，懦夫克壮。

《汉书》："武帝报李广曰：'威棱憺乎邻国。'"〔124〕《孟子》曰："闻伯夷之风者，懦夫有立志。"〔125〕《毛诗》曰："克壮其猷。"〔126〕

沾恩抚循〔127〕**，寒士挟纩。**

《左氏传》曰："楚子伐萧，申公巫臣曰：'师人多寒，王巡三军，拊而勉之，三军之士，皆如挟纩。'"〔128〕

蠢蠢犬羊，阻众陵寡〔129〕**。**

《汉名臣奏》："太尉应劭等议，以为鲜卑隔在漠北，犬羊为群。"〔130〕《韩诗外传》曰："强不陵弱，众不暴寡。"〔131〕

潜隧密攻，九地之下。

《司马兵法》曰："善守者，藏于九地之下。善攻者，动于九天之上。"〔132〕

悽悽穷城，气若无假。

王逸《楚辞》曰："悽悽小息，畏罹患祸者也。"〔133〕魏明帝《善哉行》曰："假气游魂，鸟鱼为伍。"〔134〕

昔命悬天，今也惟马。

《论衡》曰："夫命悬于天，吉凶存于时。"〔135〕

惟此马生，才博智赡。

《解嘲》曰："虽其人之赡智哉。"〔136〕《字书》曰："赡，足也。"〔137〕

侦耻命以瓶壶，剧灵结以长堑。

徐爰《射雉赋》注曰："劋，割也。"〔138〕《说文》曰："堲，坑也。"〔139〕
七艳切。

锸〔140〕未见锋，火以起焰〔141〕；薰尸满窟，棓穴〔142〕
以敛。

《广雅》曰："棓，棰也。"〔143〕蒲沟切。

木石匮竭，其秆〔144〕空虚。瞷然马生，傲若有余。

《左氏传》："晋边吏让郑曰：'今执事瞷然授兵登埤。'"杜预曰："瞷然，
劲忿貌也。"〔145〕瞷与瞷同，下板切。孔融《荐祢衡表》曰："临敌有余。"〔146〕

罘的梁为礧〔147〕，枊废松为彐〔148〕。守不乏械，历有〔149〕
鸣驹。哀哀建威，身伏斧质；

郑玄《周礼注》曰："质，木椹也。"〔150〕

悠悠〔151〕烈将〔152〕，覆军丧器。戎释我徒，显诛我帅〔153〕。
以生易死，畴克不二。

《汉书》：公孙獟说梁王曰："昔宋人立公子突，以活其君，非义也。《春
秋》记之，为其以生易死，以存易亡。"〔154〕

圣朝西顾，关右震惶〔155〕。分我汧庾，化为寇粮。实赖
夫子，思謩_模弥长。

蔡邕《赵历碑》曰："加以思谋深长，达于从政。"〔156〕孔安国《尚书传》
曰："謩，谋也。"〔157〕

咸使有勇，致命知方。

《论语》：子路曰："千乘之国，摄乎大国之间，加之以师旅，因之以饥馑，由也为之，比及三年，可使有勇，且知方也。"[158]又：子张曰："士见危致命。"[159]

我虽末学，闻之前典。

《庄子》曰："末学，古之人有之。"[160]《东京赋》曰："所谓末学肤受。"[161]

十世宥能，表墓旌善。

《左氏传》曰："宣子囚叔向，祁奚闻之，而见宣子曰：'夫谋而鲜过，叔向有焉，社稷之固也，犹将十世宥之，以劝能者，今一不免其身，以弃社稷，不亦惑乎？'"[162]《尚书》曰："封比干之墓。"[163]贾逵《国语注》曰："旌，表也。"[164]

思人爱树，甘棠不翦[165]。

《左氏传》：君子曰："诗云：'蔽芾甘棠，勿翦勿伐，召伯所茇。'思其人，犹爱其树也。"[166]

矧乃吾子，功深疑浅。两造未具，储隶盖鲜[167]。

《尚书》曰："两造具备，师听五辞。"孔安国曰："两，谓囚证也。造，至也。两至具备，众听其入五刑之辞。"[168]

孰是勋庸，而不获免？猲哉部司，其心反侧。斫善害能，丑正恶直。

郑玄《毛诗笺》曰："恶直丑正。"[169]

牧人逶迤[170]，自公退食。

《国语》：里革曰："且夫君也者，将牧人而正其邪。"[171]《毛诗》曰："逶迤逶迤，自公退食。"毛苌《诗传》曰："逶迤，行可踪迹也。"[172]

闻秒鹰扬，曾不戢翼。

言闻秒必殒，若鹰之扬，若不戢翼而少留也。[173]《毛诗》曰："惟师尚父，时惟鹰扬。"[174]又曰："鸳鸯在梁，戢其左翼。"[175]

忘尔大劳，猜尔小利。

《方言》曰："猜，恨也。"[176]

苟莫开怀，于何不至。

言人不开怀以相容，则瑕衅于何而不至。

慨慨马生，琅琅[177]高致。

《说文》曰："慷慨，壮士不得志也。"[178]《广雅》："硠硠，坚也。"[179]

发愤图圉[180]，没而犹视。呜呼哀哉！

《左氏传》曰："荀偃伐齐，卒，视不可唅。栾怀曰：'主苟终，所不嗣事于齐，有如河。'乃瞑受唅。"[181]

安平出奇，破齐克完。

《史记》曰："田单者，齐诸田疏属也。燕破齐，田单东保即墨，燕引兵围即墨。田单乃收城中得千余牛，为绛缯衣，画以五采龙文，束兵刃其角，而灌脂束苇于尾，烧其端。凿城数十穴，夜纵牛，壮士五千人随其后。牛尾热，怒而奔燕，燕军夜大惊。尾炬火，光明炫耀，燕军视之，皆龙文，所触尽死伤。五千人因衔枚击之，燕军大败骇走，齐人遂夷杀其将骑劫，而齐七十余城皆复为齐。襄王封田单，号曰安平君。太史公曰：'兵善者，出奇无穷。'" [182]

张孟运筹，危赵获安。

《战国策》曰："智伯从韩魏兵以攻赵，围晋阳，决晋水以灌之。襄子谓张孟谈曰：'士大夫病，吾不能守矣。'孟谈于是阴见韩魏之君曰：'今智伯率二君而伐赵，赵亡则君次之。'二君曰：'我知其然。'即与张孟谈阴约三军，与之期曰：'夜遣人入晋阳。'赵氏杀守堤之吏，而决水灌智伯。智伯军救水而乱。韩魏翼而击之，襄子将卒犯其前，大败智氏军，而擒智伯。智伯身死国亡，地分为三。" [183]
《汉书》：高祖曰："运筹策于帷幄之中。" [184]

汧人赖子，犹彼谈单。如何吝嫉，摇之笔端？

吝嫉，谓有司贪吝嫉妒也。《论衡》曰："文吏摇笔，考迹民事。" [185]《韩诗外传》曰："避文士之笔端。" [186]

倾仓可赏，矧云私粟？狄隶可颂，况曰家仆？

《周礼》有蛮隶、夷隶。郑玄曰："征蛮夷所获也。" [187] 颂，赋也。颂与班古字通。

剔子双龟，贯以三木。

为督守及关中侯，故双龟也。司马迁《答任少卿书》曰："魏其，大将也，衣赭，关三木。" [188]

功存汧城，身死汧狱。凡尔同围，心焉摧剥[189]。扶老携幼，街号巷哭[190]。鸣呼哀哉！

《战国策》曰："薛人扶老携幼，迎孟尝君。"〔191〕刘缘《圣贤本纪》曰："子产卒，国人哭于巷，妇人泣于机。"〔192〕

明明天子，旌以殊恩。

《毛诗》曰："明明天子，令闻不已。"〔193〕

光光宠赠，乃牙其门。司勋颁爵〔194〕，亦兆后昆。

《周礼》曰："凡有功者，祭于大蒸，司勋诏之。"〔195〕《尚书》曰："垂裕后昆。"〔196〕

死而有灵，庶慰冤魂。呜呼哀哉！

〔校释〕

〔1〕〔马汧督诔〕 据《晋书·地理志》，雍州所属扶风郡，有县六，汧其一也，故城在今陕西陇县南。关于此文中所涉及齐万年作乱，今略依《资治通鉴》卷八十二、八十三叙其事如下：

晋惠帝元康六年（二九六年）夏，匈奴郝散、弟度元，与冯翊北地（今陕西南郑）马兰羌、卢水胡俱反。以梁王肜为征西大将军、都督雍梁二州诸军事。秋八月，雍州刺史解系为都度元所败。秦雍氐羌悉反，立氐帅齐万年为帝，围泾阳（今甘肃平凉）。御史中丞周处，弹劾不避权威，梁王肜尝违法，处按劾之。冬十月，诏以处为建威将军，隶安西将军夏侯骏，以讨齐万年。七年（二九七年）春正月，齐万年屯梁山（地在今陕西乾县），有众七万。梁王肜、夏侯骏使周处以五千兵击之。处曰："兵无后继，必败。不徒亡身，为国取耻。"肜、骏不听，逼遣之。癸丑（正月初四日），处与卢播、解系攻万年于六陌（地在今乾县东）。处军士未食，肜促令速进。自旦战至暮，斩获甚众。弦绝矢尽，救兵不至。左右劝处退，处按剑曰："是吾效节致命之日也。"遂力战而死。八年（二九八年），张华、陈准荐孟观，使讨齐万年。九年（二九九年）春正月，孟观大破氐众于中亭（地在今陕西武功县），获齐万年。汧县之陷，即在此役中。

潘岳工于哀诔之文，《文心雕龙·诔碑》云："潘岳构意，专师孝山（指后汉苏顺孝山），巧于叙悲，易入新切，所以隔代相望，能征厥声者也。"又《才略》云："潘岳敏给，辞旨和畅，钟美于《西征》，贾余于哀诔。"《马汧督诔》为潘诔之名作。谭献评《骈体文钞》（卷二十六），谓："世称韩退之起八代之衰，《曹成王》《杨燕齐》诸碑视此，亦恐当僵如籍、湜矣。"

〔2〕〔注：臧荣绪云云〕　汤球辑此入臧荣绪《晋书》卷十《潘岳传》中。今《晋书》无马敦事。

〔3〕〔晋故督守〕　古钞本作"晋故汧马督守"。案：此似当增"汧"字，古钞本"马"字是衍文。

〔4〕〔注：傅畅……为主〕　《隋志》史部杂史类著录："《晋诸公赞》二十一卷，晋秘书监傅畅撰。"两《唐志》皆作二十二卷。畅字世道，见《晋书·傅玄传》及《魏志·傅嘏传》注引《魏晋世语》。《考异》："'兰'上当有'马'字，《关中诗》注引有。各本皆脱。今《晋书·惠帝纪》亦可证也。"

〔5〕〔注：杜预……息也〕　见成公十六年传注。

〔6〕〔注：《汉书》云云〕　见《高纪》。今本"与"上有"故"字，此当

据增。六臣本"民"作"人"，避唐讳改。

〔7〕〔注：《毛诗》云云〕　见《大雅·常武》。

〔8〕〔注：《左氏传》云云〕　见僖公二十二年。《广雅·释虫》："蠆，
蝎也。"《说文·虫部》："蠆，毒虫也，象形。蠆，蠆或从虫。"

〔9〕〔注：《毛诗》……流亡〕　见《大雅·召旻》。"人"字避唐讳改，
六臣本作"民"。

〔10〕〔注：《尚书》云云〕　见伪古文《仲虺之诰》。

〔11〕〔好時〕　古钞本"時"误"时"。

〔12〕〔注：王隐……死之〕　三引王隐《晋书》，汤辑本皆入卷七。前两引
又见本书卷二十《关中诗》注。

〔13〕〔注：《孟子》……其元〕　见《滕文公下》。

〔14〕〔注：《左氏传》云云〕　见文公十二年。

〔15〕〔覆军〕　六臣本"军"字下注云："五臣本作'车'。"

〔16〕〔注：《左氏传》……大矣〕　见宣公十二年。此韩厥（献子）告荀林
父（桓子）之言。《考异》："麾下当有子字，各本皆脱。"麾子，先縠。尤本"偏
师"作"偏将"，此胡刻改。

〔17〕〔注：《汉书》……九人〕　见《卫青霍去病传》。大将军，指卫青。
今《汉书》称"大将军青凡七出击匈奴"，无"霍去病"字。又云："其裨将及校尉
侯者九人。"亦与此所引异。

〔18〕〔注：《汉书》……恩施〕　见《谷永传》。沈钦韩谓此当指北郭骚自

刿以白晏子事，见《晏子春秋·杂篇》《吕氏春秋·士节》《说苑·复恩》。颜注引舍人魏子自刿以明孟尝君事，见《史记·孟尝君列传》，乃一事而传异也。

〔19〕〔注：《史记》云云〕　见《越王勾践世家》。六臣本"杀"作"赦"。案：当从《史记》原文作"杀"，"赦"字妄改。

〔20〕〔拖墨〕　六臣本"墨"字下注云："五臣本作'紫'。""紫"是误字，李善注已驳正。

〔21〕〔注：《东观汉记》……千里〕　聚珍本辑入卷十八《韦彪传》。

〔22〕〔注：《古乐府》……城居〕　陈云："'隅'下脱'行'字。"案：《日出东南隅行》为《玉台新咏》卷一所录《古乐府诗》之一。

〔23〕〔注：《解嘲》……其穀〕　见本书卷四十五。

〔24〕〔注：《汉书》……墨绶〕　见《百官公卿表》。

〔25〕〔注：《汉书》……巩降〕　案《赵充国传》云："羌若零、离留、且种、儿库共斩先零大豪犹非、杨玉首，及诸豪弟泽、阳雕、良儿、靡忘，皆帅煎巩、黄羝之属，四千余人，降汉。"此盖节引（《宣纪》神爵二年亦未书煎巩）。

〔26〕〔注：《东观汉记》……巩便〕　聚珍本辑入卷二十二《西羌传》中，注云："案：此上下文阙。"

〔27〕〔注：然更……种也〕　《考异》："案：'便'当作'傁'，'更'当作'叟'，各本皆误。善意谓'叟'即'傁'字也。或尚有'傁''叟'异同之语而不全。若作'便''更'，则不相通。又案：以此推之，正文及上注二'更'字，皆'叟'之误。后诔：'巩更恣睢。'亦然。"

〔28〕〔注：《尚书》云云〕 见伪古文《胤征》。

〔29〕〔注：《左氏传》云云〕 见庄公二十九年，传文系节引。

〔30〕〔注：十雉云云〕 《周礼·考工记》注："雉长三尺，高一尺。"

〔31〕〔群氐〕 六臣本"氐"字下注云："五臣本作'羌'字。"

〔32〕〔注：《汉书》……而起〕 见《贾谊传》。

〔33〕〔注：《东观汉记》云云〕 聚珍本在卷一《光武纪》。文字多有异同。二公，指王莽大司徒王寻、大司空王邑。聚珍本云："寻、邑兵已五六万到，遂环昆阳城作营。"

〔34〕〔刍荛〕 古钞本"刍"作"荔"。

〔35〕〔注：《汉书》……草也〕 见《韩信传》。颜注全袭晋灼语，而不标晋灼之名。

〔36〕〔注：《毛诗》云云〕 见《大雅·板》。此刍荛与上句樵苏皆取柴草饲料之义。下文"人畜取给"，可与此处之意参会。"青烟傍起"，即承"樵苏"；"历马长鸣"，即承"刍荛"。

〔37〕〔罥〕 本书卷十《西征赋》："贯鳃罥尾。"注："罥，犹系也。"

〔38〕〔纵礌〕 六臣本"礌"下注云："五臣作'礧'，卢会切。"注文或作"礌"，或作"礨"。

〔39〕〔注：《汉书》……礌石〕 见《李陵传》。《考异》谓茶陵本作"垒"为是。

〔40〕〔注：又曰……石也〕 《考异》："各本皆非，当作'雷'，此所引

《晁错传》注文。”

〔41〕〔注：杜笃……沈滞〕　《隋志》著录“《后汉车骑从事杜笃集》一卷。”两《唐志》皆作五卷。笃字季雅，见《后汉书·文苑传》。此赋即在本传中。《全后汉文》辑杜所著入卷二十八。

〔42〕〔注：然礧云云〕　《考异》：“‘礧’当作‘垒’‘雷’二字，各本皆误。”

〔43〕〔注：《说文》云云〕　今《说文·木部》：“柹，削木札朴也。从木，𣎵声（芳吠切）。”隶书作“柿”。“柤”“楄”亦见《木部》。

〔44〕〔薪刍〕　古钞本“刍”作“蒭”。

〔45〕〔历马〕　六臣本“历”下注云：“五臣本作‘枥’字。”古钞本“马”作“乌”，“历”旁注云：“五臣作‘枥’。”

〔46〕〔注：《古诗》……其间〕　此古诗《四坐且莫谊》中句，见《玉台新咏》卷一。

〔47〕〔注：司马彪云云〕　此当是《马蹄》注，“历”与“枥”通。今《马蹄》：“编之以皂栈。”《释文》：“皂，才老反，枥也。一云：槽也。崔云：马闲也。”

〔48〕〔置壶〕　六臣本“壶”字下注云：“五臣本无‘置’字。”

〔49〕〔注：《墨子》……迎之〕　六臣本无“幕罂内井”四字。此当是《备穴》文，与今本略异。孙诒让《间诂》谓此所引“幕罂”，“幕”乃“幎”之误字，《广雅·释诂》云：“幎，覆也。”《墨子》原文云：“令陶者为罂。”幎罂，谓

以薄皮裹口如鼓。"内井",《墨子》作"置井中"。"凿内",《墨子》作"凿穴"。

〔50〕〔注:《东观汉记》……欲去〕 此零句,聚珍本卷二十四辑入《佚文》。

〔51〕〔注:《方言》……罂也〕 见卷五。今本"瓺"作"甋","罂"作"罍"。

〔52〕〔将穿〕 六臣本"将"字下注云:"五臣本有'城'字。"（此指"将"上有"城"字。）

〔53〕〔内焚〕 古钞本"内"作"因"。

〔54〕〔薰之〕 六臣本云:"五臣本无'之'字。"（注在下文"潜"字下。）

〔55〕〔注:崔寔……曰糗〕 六臣本"寔"字误作"宜",无"人"字。段玉裁校改"人"作"民"（梁引）,案:此乃李避唐讳。《隋志》子部农家著录"《四人月令》一卷,后汉大尚书崔寔撰（'人'亦避讳字）"。《旧唐志》同,《新唐志》误作"崔湜"。严可均辑入《全后汉文》卷四十七。此文又见《齐民要术》卷三《杂说》引,"糗"作"麨"。

〔56〕〔之厄〕 古钞本"厄"作"危"。

〔57〕〔注:王隐……氐羌〕 又见本书卷二十《关中诗》注引,汤辑本入卷一《惠帝纪》。

〔58〕〔注:《庄子》云云〕 见《盗跖》。

〔59〕〔幕府〕　古钞本"幕"作"莫"。

〔60〕〔注：《汉书音义》云云〕　《汉书·李广传》："莫府省文书。"《集解》引晋灼举或说如此，颜师古以为非，云："莫府者，以军幕为义，古字通，单用耳。军旅无常居止，故以帐幕言之。廉颇、李牧，市租皆入幕府，此则非因卫青始有其号。"

〔61〕〔畴咨〕　古钞本"咨"作"諮"，当是"谘"字之误写。

〔62〕〔注：《兵书》……赤幢〕　《隋志》子部兵家有《兵书》七卷，不著撰人。或即此所引者。《释名·释床帐》："幢，容，幢，童也。施之车盖，童童然，以隐蔽形容也。"

〔63〕〔注：《东观汉记》云云〕　聚珍本辑入卷二十一《段颎传》。

〔64〕〔州之有司〕　古钞本"州"上有"雍"字。

〔65〕〔谷十斛〕　六臣本"谷"下注云："五臣本有'数'字。"

〔66〕〔考讯〕　古本"讯"作"谇"。

〔67〕〔注：《礼记》……字通也〕　见《学记》。参看《广绝交论》注。

〔68〕〔注：干宝云云〕　《考异》："陈云：'肜，肜误。'是也。各本皆误。又案《关中诗》注与此同，亦讹也。"汤辑《晋纪》据《关中诗》注收入惠帝元康六年。

〔69〕〔注：《管子》云云〕　案：《权修》云："民无取，外不可应敌，内不可以固守。"此当即节引《权修》文，"取"误为"耻"。

〔70〕〔注：《庄子》云云〕　此《庄子》佚文，《困学纪闻》卷十《庄子逸

篇》失收。

〔71〕〔极推〕 六臣本注云："五臣作'推极'。"

〔72〕〔注：《周易》云云〕 见《系辞上》。

〔73〕〔注：《说文》云云〕 见《力部》。

〔74〕〔牵厉〕 六臣本"厉"字下注云："五臣作'励'字。"

〔75〕〔危逼〕 六臣本"逼"字下注云："五臣本作'偪'字。"

〔76〕〔注：王隐云云〕 汤辑本入卷十一《补遗》中。

〔77〕〔注：范晔云云〕 见《梁竦传》。

〔78〕〔注：《家语》云云〕 见《观思》，通行本作《致思》，今从宋本。今本"丰"作"农"，与《说苑·指武》同；《韩诗外传》卷九作"戎"。又，"无"下，今本有"所"字。

〔79〕〔注：《楚辞》……不言〕 见《九叹·思古》。

〔80〕〔注：《广雅》云云〕 见《释诂》。

〔81〕〔注：《战国策》云云〕 见《楚策二》。六臣本无"甘茂谓楚王"五字及"魏氏听"三字。

〔82〕〔注：《淮南子》云云〕 见《说山》。

〔83〕〔他日〕 古钞本"他"作"佗"，六臣本讹为"化"。

〔84〕〔注：《礼记》云云〕 见《檀弓上》。李惇《群经识小》谓是战鲁未尝败，此败绩是车之败绩，非军之败绩。古人车败亦曰败绩。

〔85〕〔之诛〕 六臣本注云："五臣本作'诛之'。"《文选理学权舆》卷

八《质疑》云："按此事阙注。"

〔86〕〔注：《公羊传》……剑也〕 见庄公十二年。

〔87〕〔注：《吕氏春秋》云云〕 见《勿躬》。又见《管子·小匡》《韩非子·外储说左下》《新序·杂事四》。

〔88〕〔死者〕 古钞本无"者"字。

〔89〕〔遗也〕 六臣本"也"字下注云："五臣本无'也'字。"

〔90〕〔注：班固云云〕 见《楚元王传》。此赞刘向语，向事即附《楚元王传》后。

〔91〕〔微臣托乎旧史之末〕 刘良云："微臣，岳自谓也。托，寄也。岳时为著作郎，不敢正当史官，故云末也。"

〔92〕〔知人……易知〕 六臣本注云："五臣本'知人不易，人不易知'。"

〔93〕〔注：《史记》云云〕 见《范睢列传》。

〔94〕〔注：《尚书》云云〕 见《舜典》。

〔95〕〔粟富〕 古钞本"粟"误"栗"。

〔96〕〔注：《左氏传》……启之〕 见僖公二十四年。

〔97〕〔注：《说文》……为婪〕 见《女部》。六臣本"说"讹"悦"，"卜者"讹"上"。

〔98〕〔注：《汉书·张耳陈余述》……豺虎〕 见《叙传》。

〔99〕〔注：又曰云云〕 见《游侠传》。

〔100〕〔注：《吕氏春秋》……用也〕　见《怀宠》。"倨"，毕沅校本作"据"，云："'据'当与'倨'通，朱本（指明朱梦龙本）即作'倨'。""荒恶"，今本作"荒怠"。下尚有"贪戾虐众"一句，此省去。

〔101〕〔注：《楚辞》……指摘〕　见《远游》。今本"指摘"作"担挢"。王逸注："纵心肆志，所愿高也。"洪兴祖补注："恣睢，自得貌。……《大人赋》云：'掉指桥以偃蹇。'（见《史记·司马相如传》）《史记索隐》云：'指，居桀切。挢，音矫。张揖云：指桥，随风指靡也。'担，《释文》云：'音丘列切，举也。'桥，居庙切，《史记》作'挢'，其字从手。"案：洪所据《史记索隐》为单行本，与今三家注本不同。依所考定，盖《史记》本作"担挢"，《楚辞》作"担桥"。今本《楚辞》作"指摘"，《史记》作"指桥"，皆误也（洪注中引《史记》亦误）。"担挢"即王注"所愿高"之意（"担"，非"擔"字之俗体）。

〔102〕〔注：《史记》……之心〕　见《李斯列传》。"怨睢"今本作"恣睢"。《考异》："'怨'当作'恣'，各本皆讹。"《斯传》上文"有天下而不恣睢"，《索隐》云："恣，音资二反。睢，音呼季反。恣睢，犹放纵也，谓肆情纵恣也。"

〔103〕〔注：《汉书》……官寺〕　《平帝纪》：元始三年（公元三年），"阳陵任横等自称将军，盗库兵，攻官寺，出囚徒"。

〔104〕〔注：《东观汉记》云云〕　此和帝永元十二年（一〇〇年）事，聚珍本辑入卷二《穆宗孝和皇帝纪》内。汉象林县，今在越南境内。

〔105〕〔齐万〕　《笺证》谓《关中诗》亦称"齐万"，犹《晋语》之称曹

叔振铎为"叔振"也。

〔106〕〔注：《毛诗》……虓虎〕　见《大雅·常武》。毛传："虎之自怒虓然。"郑笺："阚然如虎之怒。"

〔107〕〔注：又曰……徐方〕　见《大雅·常武》。

〔108〕〔注：《春秋汉含孳》云云〕　《汉含孳》为《后汉书·樊英传》注所引《春秋纬》十三种之一，《玉函山房丛书》及《古微书》皆有辑本。

〔109〕〔注：谢承……猛烈〕　又见《北堂书钞》卷六十三，"降"上有"乞"字，汪辑本入卷四《张奂传》。

〔110〕〔注：《毛诗》……沸腾〕　见《小雅·十月之交》。

〔111〕〔注：《风俗通》云云〕　案：今本《风俗通》卷四《过誉》论皇甫规事，云："方殊俗越溢，大为边害。"疑所引即此，今本"越溢"下脱去"诸羌种落炽盛"六字。

〔112〕〔彤珠〕　六臣本"珠"字下注云："五臣本作'朱'字。"

〔113〕〔注：《司马兵法》……一焉〕　《考异》："陈云：'曰字衍。'是也。各本皆衍。"案：《隋志》子部兵家有《司马兵法》三卷，今所传本非全本。此文不在今本《司马法》中。

〔114〕〔注：《汉书》……流星〕　见《五行志》，此成帝河平二年（前二七年）正月沛郡铁官铸铁时事。今本《五行志》云："炉中销铁散如流星，皆上去。"

〔115〕〔注：矢如云云〕　六臣本"如雨"以下重引上文《东观汉记》昆阳

之围事，而"矢"字仍误留，未改易。

〔116〕〔注：《尔雅》……惧也〕　见《释训》。

〔117〕〔注：《尚书》云云〕　见伪古文《大禹谟》。

〔118〕〔注：《说苑》……危哉〕　此《说苑》佚文，本书卷六《魏都赋》注、卷十九《上吴王书》注，及《艺文类聚》卷二十四，又七十四，《太平御览》卷四五六，又七五四，《史记·范雎传》正义、《后汉书·和熹邓后纪》注，又《吕布传》注并引之。《史通·申左》亦论及此事，以为谬说。

〔119〕〔注：《孟子》云云〕　见《公孙丑上》。

〔120〕〔注：《毛诗》云云〕　见《大雅·烝民》。

〔121〕〔精冠〕　六臣本"冠"作"贯"。《考异》谓此是尤本误字。

〔122〕〔注：《战国策》……贯日〕　《考异》："陈云：'康，唐误。'是也。各本皆讹。"案见《魏策》四，"康雎"作"唐且"（《魏策》两见，又《楚策》皆作"唐且"，唯《史记·魏世家》作"唐雎"）。此唐且为安陵君说秦王之辞。

〔123〕〔注：《申鉴》云云〕　见《杂言上》。此节引，原文云："故人主以义申，以义屈，喜如春阳，怒如秋霜，威如雷霆之震，惠若雨露之降，沛然孰能御也。"

〔124〕〔注：《汉书》……邻国〕　见《李广传》。

〔125〕〔注：《孟子》……立志〕　见《万章下》。

〔126〕〔注：《毛诗》云云〕　见《小雅·采芑》。

〔127〕〔抚循〕 古钞本"循"误"修"。

〔128〕〔注：《左氏传》云云〕 见宣公十二年。

〔129〕〔陵寡〕 古钞本"陵"作"凌"。

〔130〕〔注：《汉名臣奏》……为群〕 《考异》："何校'尉'下增'掾'字。陈云：'脱掾字，见后《安陆昭王碑》。'是也。各本皆脱。"案：《安陆王碑》见本书卷五十九。《隋志》史部刑法类有《汉名臣奏事》三十卷，两《唐志》书名为《汉名臣奏》。

〔131〕〔注：《韩诗外传》云云〕 见本书卷六。

〔132〕〔注：《司马兵法》云云〕 此亦不见于今本《司马法》，而《孙子·军形》有此语。

〔133〕〔注：王逸……者也〕 《考异》："陈云：'辞下脱注字。'是也。各本皆脱。"六臣本无"小息"二字。案：《哀时命》："固陋腹而不得息。"王注："故陋腹小息，畏惧患祸也。"洪本校语云："陋，一作悏。"补注云："陋，音狭，隘也。"此云"悏悏小息"，盖浅人据正文而误改，六臣本删去"小息"二字，尤非。"悏"当借为"陋"，字本作"陕"，《说文·阜部》："陕，隘也。"通用"狭"字。谓汧本狭小之城。

〔134〕〔注：魏明帝……为伍〕 《宋书·乐志》及《乐府诗集》卷三十六所载无此二句，《乐苑》有之，见黄节《魏明帝诗注》及《汉魏乐府风笺》卷十二。

〔135〕〔注：《论衡》云云〕 此当是《命义篇》脱文。《意林》卷三引《命义篇》云："人命系于国，物命系于人。"今本亦无之。

〔136〕〔注：《解嘲》……智哉〕　见本书卷四十五。

〔137〕〔注：《字书》云云〕　《字书》为六朝人间里常用之书，《隋志》及两《唐书》皆著录，见前《乐府三首》校释。

〔138〕〔注：徐爰……割也〕　见本书卷九。

〔139〕〔注：《说文》云云〕　见《土部》。

〔140〕〔锸〕　古钞本作"臿"。

〔141〕〔起焰〕　古钞本"焰"作"燗"。

〔142〕〔棓穴〕　六臣本"棓"作"掊"，注同。《考异》谓作"掊"为是，此尤本误字。

〔143〕〔注：《广雅》云云〕　此为《广雅》佚文。"捶"，《考异》依袁本、茶陵本校作"捶"，《四部丛刊》景宋六臣本误作"捶"。案：《说文·手部》："掊，把也。今盐官入水取盐为掊。"《汉书·郊祀志》："掊视得鼎。"颜注："掊，谓手把土也。"

〔144〕〔萁秆〕　古钞本"秆"作"芉"，盖俗字。

〔145〕〔注：《左氏传》……貌也〕　见昭公十八年。

〔146〕〔注：孔融云云〕　见本书卷三十七。

〔147〕〔为礴〕　古钞本"礴"作"礁"，六臣本注云："五臣本作'礁'字，卢会切。"

〔148〕〔为刍〕　古钞本"刍"作"蒭"。

〔149〕〔历有〕　古钞本"历"作"枥"。

〔150〕〔注：郑玄云云〕 见《考工记·弓人》"射利革与质"注。原文无"也"字。

〔151〕〔悠悠〕 《后汉书·朱穆传》注："悠悠，多也。"《崔骃传》注："悠悠，众多也。"

〔152〕〔烈将〕 古钞本"烈"作"列"。《考异》："何校'烈'改'列'，陈同，各本皆非。"案：古钞本不误。

〔153〕〔我帅〕 古钞本"帅"作"师"，乃误字。

〔154〕〔注：《汉书》云云〕 见《邹阳传》。六臣本"獲"作"获"，毛氏汲古阁本同，梁以作"获"为误。王先谦谓《汉纪》"獲"作"蠖"。

〔155〕〔震惶〕 古钞本"惶"作"惧"，似误。

〔156〕〔注：蔡邕……从政〕 杨刻《蔡中郎集》无此文，严可均辑入《全后汉文》卷七十八。

〔157〕〔注：孔安国云云〕 《大禹谟》《皋陶谟》传皆有此文。

〔158〕〔注：《论语》……方也〕 见《先进》。

〔159〕〔注：又云云〕 见《子张》。

〔160〕〔注：《庄子》……有之〕 见《天道》。今本"学"下有"者"字。

〔161〕〔注：《东京赋》云云〕 见本书卷三。

〔162〕〔注：《左氏传》……惑乎〕 见襄公二十一年。

〔163〕〔注：《尚书》……之墓〕 见伪古文《武成》。

〔164〕〔注：贾逵云云〕 又见本书卷十一《景福殿赋》注，又卷五十二《博奕论》注、玄应《一切经音义》卷十三。汪远孙《国语三君注辑存》采入《周语》。

〔165〕〔不翦〕 六臣本"不"作"勿"。

〔166〕〔注：《左氏传》云云〕 见宣公九年。

〔167〕〔盖鲜〕 古钞本"鲜"作"尠"。

〔168〕〔注：《尚书》云云〕 见《吕刑》。今本孔传"证"下无"也"字。"众听"作"则众狱官共听"。

〔169〕〔注：郑玄……丑正〕 见《小雅·雨无正》笺。

〔170〕〔逶迤〕 六臣本"迤"字下注云："五臣本作'迱'字。"

〔171〕〔注：《国语》……其邪〕 见《鲁语上》。今本"牧人"作"牧民"（此避唐讳），"其邪"下有"者也"二字。

〔172〕〔注：《毛诗》云云〕 见《召南·羔羊》。今本"迤"作"蛇"。首章："退食自公，逶蛇逶蛇。"毛传："公，公门也。逶蛇，行可从迹也。"郑笺："退食，谓减膳也。自，从也。从于公，谓正直顺于事也。逶蛇，委曲自得之貌。节俭而顺，心志定，故可自得。"二章："逶蛇逶蛇，自公退食。"郑笺："自公退食，犹退食自公也。"

〔173〕〔注：言闻……留也〕 《考异》谓"若不戢翼而少留"，"若"字不当有。案：尤氏原本正无"若"字，知胡所据尤本有窜改者也。

〔174〕〔注：《毛诗》……鹰扬〕 见《大雅·大明》。

〔175〕〔注：又曰云云〕　见《小雅·鸳鸯》又《白华》。

〔176〕〔注：《方言》云云〕　见本书卷十二。

〔177〕〔琅琅〕　古钞本作"硠硠"，六臣本同，注文亦作"硠"。《考异》谓作"硠"者是，此尤本误。

〔178〕〔注：《说文》……志也〕　见《心部》"慨"字下。"慷"，《说文》作"忼"。

〔179〕〔注：《广雅》云云〕　见《释训》。今本"硠"作"琅"，此亦当作"硠"，已见上。

〔180〕〔囹圄〕　六臣本"圄"下注云："五臣本作'圉'字。"

〔181〕〔注：《左氏传》云云〕　见襄公十九年，此节引。今本"卒"下有"而"字，"唅"皆作"含"，"齐"下有"者"字。"眠"（尤本误作"视"）即"昏"字。本书卷十八《长笛赋》注："昏，视。"

〔182〕〔注：《史记》云云〕　见《田单列传》。此节引。今本"太史公曰：兵以正合，以奇胜，善之者出奇无穷"。

〔183〕〔注：《战国策》……为三〕　见《赵策一》。

〔184〕〔注：《汉书》云云〕　见《高纪》。

〔185〕〔注：《论衡》……民事〕　见《程材》。

〔186〕〔注：《韩诗外传》云云〕　见卷七。

〔187〕〔注：《周礼》云云〕　《秋官·司寇·序官》："蛮隶百有二十人。"郑玄注："征南蛮所获。"又："夷隶百有二十人。"郑注："征东夷

所获。"

〔188〕〔注：司马迁云云〕　见本书卷四十一。《笺证》谓"关"与"贯"通，此注当有脱文。

〔189〕〔摧剥〕　六臣本"剥"下注云："五臣本作'割'字。"

〔190〕〔街号巷哭〕　六臣本注云："五臣本作'巷号街哭'。"

〔191〕〔注：《战国策》……孟尝君〕　见《齐策四》。此节引。原文云："孟尝君就国于薛，未至百里，民扶老携幼迎君道中。"

〔192〕〔注：刘缑云云〕　《隋志》史部杂史类有刘缑《先圣本纪》十卷，两《唐志》"缑"作"滔"。案：缑字言明，刘昭子，见《梁书·文学·刘昭传》。"滔"乃误字。书名《先圣本纪》，此作《圣贤本纪》，疑误。本书卷四十五《王文宪集序》注、卷六十《竞陵王行状》注皆引此书记子产事。

〔193〕〔注：《毛诗》云云〕　见《大雅·江汉》。

〔194〕〔颁爵〕　古钞本"颁"作"班"，六臣本同。

〔195〕〔注：《周礼》……诏之〕　见《夏官·司勋》。

〔196〕〔注：《尚书》云云〕　见伪古文《仲虺之诰》。

跋

　　此书交稿后，读到日本中文出版社一九八一年一月再版斯波六郎先生所编《文选索引》（上下册），此书辑比字词，允称周密，尤适宜于国外学者熟精《文选》之用，亦今日以科学方法治《文选》学者之一途径也。李乃扬先生所写《出版缘起》，小尾郊一先生所写《文选索引再版序》，平冈武夫先生所写《文选索引之编辑与出版》，斯波六郎先生遗作《文选索引序》，皆经细读。斯波先生谓《四部丛刊》本"与赣州本同种"，与鄙见符合。至所称"平安朝文人，藤原常嗣熟诵《文选》，驰名一世；藤原隆赖亦因暗记《文选》之四声、切韵，推为上座"。则《文选》有关中日文化交流，不啻为拙书增一佐证。

　　又得见一九七四——一九七五年日本出版之所谓"国宝《文选》"（精装六册），书系汲古书院制作（影印）发卖，题为"足利学校遗迹图书馆后援会刊"，由长泽规矩也先生解说，称为"明州刊本六臣注《文选》"。其书五臣在前，善注居后，属于明州刊本系统无疑。唯书末无绍兴二十八年卢钦识语，与《天禄琳琅书目后编》卷七、《爱日精庐藏书志》卷二十五所著录者不同。是否绍兴原刻，尚有待详究也。

上二书通览之余，特志于此。

宋淳熙辛丑（八年，即一一八一年），尤袤（延之）跋贵池刊李注本云："李善淹贯该洽，号为精详，虽四明、赣上，各尝刊勒，往往裁节语句，可恨。"今日本印本出，可以见四明之踪影；而《四部丛刊》本又略睹赣上之旧貌：延之跋语，从而得以验证矣。

一九八五年九月二十三日，屈守元跋于
四川师范大学中国古代文学研究所